나무로 읽는   삼국유사

우리가 몰랐던 삼국유사 속 나무 이야기

마인드큐브(Mindcube) :

책은 지은이와 만든이와 읽는이가 함께 이루는 정신의 공간입니다.

나무로 읽는   삼국유사

우리가 몰랐던 삼국유사 속 나무 이야기

김재웅 지음

Mindcube

차례

나무와 교감하고
나무와 더불어
꿈꾸게 하는 책

한 민족의 얼굴 모습은 그 나라에 사는 식물을 통해서 만들어진다고 봅니다. '눈으로 나무를 본다'는 뜻을 가진 '상(相)'이 얼굴을 의미하듯이 말입니다. 그런 점에서 한반도의 식물은 우리 민족의 얼굴을 만든 주인공들입니다.

고려시대 일연선사의 《삼국유사》는 우리나라의 나무에 대한 가장 이른 시기의 문헌입니다. 그럼에도 불구하고 그간 《삼국유사》를 나무라는 키워드로 읽어낸 사례는 보지 못했습니다. 이는 아직도 우리나라에는 한민족의 정체성을 제대로 읽은 저서가 없었다는 뜻이 됩니다. 그러니 이 책 《나무로 읽는 삼국유사》는 우리 민족의 얼굴 모습, 즉 우리 민족의 정체성을 확인할 수 있는 작품입니다.

《삼국유사》는 우리나라 최초의 신화집입니다. 신화는 상상의 산물입니다. 그러나 상상은 언제나 구상(具象)에서 탄생합니다. 나무가 바로 그 상상을 잉태하는 구상 중의 하나입니다. 그래서 《삼국유사》를 제대로 이해하기 위해서는 반드시 나무를 올바르게 파악해야만 합니다. 그 점에서 이 책은 《삼국유사》의 가치를 가장 잘 드러낸 책이라고 할 수 있습니다.

《나무로 읽는 삼국유사》는 오랜 기간 동안 현장을 통한 나무 공부, 구상에 기초한 상상력의 산물입니다. 독자들은 이 책을 통해 《삼국유사》의 가치를 재발견함과 동시에, 나무와 교감하고 나무와 더불어 꿈을 꾸게 될 것입니다. 그 교감과 꿈에서 새로운 창의가 솟기도 할 것입니다. 독자들이 스스로 꿈꾸고 생각하는 것이 인문학자의 임무라고 할 때, 《나무로 읽는 삼국유사》는 우리나라 인문학에 비추는 한 줄기 빛이기도 할 것입니다. 저에게 나무가 삶의 빛이었듯이 저자도 나무가 삶의 희망이었다고 생각하니 그저 나무에게 감사할 뿐입니다.

2019년 10월
계명대학교 사학과 교수
강판권

삼국유사에 기록된
51그루
나무 이야기 여행

  나무로《삼국유사(三國遺事)》를 읽어본 적이 있으신가요? 우리나라 최고(最高)의 고전인《삼국유사》에는 수많은 나무가 등장합니다. 그럼에도 지금까지 나무에 초점을 맞춰서《삼국유사》의 생태문화를 파악한 적은 없었습니다. 저는 일연 스님이 편찬한《삼국유사》에 기록된 나무의 상징과 생태문화적 상상력을 찾아내기 위해 전국을 헤매고 다녔습니다. 우리 고전에 갈무리된 나무와 숲은 당시의 생태문화적 상상력과 상징적 의미를 담고 있기 때문입니다.

  그렇다면《삼국유사》에는 나무가 몇 그루나 나올까요? 우리 민족의 원형이 담겨 있는《삼국유사》에는 무려 51종의 나무 이야기가 등장합니다. 정말 놀랍지 않은가요? 13세기에 편찬된《삼국유사》가 품고 있는 51종의 나무 이야기는 우리 민족의 생태문화적 상징과 상상력의 보물창고와도 같습니다. 더욱이 대몽 항쟁을 통한 국난 극복의 염원을 담은《삼국유사》에서는 나무와 숲이 매우 중요하고도 신비로운 상징과 상상력을 보여주고 있습니다. 이 때문에 우리 고전에 들어 있는 51종 나무 이야기의 문화적 상징과 상상력을 생태적 관점으로 재해석하려고 무진 애를 썼습니다.

이 책에서는《삼국유사》에 등장하는 51종의 나무 이야기와 연관된 생태문화적 상징과 상상력을 여행기로 담아내었습니다. 나무 이야기를 신화, 역사와 전설, 불교 등과 같이 세 분야로 구분하여 그 현장을 답사한 내용과 사진도 함께 넣었습니다. 나무 이야기의 현장을 답사하면서 당시의 역사와 나무의 관련성을 직접 확인하는 즐거움도 누렸습니다. 또한 우리가 미처 몰랐던 51종의 나무 이름과 상징 및 문화적 상상력을 재확인하는 재미가 제법 쏠쏠했습니다. 이러한 생태고전에 숨어 있는 나무 이야기의 현장을 산책하는 여행은 매번 설렘으로 가득했습니다.

이 책은《영남일보》에 게재한〈천년고도 경주의 생태문화기행〉과〈김재웅의 나무로 읽는 삼국유사〉를 토대로 새로운 나무 이야기를 첨가하여 완성했습니다. 전자는 나무세기 회원들과 함께 경주의 나무와 숲을 생태문화적 관점에서 답사한 것이고, 후자는 대구경북인문학협동조합에서 개설한 강좌 '삼국유사와 생태인문학 기행'에서 진행한 내용입니다. 이러한 자료를 토대로 나무인문학의 관점에서《삼국유사》에 들어 있는 나무 이야기의 현장을 2년 동안 답사하여 이 책을 완성했습니다.

지금은 '나무세기' 시대입니다. '나무세기'가 무엇인지 궁금하지 않으십니까? '나무세기'는 나무의 세기(century)라는 뜻과 나무를 헤아린다(count)는 이중적 의미를 가지고 있습니다. 대구에서 만들어진 '나무세기'는 나무를 공부하는 모임의 이름입니다. 우리는 지난 10여 년 동안 매월 1회씩 전국의 아름다운 나무와 생태문화 유산을 답사했습니다. '나무세기' 답사를 하면서 나무로 세상을 보는 버릇이 생겼습니다. 더욱이 2018년 '삼국유사와 생태인문학 기행'을 통해서 총 10회에 걸쳐 나무 이야기의 현장을 다양하게 누볐습니다. 나무를 통한 생태적 삶을 실천하는 즐거움을 누리기도 했습니다.

《삼국유사》의 현장에서 확인한 나무의 생태문화와 상상력은 우리들에게 삶의 여유를 선물해주었습니다. 나무인문학 답사에 참여한 가족들이 역사적 현장에서 신화적 상징과 생태문화적 상상력을 마음껏 펼쳐보는 색다른 여행을 즐겼습니다. 《삼국유사》의 현장을 거닐면서 나무의 상징적 의미를 찾아보았던 나무인문학 참가자들은 생태문화 기행이 정말 그립다고 합니다. 오랫동안 나무인문학을 공부하면서 우리 삶도 조금씩 여유를 되찾은 것 같습니다.

이 책을 쓰면서 많은 분들의 도움을 받았습니다. 우선 나무세기 창립에 동참할 수 있도록 이끌어주신 강판권(쥐똥나무) 선생님의 헌신적인 가르침을 잊을 수 없습니다. 10년 동안 나무세기 답사에 동참해준 이지용(자작나무), 변미영(물푸레나무), 이석근(소나무), 손종남(벽오동), 이지희(메타세쿼이아), 강경미(느티나무), 정혜진(갯버들) 등을 포함한 나무답사 회원들과의 인연을 소중하게 생각합니다. 또한 '삼국유사와 생태인문학 기행'에 참여해준 박은경, 예경희, 이경혜, 권혜인, 최무환 선생님과 그분들의 자녀들에게도 감사의 말씀을 전합니다.

특히 '나무로 읽는 삼국유사'의 현장에 동행한 경험을 토대로 원고를 읽어주며 다양한 조언을 해준 아내 이수정에게도 고맙습니다. 아내의 배려와 도움이 없었다면 이 책은 아직도 내 머릿속에서만 맴돌고 있을 것이기 때문입니다. 끝으로 이 책의 가치를 인정해준 마인드큐브 이상용 사장과 김인수 편집장께 깊이 감사드립니다. 덕분에 경기콘텐츠진흥원의 출판 지원을 받을 수 있었습니다.

고전문학 연구와 인문학 강의에 허덕이는 삶에 나무와 숲은 사색과 성찰의 여행을 선사해주는 고마운 친구입니다. 저는 나무를 만나서 정말 행복한 사람이 될 수 있었습니다. 그래서 저의 나무이름은 주목(朱木)입니다. 한 곳에 뿌리를 내리고 오랫동안 살아가는 주목의 절제를 배우고 싶었기 때문입니다. 가끔 우주의 신비로운 생명력이 깃들여 있는 나무 한 그루를 안고 대화를 나누기도 합니다. 그럴 때마다 나무와 더불어 살아가겠노라고 다짐합니다.

2019년 10월 7일
계수나무의 신비로운 꽃향기를 맡으며
김재웅 씀

제1장
삼국유사에는 몇 그루의 나무가 나올까?

은목서, 달 속에 사는 계수나무

나무, 생태인문학을 말하다

 우리 주변에는 수많은 나무들이 숲을 이루고 살아간다. 나무와 숲
은 인류의 삶에 끊임없는 생명력을 제공한 숨터다. 그렇지만 나무와
숲을 자세히 관찰하는 사람은 드물다. 나무의 생태와 인간의 삶이
전혀 다르지 않음에도 우리는 아무런 관련이 없는 것처럼 생각한다.
더욱이 숲을 파괴하여 인류 문명을 건설했던 과거의 영광에 함몰되
어 지구 생태계를 파멸로 몰아가고 있어서 안타까울 따름이다. 과거
이집트 문명이나 메소포타미아 문명이 발생했던 지역은 무분별한
벌목 탓에 지금은 황량한 사막으로 변해버렸다.
 인류가 지구상에 출현하기 전부터 나무들은 풍성한 숲을 이루고
있었다. 인류의 삶을 생태인문학적 관점에서 바라보기 위해서는 자
연생태, 즉 식물의 삶에 대한 이해가 필요하다. 그 중에서도 노거수
(老巨樹)는 태곳적부터 인류의 정신적 신앙의 대상이 되어왔다. 한
곳에서 수백 년 또는 수천 년까지 생명을 품어가는 아름드리나무는
그 자체로 신비로움을 더해준다. 이 때문에 계절의 변화에 순응하면
서 오랫동안 끈질긴 생명을 보듬어온 나무는 인류의 생태인문학적
상상력을 고스란히 품고 있다.
 동서양 고전에 등장하는 나무는 대개 단순한 식물이 아니다. 나무
는 학문분류 체계상 식물학에서 다루고 있지만 인문학, 생태학, 예술
학, 문화사 등으로 그 연구 저변이 무한히 확장되고 있다. 서양 고전
에서도 하늘과 땅을 연결해주는 우주목(宇宙木)과 세계수(世界樹) 신
화가 풍부하다. 참나무와 물푸레나무는 유럽의 고대 신화에 등장하
는 우주목이다. 그리스 신화에서는 제우스를 상징하는 참나무와 포

세이돈을 상징하는 물푸레나무가 유명하다. 인도유럽어족 전통사회에서는 인간이 나무에서 태어난 신화가 보편적 이야기로 수용되고 있다. 중국에서는 뽕나무, 시베리아에서는 자작나무가 우주목의 역할을 수행한다. 따라서 동서양과 민족에 따라 우주목의 종류는 다르지만 그 생태인문학적 상상력은 유사하다고 하겠다.

21세기 인문학의 화두는 생명을 존중하는 생태인문학적 통섭이다. 생태학은 근대적 이성에 의해 파괴된 자연생태계의 동·식물뿐만 아니라 억압된 타자의 권리를 회복하는 유기체적 사상을 내포하고 있다. 인간과 환경 및 문화의 유기적 관계를 성찰하는 생태인문학은 인간과 자연의 공존과 조화를 모색할 뿐만 아니라 주체와 타자가 상호 소통하는 공생관계를 보여준다. 이러한 생태인문학은 신화, 역사와 전설, 불교 등의 세계관을 통해 한국 전통문화로 정착되었다.

'나무로 읽는 《삼국유사》'는 삼국시대와 고려시대의 생태인문학적 상상력을 탐구한다. 일연 스님이 편찬한 《삼국유사》에는 인문학과 식물학의 통섭뿐만 아니라 인류와 자연의 상생을 모색하는 생태인문학적 관점을 내포하고 있다. 인류의 삶과 함께해온 나무는 문학, 역사, 철학, 예술, 문화 등의 상징물로 다양하게 등장하고 있지만, 나무를 생명체로 인식한 생태인문학적 접근은 초보적 수준에 머물러 있다. 나무와 숲은 생명을 키워낼 수 있는 생태문화의 자궁이라고 해도 지나친 말이 아니다. 따라서 나무들이 숲을 이루어 생명을 품듯이 우리나라 최고의 고전인 《삼국유사》에는 생태인문학적 가치가 풍부하게 담겨 있다.

《삼국유사》는 당시의 풍부한 상상력을 동반한 생태인문학의 보물창고다. 《삼국유사》에 등장하는 나무의 생김새와 생태인문학적 상징은 우리 고전을 이해하는 세계관을 열어주기에 충분하다. 근대화와 산업화의 개발논리에 의해 소외된 자연생태를 새롭게 재인식하려면 《삼국유사》에 갈무리되어 있는 통섭적 사고와 생태인문학적 상상력을 활용할 필요가 있다. '나무로 읽는 《삼국유사》'는 산업사회의 병폐를 극복하고 인류의 생태적 삶을 회복할 수 있는 새로운 시각을 보여줄 것이다. 왜냐하면 《삼국유사》에는 생태인문학적 상상력과 생태고전의 미래상을 보여주는 나무 이야기가 풍부하기 때문이다.

《삼국유사》에는 몇 그루의 나무가 나올까?

　일연 스님의 《삼국유사》는 김부식의 《삼국사기》에 비하여 생태인문학적 상상력이 풍부한 대안 사서(史書)다. 대안 사서는 정통 사서가 지닌 사관 또는 가치관을 비판하고 그 결함을 시정하기 위해 마련된 역사책이다. 그럼에도 역사학에서는 정사(正史)가 아니라는 이유로 대안 사서의 중요성을 소홀하게 취급하고 있다. 국문학에서는 신화, 전설, 향가, 민속 등과 같이 대안 서사(敍事)의 중요성을 인식했지만 식물학과 소통하는 생태인문학적 발상의 전환은 이룩하지 못했다. 이 때문에 생태인문학적 관점에서 《삼국유사》에 등장하는 나무와 숲을 탐구하고자 한다.
　《삼국유사》에는 신라를 중심으로 다양한 나무와 숲 이야기가 등장한다. 신라의 수도 경주에는 계림, 천경림, 신유림, 문잉림 등과 같이 다양한 숲이 있었다. 경주의 숲은 신라의 탄생과 더불어 천년고도의 면모를 갖추는 데 안성맞춤이었다. 이러한 점에서 경주의 다양한 숲은 신라의 도읍지로 손색이 없었을 뿐만 아니라 천년의 신라문화유산을 탄생시킨 원동력이다. 하지만 경주의 숲이 사라지면서 신라는 패망의 길로 접어들었는지도 모른다. 숲이 사라지면 문명을 뒷받침하던 엄청난 에너지를 더이상 공급받을 수 없기 때문이다.

그렇다면《삼국유사》에는 나무가 몇 그루의 등장할까? 이런 도발적 질문을 던지면 우선 당황하기 마련이다. 지금까지 수많은 시간을 들여서《삼국유사》를 읽었지만 정작 나무에 초점을 두고 연구하지 않았기 때문이다. 더욱이《삼국유사》에 등장하는 나무의 생태와 상징에 별다른 관심을 두지도 않았다. 우리가 나무와 숲에 대해서 얼마나 무지했는지 보여주는 증거가 아닐 수 없다. 나무에 초점을 두

삼국유사의 현장, 나무가 속삭이는 숲의 서사시.

고 《삼국유사》를 읽었다면 나무의 생태와 상징을 쉽게 알 수 있었을 텐데, 부끄럽기 짝이 없다.

《삼국유사》에는 〈기이〉 18종, 〈흥법〉 4종, 〈탑상〉 11종, 〈의해〉 6종, 〈신주〉 3종, 〈감통〉 2종, 〈피은〉 6종, 〈효선〉 1종 등과 같이 나무가 풍부하게 등장한다. 예컨대 박달나무, 소나무, 참느릅나무, 해송, 복사나무, 회화나무, 모란, 장미, 대나무, 이대, 잣나무, 철쭉, 배나무, 산수유, 벚나무, 차나무, 목련, 계수나무, 향나무, 침향나무(단향나무), 밤나무, 버드나무, 뽕나무, 오동나무, 칡, 석류나무, 떡갈나무, 가래나무, 호두나무 등과 같이 무려 29종의 나무가 등장한다. 여기에 동로수, 보현수, 계림, 천경림, 문잉림 등과 같이 다양한 나무와 숲이 등장한다는 사실이 놀라울 따름이다.

《삼국유사》는 우리 나무의 문화적 상징과 상상력을 이해하는 길라잡이 역할을 수행한다. 그 중에서도 나무의 생태와 상징에 초점을 맞출 필요가 있다. 나무는 풀에 비하여 꽃과 열매가 풍부할 뿐만 아니라 노거수로 성장하여 우리의 인식에 지대한 영향을 미치고 있기 때문이다. 더욱이 하늘과 땅을 유기적으로 연결하는 아름드리나무는 은유와 상징을 통해 인류의 삶에 다양한 영향을 미치고 있다. 따라서 생태인문학적 관점에서 《삼국유사》를 읽으면 29종의 나무와 51편의 이야기 속에 숨어 있는 나무의 은유와 상징을 재발견하는 색다른 경험을 할 수 있다.

생태고전의 미래상, 《삼국유사》

《삼국유사》에 수록된 이야기는 이 땅에 살고 있는 나무를 품고 있다. 나무로 읽는 《삼국유사》와 생태인문학적 상상력은 통합적 세계관을 제시하기에 충분하다. 나무는 당시 우리민족의 생태인문학적 상상력을 내포하고 있기 때문이다. 《삼국유사》의 생태고전적 가치는 나무의 쓰임과 상징을 통해서 우리 민족의 생활상과 미래상을 보여준 데서 찾아야 한다. 이러한 나무와 숲의 생태인문학적 상상력은 인문학과 식물학을 통합한 대안 사서 내지 대안 서사의 생태적 관점을 제시해준다.

《삼국유사》의 생태인문학적 상상력은 〈기이〉편에 풍부하게 수록되어 있다. 〈기이〉편에는 하늘과 땅을 연결하는 우주목이 자라고 있는 신성한 숲에서 탄생한 신화적 인물과 국가를 창업하는 생태신화적 상상력을 보여준다. 나무와 숲은 새로운 생명을 잉태하는 공간일 뿐만 아니라 아름드리로 자라는 나무의 특성을 통해서 자손의 번창과 번영을 기원했을 것으로 짐작된다. 생태역사적 상상력은 역사적 사건을 기록한《삼국사기》에 비하여 나무를 통해 은유와 상징으로 서술하고 있다. 생태불교적 상상력은《삼국유사》전편에 집중적으로 등장한다.

요컨대 우리의 고전인《삼국유사》에는 모두 29종의 나무와 관련된 51편의 이야기가 등장한다. 그 중에서도 소나무, 대나무, 향나무 등이 가장 풍부하다. 소나무는 우리 민족의 기상을 상징할 뿐만 아니라 가장 친근한 나무이기도 하다. 대나무는 올곧은 선비의 절개를 상징하면서도 일상생활에 꼭 필요한 나무다. 향나무는 주로 불교와 제사의식에 사용되는 신비로운 나무다. 이렇게 다양한 나무 이야기가《삼국유사》전편에 숨어 있다.

나무로 읽는《삼국유사》에는 삼국시대 및 일연 스님이 살았던 그 이전에 존재했던 나무의 생태인문학적 상상력을 확인할 수 있다. 나무를 품은 신화 이야기, 나무를 품은 역사와 전설 이야기, 나무를 품은 불교 이야기 등에는 우리 민족이 사랑한 나무의 생태와 상징이 풍부하게 나타난다. 따라서 고려시대에 편찬된《삼국유사》는 다양한 나무와 관련된 우리 민족의 생활모습과 생태인문학적 상상력을 이야기로 풀어낸 생태고전의 미래상을 보여준다.

제2장

나무를 품은 신화 이야기

박달나무의 거친 피부

단군이
탄생한
박달나무

동신제를 지내는 신령한 제단과 숲

신단수, 생명 탄생의 신비를 보여주다

단군 신화를 모르는 한국인이 있을까? 아마도 없을 것이다. 단군 신화는 어릴 때부터 동화와 만화로 접했기 때문에 우리에게 매우 친숙한 이야기이다. 그런데 단군 신화가 '생명 탄생의 신비'를 보여주는 이야기로 이해하는 경우는 별로 없는 것 같다. 사람들은 곰과 호랑이가 동굴 속에서 쑥과 마늘을 먹으며 인내하는 경쟁담으로 단군 신화를 이해하고 있다. 그러나 단군 신화의 핵심은 하늘과 지상을 연결하는 신단수에서 한 생명체가 탄생한다는 점에 있다.

단군 신화는 고조선의 건국과 관련된 우리 민족의 시원을 담고 있다. 환웅이 인간 세상에 관심을 두고 있어서 아버지인 환인은 천부인을 주어 세상을 다스리게 한다. 아들이 천상이 아니라 지상에 관심을 두고 있음을 간파하고 아들이 꿈을 펼칠 수 있도록 도와준 것이다. 그 덕분에 환웅은 3천 명의 무리를 거느리고 태백산의 신단수 밑에 내려와 신시(神市)를 열어 인간 세상을 널리 이롭게 할 수 있었다. 이러한 단군 신화의 역사적 사실과 신화적 진실을 제대로 이해하기 위해서는 태백산의 '신단수'에 주목해야 한다. 환웅이 내려온 '신단수'를 어떻게 보는가에 따라서 단군 신화의 해석이 달라질 수 있기 때문이다.

일연의 《삼국유사》에는 제단을 상징하는 신단수(神壇樹)로 표기된 반면에 이승휴의 《제왕운기》에는 박달나무를 상징하는 신단수(神檀樹)로 표기되어 있다. 이러한 단군(壇君, 檀君)과 신단수(神壇樹, 神檀樹)의 한자 표기 차이로 인하여 단군 신화는 논쟁에 휩싸일 수밖에 없다. 현재까지 밝혀진 문헌만으로는 신단수의 정확한 의미를 확증

하기 어렵다. 다만, 단군(壇君)으로 표기된 임신본(1512)《삼국유사》
가 간행되기 전까지는 각종 문헌에 단군(檀君)으로 기록되어 있다.
조선후기 간행된 문헌에서 '단'자를 박달나무(檀)보다 제단(壇)으로
표기한 것은 유교문화적 사회상을 반영한 것으로 보인다.

단군이 탄생한 박달나무를 아시나요?

　생태신화적 상상력의 관점에서 단군 신화를 살펴보면 환웅이 내
려온 태백산 신단수는 하늘과 땅을 연결해주는 박달나무가 있는 제
단으로 볼 수 있다. 하늘에서 지상으로 내려온 환웅은 기존의 산악
숭배 신앙과 박달나무 신앙이 결합된 신성한 제단에 신시를 열었다.

물박달나무의 피부와 가녀린 잎(좌), 박달나무의 잎(우)

신성한 제단의 아름드리 박달나무가 인간의 소망을 하늘에 전해주는 신목(神木)의 기능을 담당하고 있기 때문이다. 이러한 신성한 박달나무는 하늘과 땅을 연결하는 매개체일 뿐만 아니라 하늘과 인간을 소통시키는 우주목의 성격을 보여준다.

박달나무는 우리 민족의 우주목이 될 수 있을까? 박달나무는 동북아시아에 분포하는 자작나뭇과의 낙엽 활엽수로 키가 30미터까지 자라는 아름드리 노거수이다. 하늘과 땅을 연결하는 커다란 박달나무는 인간의 소망을 하늘에 전해주는 신성한 나무로 인식되었다. 그런데 신성한 제단의 중심에 자라는 박달나무는 신목일 뿐만 아니라 키가 크고 단단한 나무를 통칭하는 이름인지도 모른다. 그래서 마을의 안녕과 평화를 지켜주는 서낭신은 단군 신화의 신성한 제단과 수목 신앙에서 변용되어 오늘날까지 우리의 마을 신앙으로 계승되고 있다.

동북아시아 무당들이 하늘과 소통할 때는 반드시 자작나무를 신목으로 사용한다. 그러나 온대기후에 속하는 우리나라는 자작나무보다 박달나무가 훨씬 풍부하게 자생하고 있다. 당시의 기후와 자연환경의 변화를 감안해도 해발 200~2,000미터 사이에 자생하는 박달나무는 우리 민족의 신목이 되기에 충분하다. 박달나무는 아름드리로 노거수로 성장할 뿐 아니라 생활에 유용하게 사용되기 때문이다. 따라서 단군 신화에서는 하늘과 지상을 연결해주는 우주목으로 신성한 제단의 박달나무를 선택한 것으로 생각된다.

자작나뭇과에 속하는 박달나무(Betula schmidtii Regel)는 암수 한 그루다. 박달나무 종류는 박달, 개박달, 물박달, 까치박달 등이 있다. 그 중에서도 박달나무가 가장 우람하고 커다랗게 자라는 생태적 특징을 보여준다. 박달나무의 수피는 회흑색이며, 작은 조각이 줄기에서 떨어진다. 나뭇잎은 어긋나고 계란형이다. 5~6월에 암꽃과 수꽃이 한 나무에 피는데, 암꽃은 줄기 끝에 반듯이 서 있으나 수꽃은 아래로 처진다. 열매는 9월에 타원형으로 익으며 날개가 달려 있다. 물박달나무는 회갈색 나무껍질이 여러 겹으로 얇게 벗겨지고, 개박달나무는 달걀형 열매가 곧게 선다. 까치박달은 열매이삭이 가느다란 원통형인데, 씨가 붙어 있는 포가 비늘처럼 포개져 있다.

나는 단군이 탄생한 박달나무를 찾아서 전국을 헤매고 다녔지만 단군 신화의 신단수로 여길 만한 박달나무는 아직까지 만나지 못했다. 다만 문경 봉암사, 언양 석남사, 합천 해인사 등에서 가슴둘레가 크지 않은 박달나무를 보았을 뿐이다. '나무로 읽는 《삼국유사》'와 생태인문학 기행을 통해서 단군 신화에 등장하는 신비로운 제단의 신단수가 박달나무였다는 사실을 처음으로 실감했다. 너무도 막연하게 알았던 박달나무의 실체를 확인하는 순간 '심쿵'하고 내 가슴이 뛰었다. 나는 봉암사에서 만난 박달나무를 아무런 말없이 한참 동안 바라보았다. 비록 아름드리로 자라지 못했지만 그 모습은 퍽 위풍당당했다.

생태인문학 기행에 참여한 사람들은 박달나무가 아름드리로 자라지 않는 까닭에 대해 궁금한 표정을 지었다. 우리 주변에서는 물박달나무와 까치박달나무는 흔히 볼 수 있지만 박달나무를 보기는 쉽지 않다. 박달나무는 워낙 재질이 단단하여 수차의 바퀴, 배의 돛대, 가옥의 대들보, 홍두깨, 도리깨 등과 같이 다양한 생활용품의 재료로 인기가 많아 노거수로 자랄 수 있는 기회가 별로 없었기 때문이다. 박달나무의 쓰임새가 너무 좋아서 남벌되어 아름드리로 자라지 못했다고 하니, 역시 세상일은 '새옹지마'라는 생각이 들었다.

생태신화적 상상력을 보여준 박달나무

단군 신화는 신단수를 매개로 하지 않고서는 성립할 수 없다. 신단수는 환웅이 웅녀와 결혼하여 단군을 낳도록 한 대지의 자궁이다. 단군 신화에는 환웅이 신단수에 내려와 신시를 열었다는 이야기와 곰이 여인으로 변신하여 신단수 밑에서 임신하려고 했다는 이야기가 등장한다. 곰에서 변신한 여성이 신단수 아래서 잉태할 수 있도록 빌었다는 내용은 신성한 의식이 진행되었던 제단의 박달나무 신앙과 관련된 것으로 보인다. 특히 환웅이 내려온 태백산의 신단수에

박달나무의 당당한 모습(좌), 까치박달나무의 열매(우)

는 아름드리 박달나무가 자생할 수 있는 생태적 환경을 갖추고 있다. 태백산으로 추정되는 백두산 또는 묘향산에는 박달나무가 서식하고 있다.

이러한 단군 신화의 신단수는 마을의 풍요와 안녕을 기원하는 서낭당으로 변모되어 오늘까지 마을의 신목으로 숭배되고 있다. 서낭당은 해마다 마을의 풍요와 안녕을 기원하던 동제와 산신제를 거행하는 신성한 제단이다. 마을공동체 수호신을 모신 서낭당에는 어김없이 신성한 나무가 있다. 주민들은 서낭당의 아름드리 신목을 통해서 마을의 안녕과 풍요를 기원한다. 이 때문에 고조선을 창업한 단군이 죽어서 산신이 되었다는 것도 산악숭배 신앙과 산신제의 모습을 반영하고 있다. 그 제단의 중심에 박달나무가 산신제의 신체로 사용되었음을 보여준다.

박달나무의 수목 신앙은 고조선을 창업한 단군의 탄생을 반영하고 있다. 단군 신화는 한 생명체가 탄생하기 위해서 신성한 박달나무 제단을 중심으로 자연 생태적 에너지와 인문 생태적 소망이 결합해야 한다는 통합의 미의식을 보여준다. '신단수'는 동제, 산신제를 모셨던 신성한 제단과 하늘과 지상을 연결해주는 '박달나무'가 결합된 생태신화적 상상력이 풍부한 우주목이다. 따라서 산악숭배 신앙과 신성한 제단의 중심에 우뚝 솟은 박달나무는 하늘과 지상을 연결해주는 우주목의 생태신화적 상상력을 보여주고 있다.

나정,
소나무 숲에서
박혁거세가 탄생하다

소나무의 자주색 피부

나정의 소나무 숲에서 탄생한 박혁거세

천년고도 경주의 시작을 알리는 신화적 인물은 박혁거세다. 나정 (蘿井)의 신비로운 소나무 숲에서 태어난 박혁거세는 신라 천년의 문을 활짝 열었다. 박혁거세는 신라 시조이면서 경주 박씨의 시조이 기도 하다. 이렇게 박혁거세는 씨족의 시조와 국가 창업의 군주를 겸하고 있다. 신라 건국의 신화적 인물로 추앙받고 있는 박혁거세는 경주 나정의 소나무 숲과 생태적으로 연결되어 있다.

박혁거세가 탄생한 경주 나정은 어떤 모습일까? 지금의 나정은 예 전과 달리 그 입구에 차를 세우고 걸어가야 한다. 박혁거세 신화의 현장을 천천히 걸어가는 기분은 사계절 사뭇 다른 풍경을 보여준다. 박혁거세가 탄생했던 봄날에 신화의 현장을 찾아가면 생명 탄생의 신비로움을 감상하기에 제격이다. 신라 시조 박혁거세가 탄생한 나 정에는 아름드리 소나무 숲의 서사시가 봄바람을 타고 들려온다.

《삼국유사》에는 나정에서 탄생한 박혁거세 신화가 수록되어 있 다. 기원전 69년 삼월 초하룻날, 신라 육부의 촌장들이 알천 언덕에 모여서 백성을 다스릴 덕이 있는 사람을 찾아서 왕으로 삼고자 했 다. 높은 곳에 올라가서 남쪽을 보았는데 양산 밑 나정 옆에서 이상 한 기운이 땅에 드리우고 흰 말이 꿇어앉아 절을 하고 있었다. 그곳 에 있던 붉은 알에서 태어난 아이를 목욕시켰더니 몸에서 광채가 사 방으로 퍼졌다. 이렇게 신라 박혁거세가 탄생하는 신비로운 이야기 는 나정의 소나무 숲에서 펼쳐진다.

나정에서 박혁거세가 탄생한 것은 신비로운 생명력과 연관되어 있다. 하지만 박혁거세가 나정의 소나무 숲에서 탄생했다는 기록은

《삼국유사》에도 등장하지 않는다. 그럼에도 나는 6,000년 전부터 경
주 지역에 소나무가 서식했다는 점에 착안하여 나정의 소나무 숲에

소나무, 하늘과 땅을 연결하는 우주목(좌),
박혁거세가 탄생한 나정의 소나무를 안고
대화하다(위)

박혁거세가 탄생한 신화의 현장 답사

주목하고 있다. 나정의 소나무는 피부가 붉은색을 띠고 있어서 하늘에서 내려오는 '자줏빛'과 유사한 모습을 보여준다. 흰 말이 알을 지키는 모습과 '자주빛'이 내려오는 소나무의 피부색을 종합하면 박혁거세는 소나무 숲에서 탄생한 신비로운 인물이다. 이렇게 신화 이야기와 탄생 현장을 동시에 살펴보면 박혁거세 신화의 생태인문학적 의미를 음미할 수 있다.

나정은 신라 박혁거세가 탄생한 신화의 현장이다. 나정의 '나(蘿)'는 소나무겨우살이를 의미하고 '정(井)'은 우물이다. 겨우살이가 소나무에 산다는 것은 의미심장하다. 소나무를 의미하는 '솔'이 '으뜸'을 뜻한다는 측면에서 겨우살이는 나무 중에서 최고인 소나무에 살고 있는 셈이다. 신라의 시조가 '으뜸'을 의미하는 소나무와 관련해서 탄생한 이야기는 신비로우면서도 매우 자연스럽다.

소나무(Pinus densiflora)의 학명 중 '덴시플로라'는 '빽빽하게 돋아나는 꽃'이라는 뜻이다. 이는 소나무에 수꽃이 핀 모습을 보면 쉽게 이해할 수 있다. 소나무는 장수를 상징하는 십장생의 하나로 오랫동안 우리 민족의 사랑을 받아왔다. 소나무 껍질은 대개 위쪽은 적갈색이고 아래는 흑갈색이며 비늘 모양을 하고 있다. 수령이 오래된 소나무는 껍질이 두껍고 거북의 등딱지와 같은 모양으로 갈라진다.

소나뭇과에는 소나무, 리기다소나무, 백송, 잣나무 등이 있다. 이들 소나무를 구별하는 방법은 여러 가지다. 우선 소나무의 피부를 보면 쉽게 구별할 수 있다. 소나무는 붉은색, 리기다소나무는 검은색, 백송은 흰색이다. 그리고 솔잎의 개수를 세어보면 된다. 우리 소나무는 솔잎 한 쌍이 두 개이고 리기다소나무와 백송은 솔잎 한 쌍이 세 개이다. 그리고 잣나무는 다섯 개가 한 쌍이므로 오엽송이라 부른다. 이렇게 잎의 개수를 자세히 살펴보면 소나무의 종류를 구별할 수 있다.

오늘날 나정의 소나무 숲은 발굴로 인해 무참하게 파괴되었다. 박혁거세는 나정의 솔숲에서 알로 탄생하는 신비로운 과정을 보여준다. 신화적 인물은 대체로 비정상적인 탄생을 보여주는 것이 일반적이다. 박혁거세가 탄생한 소나무 숲은 신성한 인물에게 생명을 불어넣어주는 어머니의 자궁처럼 신비롭다. 이 때문에 나정의 소나무 숲이 사라지면 신라의 시조 박혁거세의 탄생 신화도 사라진다. 나정의 신화적 상징이 박혁거세가 탄생한 신비로운 소나무 숲이기 때문이다.

나는 박혁거세 신화를 체험하기 위해 나정의 소나무를 안고 신비로운 우주목의 기운을 느껴보고 싶었다. 소나무는 하늘과 땅을 연결해주는 신목(神木)의 기능을 수행하고 있기 때문이다. 그런데 《삼국유사》와 생태인문학 기행'에 참여한 사람들은 소나무를 안고 있는 나를 이상한 시선으로 바라보았다. '소나무 한 그루도 생명체이고, 그 속에 박혁거세 신화와 신라의 역사가 살아 있다'는 생태인문학적 상상력을 이야기해주었다. 나아가 답사에 참석한 사람들에게 신화의 공간인 나정에서 소나무를 안고 진지하게 대화해 보라고 요청했다. 박혁거세가 탄생한 소나무 숲에서 나눈 침묵의 대화는 오랫동안 생태인문학적 소통으로 기억될 것이다.

우리의 생태인문학 기행은 신라 시조 박혁거세가 탄생한 경주 나정의 소나무 숲에서 대장정을 시작했다. 하늘과 땅을 연결해주는 나정의 솔숲에서 신라를 열었던 박혁거세 신화의 현장을 체험하고자 했기 때문이다. 나정의 소나무 숲에서 신라 육부촌장들이 수많은 갈등을 조정한 것처럼 우리도 생태인문학적 가치를 삶의 지혜로 활용했으면 좋겠다.

양산재, 신라 6부의 촌장을 모신 사당

  박혁거세가 6부 촌장의 추대로 왕위에 오른 것은 나정이 경주의 토착세력과 밀접한 관계가 있다는 것을 의미한다. 그래서 6부 촌장을 모신 사당인 양산재가 나정 바로 옆에 자리한다. 나정 앞의 벚나무 길을 따라 남산 자락으로 조금만 올라가면 양산촌, 고허촌, 진지촌, 대수촌, 가리촌, 고야촌 등과 같이 신라 6부 촌장을 모신 양산재가 있다. 이러한 신라의 6부 촌장은 씨족신화의 주인공인데, 모두 하늘에서 내려온 신성한 인물이다. 나정의 소나무 숲에서 탄생한 박혁거세를 신라의 시조로 추대했다는 점에서 6부 촌장의 공로에 주목해야 한다.
  나정에서 양산재로 가는 길에는 벚나무가 신음하고 있다. 남간마을로 가는 인도를 확장하기 위해 시멘트로 벚나무를 완전히 포위한 것이다. 나정을 방문한 수많은 관광객들은 벚꽃의 화려함에 열광하여 사진 찍기에 여념이 없다. 그런데 벚나무의 가뿐 숨소리에 귀를 기울이지 않으면 벚나무는 사라지고 만다. 아무리 생명력이 강한 벚나무라고 해도 시멘트에 목이 졸려서는 살아갈 수 없기 때문이다. 벚나무가 사라지면 나정의 풍경도 시들해지기 마련이다.
  양산재는 신라의 시조 박혁거세를 군왕으로 추대한 경주의 토착세력을 모신 사당이다. 예전의 양산재에는 버드나무가 무성했으리라 짐작할 수 있다. 양산(楊山)이란 지명에 버드나무가 들어 있기 때문이다. 지금도 양산재 주변에는 두 그루의 버드나무가 옛날의 이야기를 들려주고 있어서 정겨웠다. 신라 건국의 주역을 모신 양산재 주변에 버드나무를 심는다면 옛 정취를 감상하기에 훨씬 좋을 것 같다.

양산재에는 여러 그루의 목련이 한여름을 맞이하고 있다. 나무에 핀 연꽃을 의미하는 목련은 불교적 성격이 짙은 나무다. 선비들은 붓 모양을 닮은 목련의 새싹을 세상에서 가장 아름다운 나무 붓, 즉 목필로 사용하기도 했다. 이밖에도 양산재에는 무궁화, 가이즈카향나무, 사철나무, 석류나무, 회양목, 가죽나무, 버즘나무, 잣나무 등이 자라고 있다. 늘푸른 사철나무와 회양목, 그리고 잣나무는 수많은 갈등을 조정했던 경주 6부 촌장의 기상과 닮았다.

창림사지와 오릉에 살고 있는 소나무

박혁거세가 나정의 소나무 숲에서 탄생했으면 반드시 왕비도 탄생하기 마련이다. 《삼국유사》에는 알영정(閼英井)에 나타난 계룡의 왼쪽 옆구리에서 동녀가 탄생했는데 입술이 닭의 부리와 같았다고 한다. 동녀 입술이 닭의 부리와 같은 것은 신비로운 인물의 신화적 출현을 보여준다. 박혁거세는 경주의 토착 세력과 혼인관계를 통해 왕위에 올랐다. 나정에서 가까운 오릉에 있는 알영정의 대숲에는 죽순이 봉긋봉긋 솟아오르고 있다. 새로운 생명을 하늘로 힘껏 밀어 올리는 대나무의 생명력은 그 자체만으로도 신비롭고도 감동적이다.

신라의 초기 왕궁터인 창림사지로 가는 길에 남간사지(南澗寺址) 당간지주가 외로이 서 있다. 당간지주(幢竿支柱)는 절집에서 행사를 할 때 깃발을 세웠던 석조 유물이다. 《삼국유사》와 생태인문학 기행에 참석한 사람들은 당간지주의 멋스러움보다 봄나물에 더 많은 관심을 보였다. 당간지주 곁에는 추운 겨울을 이겨낸 쑥과 냉이가 지천으로 깔려 있었기 때문이다. 남간사지 당간지주는 절집의 행사보다 생명이 약동하는 자연을 홍보하고 있는지도 모른다.

박혁거세와 알영부인은 나정에서 가까운 창림사지 소나무 숲에 신혼집을 마련했다. 신라 초기의 궁궐이 자리한 창림사지에서 바라본 경주의 풍광은 어떠했을까? 산과 강은 예나 지금이나 크게 다르지는 않다. 자연은 그대로이지만 사람만 세월을 따라 변해버린 것은 아닌지 곰곰이 생각해보았다. 신라 시조의 신혼집인 창림사지에서

알영부인이 탄생한 알영정

남간마을로 돌아올 때는 추억을 생각하며 논두렁길을 걸었다. 좁은 논두렁길을 걸어갈 때는 균형을 잡는 것이 중요하다. 신화적 인물 박혁거세의 결혼생활이나 우리네 삶도 균형이 중요하기는 마찬가지다.

창림사는 통일신라시대 창건되어 고려시대까지 존속했으나 조선 초기에 폐사된 것으로 추정된다. 최근 창림사지를 발굴하면서 울창한 소나무 숲은 모두 잘려나갈 수밖에 없었다. 예전에는 나정의 소나무 숲에서 창림사지 삼층석탑을 찾아보는 즐거움도 있었지만 이제는 그마저도 사라져 아쉽다.

《삼국유사》에는 남간사 일념 스님이 이차돈 순교의 내력을 적은 "촉향분예불결사문(髑香墳禮佛結社文)"을 지었다는 기록이 전한다. 또한 혜통 스님의 집이 남산 서쪽 기슭의 은천동에 있다는 기록으로 보아 남간사는 7세기 후반에도 존재했다. 예전의 화려한 절집을 상

창림사지, 소나무 숲에 자리한 박혁거세와 알영부인의 신혼집

상하면서 남간마을을 산책하다 보면 남간사지의 석조 유물들을 만날 수 있다. 남간마을에는 절집에서 사용했던 석물들이 다양하게 재활용되고 있다. 폐사지에서 만나는 석물은 우리의 발걸음을 멈추게 하는 매력이 숨어 있는 것 같다.

남간마을 안쪽에는 신라 제7대 일성왕릉(逸聖王陵)이 있다. 소나무숲 속에 자리한 일성왕릉은 깔끔한 모습을 보여준다. 남간마을에서 남산으로 이어지는 기슭에 일성왕릉이 우리의 시선을 유혹한다. 소나무는 왕릉 입구에 부챗살을 펼친 것처럼 아름드리로 자란다. 남간마을에서 일성왕릉이 한눈에 보이는 것을 소나무 숲이 막아주고 있다. 일성왕은 신라 제3대 유리왕의 맏아들이다. 20년 동안 재위했던 일성왕(134~154)은 농토를 늘리고 제방을 수리하여 농업을 권장하며 검소한 생활을 장려했다고 한다.

소나무로 둘러싸인 오릉의 모습

나정의 소나무 숲에서 오릉을 바라봐야만 신화의 참맛을 즐길 수 있다. 박혁거세는 나라를 평안하게 다스린 지 61년 만에 하늘로 승천하고, 7일 뒤에 유체가 흩어져 땅에 떨어졌다. 그래서 죽은 황후와 함께 합장하려 했으나, 커다란 뱀이 방해하여 흩어진 신체를 그대로 장사하여 오릉 또는 사릉(蛇陵)이라 부른다. 오릉은 박혁거세 왕과 알영왕후를 비롯한 남해왕, 유리왕, 파사왕 등이 잠들어 있는 일종의 가족무덤이다. 오릉의 소나무 숲은 바쁜 현대인들에게 천천히 걸으면서 자신을 되돌아보는 성찰의 시간을 갖게 하는 특별함이 숨어 있다.

우리는 상쾌한 기분으로 소나무 숲을 천천히 걸었다. 오릉을 둘러싼 아름드리 소나무는 무덤의 주인을 호위하듯이 고개와 허리를 숙이며 함께 늙어간다. 소나무는 세월의 무게를 온몸으로 부대끼며 생명이 다하는 순간까지 오릉을 지키는 충성스런 신하 같기도 하다. 오릉 주변에 자라고 있는 소나무는 평범한 나무가 아니다. 예전에는 왕릉 주변에만 소나무를 심었기 때문에 소나무는 왕후의 반열에 오른 귀중한 나무이다. 이 때문에 소나무는 우두머리를 상징하는 '솔'이라는 뜻을 가지고 있다.

계림,
김알지가 탄생한
참느릅나무

김알지가 탄생한 신비로운 계림

계림에서 탄생한 김알지는 왜 왕이 되지 못했을까?

　계림(鷄林)은 경주를 대표하는 신성한 숲이다. 계림의 신성한 기운
은 느릅나뭇과의 느티나무, 팽나무, 참느릅나무, 콩과의 회화나무,
버드나뭇과의 왕버들 등의 활엽수종이 만들어낸다. 계림의 본래 이
름은 생명이 탄생하는 숲을 의미하는 시림(始林)이었다. 경주 김씨
의 시조인 김알지가 탄생한 계림은 신라 신화의 현장이다. 시림 속
의 나무에 걸린 황금 궤와 닭 울음소리는 김알지의 신비로운 탄생을
전해주는 신화적 상관물이다.
　《삼국유사》에는 계림에서 탄생하는 김알지 신화가 수록되어 있
다. 석탈해왕 3년(영평 60) 8월 4일 밤에 호공이 월성의 서편 동네를
거닐었다. 그런데 시림 속에서 큰 광명이 나타났을 때 붉은 구름은

싱그러운 계림의 풍경

하늘에서 땅으로 드리워졌다. 구름 가운데 황금으로 만든 궤가 '나무' 끝에 걸려 있었는데, 빛이 사방으로 퍼져나갔다. 그 주변에는 흰 닭이 '나무' 밑에서 울고 있었다고 한다.

이러한 신비로운 숲에서 신화적 인물의 탄생을 위한 징조를 목격한 사람은 호공이다. 시림에서 발생한 신비로운 현상을 목격한 호공은 즉시 이를 석탈해왕에게 전했다. 석탈해왕이 시림으로 가서 금궤를 열어보니 그 속에 어린 아기가 있었다. 그래서 그 아기를 왕궁으로 데려가 태자로 삼았으나 뒤에 파사에게 왕위를 양보하게 되었다. 시림의 금궤에서 출생했다고 하여 성을 김씨라 하고 이름을 '알지'라 불렀다.

신성한 계림에서 출생한 김알지는 왜 태자에 책봉되었으면서도 왕위를 파사에게 양보했을까? 김알지는 신화적 인물이면서도 신라

계림 비각 뒤에 살고 있는 참느릅나무

왕으로 등극하지 않는 특이한 이력을 보여준다. 그는 시림에서 탄생했지만 기존의 박씨와 석씨의 세력을 고려해 왕위를 양보할 수밖에 없었기 때문이다. 그래서 나중에 자신의 후손이 신라왕으로 등극하게 되면서 '신성화' 작업이 첨가되었을 것으로 생각된다. 이 때문에 김알지가 탄생한 계림은 신화와 역사적 공간으로 매우 중요한 기능을 수행하고 있다.

김알지의 후손들은 열한, 아도, 수류, 욱부, 구도 등으로 계승되었다. 나중에 구도의 아들인 미추가 김씨 중에서 최초로 신라왕으로 등극한다. 《삼국유사》에 의하면 신라 제13대 미추왕은 죽어서도 이서군의 침략을 물리친 인물로 등장한다. 신라의 김씨 왕조를 확립한 인물이 바로 내물왕이다. 계림에 생명력을 불어넣는 천주천을 건너면 내물왕릉이 보인다. 내물왕릉 주변에는 계림과 달리 소나무가 풍

계림의 다양한 나무들

부하다. 늘푸른 소나무가 내물왕릉을 수호하고 있다.

김알지의 금궤가 걸린 참느릅나무

　조선시대 문인화가 조속(趙涑)은 계림의 금궤에서 탄생하는 김알지 이야기를 그림으로 남겨놓았다. 조속(1595~1668)의 금궤도(金櫃圖)에 등장하는 '나무'의 이름은 무엇일까? 그림 속의 나무를 정확하게 판독하기 어렵지만 활엽수인 것만 분명하다. 계림의 활엽수 중에서는 느릅나무, 느티나무, 팽나무, 왕버들 등이 아름드리로 자라고 있다. 이런 키가 큰 나무에 김알지의 신비로운 금궤가 걸릴 가능성이 높기 때문이다.

참느릅나무의 잎과 열매

조속의 금궤도(국립중앙박물관 소장)

느릅나무는 신라시대 월지국에서 쇠북종을 가져와 가지에 매달 만큼 강하기 때문에 김알지의 금궤가 걸리고도 남는다. 우리 주변에 살고 있는 느릅나무는 대부분 참느릅나무이다. 더욱이 계림의 비각 뒤편에는 참느릅나무 두 그루가 살고 있다. 키가 큰 참느릅나무는 기울어져 있고, 키가 작은 참느릅나무는 가지를 벌려 마치 부모를 부양하듯 키 큰 참느릅나무를 받치고 있다. 이렇게 비각 안의 참느릅나무는 김알지의 탄생 신화와 연관된 신성한 나무일 가능성이 높다.

참느릅나무(Ulmusparvifolia Jacq)의 생김새는 어떤 모습일까? 참느릅나무는 키가 15미터까지 자라고, 나무의 껍질은 회갈색으로 두꺼우며 조각이 되어 벗겨진다. 잎은 어긋나고 긴 타원형이며, 끝은 점차 좁아진다. 꽃은 9월에 피고 잎겨드랑이에 여러 개가 모여 달린다. 참느릅나무는 갈잎 키가 큰 나무로 잎의 앞면은 거칠며 뒷면은 연녹색이다. 농글납작한 타원형 열매는 둘레에 날개가 있다. 참느릅나무는 습기가 많고 비옥한 계곡이나 하천변, 호숫가 또는 토심이 깊은 평지에서 자란다.

그런데 느릅나뭇과의 느릅나무와 참느릅나무는 구별하기가 쉽지 않다. 느릅나무의 꽃은 3월에 피고 열매는 4월에 맺는다. 꽃은 암술과 수술이 함께 있는 양성화이나, 꽃의 형태가 매우 단순화되어 있고 바람에 의해 수분이 되는 풍매화이다. 참느릅나무는 9월에 꽃이 피고 10월에 열매가 달린다. 느릅나무는 늦봄에 잎보다 열매에 날개 달린 깍지가 먼저 생긴다. 나무의 쓰임새가 좋아 벼슬이 5두품 이상의 고관이 아니면 느릅나무로 집짓기를 금할 정도였다.

북유럽의 신화에서도 느릅나무가 등장한다. 천지창조 신인 오딘은 풍요의 땅 미드가르드(Midgard)를 걷다가 우연히 두 그루의 커다란 나무를 발견한다. 물푸레나무로 남자를 만들어 '아스크르(Askr)' 라 하고 느릅나무로 여자를 만들어 '엠블라(Embla)'라고 했다. 이렇게 북유럽에서도 느릅나무가 여성을 상징하고 있듯이, 신라 신화에서도 느릅나무는 어머니를 상징하고 있다. 느릅나뭇과에 속하는 참느릅나무에 김알지의 금궤가 걸린 모습이 마치 아기를 가진 어머니를 연상하게 한다. 이렇듯 참느릅나무는 김알지를 품고 있는 어머니의 생태문화적 상징을 보여준다.

조선 초기에 전국을 유람한 방외 지식인 김시습은 경주 계림에서 출생한 김알지의 후손이다. 계유정란과 세조의 왕위 찬탈의 역사적 격변기에 전국을 떠돌던 김시습이 처음으로 정착한 곳이 바로 경주다. 경주는 자신의 조상인 김주원이 원성왕에게 왕위를 빼앗기고 떠나온 고향이기 때문에 오랫동안 터 잡고 살았는지도 모른다. 김시습은《유

참느릅나무의 피부

금오록》의 〈계림〉에 김알지의 신비로운 탄생을 시로 읊어놓았다.

  석씨가 끝나는 때 태자가 없어
  하늘 닭이 금궤에다 상서를 내렸네
  쪼개보니 훌륭한 신아(神兒)가 나와서
  주기(主器)를 간고(幹蠱)하여 가업이 창성했네

계림의 나무를 세어본 적 있나요?

  김알지가 탄생한 계림은 산책하기 참 좋다. 활엽수들이 새순을 세상 밖으로 내미는 봄날의 산책은 생명체의 탄생을 목격할 수 있어서 정말 행복하다. 더욱이 보름달이 둥실 떠오르면 계림은 생명 탄생의 신비로운 풍경을 보여준다. 그래서 우리는 그 옛날 호공이 시림에서 광명을 목격했던 밤에 산책하는 기쁨을 마음껏 누렸다. 어둠 속에서 고요하고 평화롭게 잠자던 나무들의 반짝임이 정말 신비롭게 보였다. 우리는 달밤에 계림을 산책하면서 우리가 타인을 밝혀주기 위해 얼마나 노력하고 있는지 성찰하는 시간을 가졌다.
  계림에는 500년 동안 숲을 지켜온 회화나무가 있다. 늙은 회화나무는 눈부신 청춘의 나이테를 심재(心材)에 새겨놓았지만 세월과 함께 모두 사라져버렸다. 인공적으로 만든 심재에 의지해 부름켜로 숨만 쉬는 회화나무를 보면 안타까운 마음이 든다. 그럼에도 늙은 회화나무는 자신을 비관하거나 자살하지 않는다. 생명이 약동하는 봄이 되면 회화나무는 여전히 새싹을 통해서 생명의 소중함을 감동적으로 보여준다.

　자연숲의 기능을 상실한 계림에는 사람의 발길이 끊이지 않는다. 신화적 공간인 계림은 휴식하거나 산책하기에 적당하기 때문이다. 우리는 경주를 방문할 때마다 신성한 계림을 산책하면서 다양한 사람들을 만났다. 봄날 계림에서 즐겁게 놀고 있는 유치원 꼬마들의 웃음소리가 너무도 생생하다. 장난감이나 놀이기구 없이도 꼬마들은 숲속에서 자신들만의 세계를 창조하고 있었다. 역시 숲은 꼬마들과 더 잘 어울리는지도 모른다.

　계림에서 우연히 만난 이스라엘 여성 레이첼이 가장 기억에 남는다. 우리는 레이첼에게 나무를 안고 대화해 보라고 권유했다. 그녀는 계림의 신화적 현장에서 나무를 안고 대화하라는 우리의 요청을 그대로 따라주었다. 아무런 의심도 없이 계림에서 느티나무를 안은

계림 속에서 즐겁게 노는 아이들

레이첼의 입가에는 즐거운 미소가 가득했다. 그리고 레이첼에게 어떤 느낌이 드는지 물어보았다. 그녀의 대답은 의외로 간단했다. 느티나무를 안았을 때 기분이 좋다고 말해주었다. 계림은 외국인과도 소통할 수 있는 신비로운 매력을 가진 신화적 현장이다.

김알지가 탄생한 신비로운 숲이 인간의 간섭으로 훼손되고 있다. 속이 썩은 왕버들 사이에서 허리가 굽은 노박덩굴과의 참빗살나무가 지지대에 의지해 간신히 봄 생명을 지피고 있다. 늙은 참빗살나무의 가녀린 생명이 나무를 공부하는 '나무세기' 회원들의 마음을 애처롭게 한다. 참빗살나무는 모든 에너지를 연초록 새싹으로 몰아주고 있었다. 자신의 몸에서 새로운 생명체를 탄생시킨 참빗살나무의 감동을 우리는 오랫동안 바라보았다.

생명체의 탄생과 죽음이 반복되는 계림에는 나무들도 거침없이 사랑을 나눈다. 계림의 모퉁이에서 느티나무와 팽나무가 격렬하게 포옹하는 모습은 보는 사람을 미소짓게 만든다. 사랑한다면 느티나무와 팽나무처럼 꼭 안아주어야 한다. 그래도 너무 가까이 가면 서로에게 상처를 줄 수 있기 때문에 적절한 거리를 두고 사랑한다면 더 좋을지도 모른다. 느티나무와 팽나무가 생명이 다할 때까지 서로 몸을 맞대고 행복하게 살아가는 모습을 기대해본다.

김알지가 탄생한 신비로운 계림에는 25종의 다양한 나무들이 '더불어 숲'을 이루며 살아간다. '나무세기' 회원들과 함께 계림의 나무를 한 그루씩 세어보는 생태인문학 공부 덕분에 25종을 확인할 수 있게 되었다. 이렇게 나무를 통해서 김알지가 탄생한 계림의 생태적 가치와 신화적 상상력을 재인식하는 것이 생태인문학의 첫걸음이라 생각한다.

석탈해,
아진포 해송 숲에
도래하다

바닷가의 해송 숲

아진포의 해송 숲에 도착한 석탈해

신라의 이주민으로 들어온 석탈해(昔脫解)는 자신의 능력을 발휘하여 왕위에 오른 인물이다. 《삼국유사》에는 신라 제4대 석탈해왕의 탄생과 신라로 도래한 이야기가 전한다. 가락국의 바다에 배가 정박하자 김수로왕이 신하와 백성들과 함께 북을 울리면서 맞이하도록 했다. 그런데 배는 가락국에 머물지 않고 나는 듯이 달아나서 계림의 동쪽 하서지촌(下西知村) 아진포(阿珍浦)에 닿았다고 한다. 석탈해가 아진포에 도착했을 때는 '흠바위'가 있었지만 지금은 원자력 발전소 아래에 묻혀버렸다고 하니 아쉬울 따름이다.

석탈해는 어디서 배를 타고 신라로 들어온 이주민일까? 《삼국유사》에 따르면 석탈해는 용성국(龍城國) 사람이다. 함달파(含達婆)와 적녀국(積女國) 왕녀 사이의 알에서 출생한 석탈해는 궤짝에 실려 인연이 닿는 땅에 도착한다. 신라의 동해 아진포에 도착한 석탈해는 해송이 자라는 숲에서 통과의례를 거친다. 노파가 그 궤짝을 열었을 때 단정한 사내아이와 보물 및 노비들이 있었다고 한다. 신화의 주인공은 늘 이렇게 신비로운 탄생을 보여준다. 이러한 석탈해의 도래는 신비로운 이야기로 가득하다.

석탈해가 신라에 도래한 이야기는 매우 흥미롭다. 한 노파가 까치들이 울고 있는 바닷가에 나가보니 배 안에 궤짝이 있었다고 한다. 노파는 배를 끌어다 나무가 우거진 숲에 놓고 하늘을 향해 맹세한 뒤에 궤짝을 열어보았다. 그 당시에 배를 끌어다놓았던 곳은 소나무 숲이 아닐까 한다. 소나무 중에서도 바닷가의 해풍을 막아주는 울창한 해송일 것으로 짐작된다. 어촌의 아름드리 해송은 세상의 길흉을 알지 못해 하늘에 기원하는 동신목 기능을 수행하고 있기 때문이다.

해송(Pinus thunbergii)은 해안가에서 잘 자란다. 늘푸른 침엽수로 높이 25m, 지름 1.5m 정도까지 자란다. 5월에 꽃이 피고 그 다음해 9월에 열매가 맺는다. 수피는 회색 또는 짙은 회색이며 거북 등껍질처럼 깊게 갈라진다. '해송(海松)'의 다른 이름은 곰솔이다. 해송은 군락을 이루며 억센 바닷바람으로부터 마을을 보호해주고 농작물이 말라버리는 것을 막아준다. 바닷가에 떼지어 자라는 해송은 강인한 생명력으로 본래의 생활터전을 벗어나 내륙 깊숙이까지 들어가 당당히 경쟁하고 있다. 내륙에 살고 있는 육송과 해안가에 살고 있는 해송은 유전적으로 아주 가깝다.

아진포는 현재 나아천(羅兒川) 포구이다. 아진포 홈바위에 도착한 석탈해는 해송이 풍부한 곳에서 하늘에 제사를 지냈을 것이다. 아진

석탈해가 도래한 아진포 주변 어촌 풍경

포 소나무 숲 속에는 석탈해의 도착을 알려주는 비석도 있다. 조선 헌종 11년(1845)에 문중에서 〈신라석탈해왕탄강유허비〉와 비각을 건립했다. 비각의 사방에는 배를 타고 도래한 석탈해를 상징하는 물고기가 네 귀퉁이를 받치고 있다. 네 마리의 물고기는 모두 밖으로 향하는 독특한 모습을 보여준다. 물고기는 지금도 바다로 헤엄칠 듯이 생생하다. 석탈해 비각 주변에는 아름드리 해송과 배롱나무, 단풍나무, 산수유, 향나무 등이 자란다.

석탈해, 지혜로 호공의 집을 차지하다

경주 월성의 중요성을 인식한 석탈해는 토함산에 올라가서 돌무

아진포에 세워진 석탈해 유허비

덤을 만들고 7일 동안 수도한다. 그곳에서도 통과의례를 거친 석탈해는 본격적으로 경주의 중심부로 들어가기 위한 계획을 수립한다. 토함산에서 성 안에 살 만한 땅을 찾아보다가 초승달처럼 생긴 호공(瓠公)의 집을 발견하게 된다. 월성의 중요성을 예견한 석탈해는 주변부에서 중심부로 들어가기 위한 치밀한 계획을 수립했다. 월성의 호공이 사용하던 집을 속임수를 사용해 차지한 석탈해는 중심부의 일원으로 급부상하여 남해왕 사위가 되었다.

석탈해는 기득권을 가진 신라 토착세력과 소통하기 위해 유연한 사고가 필요했을 것이다. 신라 왕실에서는 석탈해의 자질과 도덕성에 대한 논란이 있었을 것임은 자명하다. 당시 신라 군왕의 자질은 덕(德)이 있는 사람을 요구하고 있었다. 그래서 석탈해는 남해왕 아들인 노례왕에게 왕위를 양보할 수밖에 없었다. 주변의 반대를 유연한 자세로 대처한 석탈해는 중원(中元) 2년(57) 왕위에 오른다. 인생의 완숙기인 62세 때 군왕에 등극한 석탈해는 23년 동안 신라를 통치했다. 아마도 기존 토착세력의 반발을 무마하는 데 상당한 시간이 걸렸을 것으로 짐작된다.

호공은 대단한 권력을 지닌 신라 토착세력이다. 석탈해는 남몰래 호공의 집에 숯과 숫돌을 묻어두고 관청에 송사하여 그 집을 차지하게 된다. 이러한 석탈해 재주를 어떻게 판단해야 좋을지 다소 혼란스럽다. 비정상적 방법인 트릭(trick)을 사용하여 호공의 땅을 강제로 빼앗았기 때문이다. 재철 능력을 갖춘 이주민 세력인 석탈해는 토착민과 충돌할 수밖에 없었는지도 모른다. 이런 갈등에서도 대장장이의 신인 석탈해는 무력충돌을 피하고 지혜를 발휘한 것은 높이 평가할 만하다.

한편, 석탈해에게 땅을 빼앗긴 호공은 어떻게 되었을까? 오랫동안 살아온 삶의 터전을 몽땅 잃어버린 호공은 어디로 갔을까? 정치적 승자인 석탈해에 대한 기록은 풍부한 반면, 패배한 호공에 대한 기록은 거의 없다. 《삼국유사》에는 호공이 시림에서 김알지의 탄생을 알려준 인물로 등장한다. 석탈해 왕의 통치기간에도 호공은 충분한 보상을 받았기 때문에 월성 주변에 살고 있었을 것이다. 집터를 둘러싼 석탈해와 호공의 갈등은 협력관계로 귀결되지 않았을까 짐작된다. 어쩌면 석탈해에게 땅을 빼앗긴 호공과 김알지의 탄생을 알려준 호공이 다른 사람인지도 모른다.

석탈해는 단순히 지혜만 있었던 것은 아닌 듯하다. 그의 유골은 천하에 적수가 없을 만큼 대단한 장사로 나타난다. 그래서 그 유골을 부수어 석탈해 형상을 만들어 대궐에 모셨다고 한다. 아마도 신라에서는 쇠를 다룰 줄 아는 선진 기술과 장군직 기질 및 지혜를 갖춘 석탈해를 본받고 싶었는지도 모른다. 제철 능력과 무장의 기질 및 지혜를 활용하여 신라의 군왕으로 등극한 석탈해는 백제를 공격하면서도 왜와는 친교 정책을 펼쳤다. 나중에 죽어서는 신라 동악신으로 모셔지기도 한다. 동해 아진포에 도착한 이주민 세력인 석탈해가 신라의 군왕에 등극한 것은 다양한 능력을 겸비했기 때문이다.

이주민 세력인 석탈해가 신라의 왕으로 등극하는 이야기는 능력이 얼마나 중요한가를 보여준다. 물론 남해왕의 사위가 되는 과정에서 석탈해가 신라 귀족의 신분을 획득한 측면도 무시할 수 없다. 그럼에도 석탈해가 신라의 군왕이 되는 모습은 학벌이나 혈연이 중요한 우리 사회에 자신의 능력이 얼마나 중요한지 보여주고 있다. 해양 이주민인 석탈해는 해송 숲에서 통과의례를 거친 뒤에 경주로 들어와 토착세력의 반발을 조정하여 군왕에 오르는 신화적 인물이다.

해송, 석탈해왕릉을 둘러싸다

석탈해왕릉(昔脫解王陵)은 어디에 있을까? 동천동 금강산 가는 길목에 석탈해왕릉이 있다. 《삼국유사》에는 건초(建初) 4년(79)에 석탈해왕이 죽어서 소천(疎川) 둔덕에 장사지냈다고 한다. 《삼국사기》에는 성북 양정 언덕에 장사지냈다고 나온다. 하지만 성북 양정 언덕과 소천 둔덕이 어디를 말하는지 정확하게 알 수 없다. 이 때문에 경주 동천동에 있는 석탈해왕릉은 초기 신라의 봉분이 아닐 가능성이 높다. 왜냐하면 석탈해왕릉은 6세기의 횡혈식 석실고분 양식을 보

석탈해왕릉에 엎드린 소나무

여주기 때문이다.

　석탈해왕릉 주변에는 아름드리 소나무 숲이 풍성하다. 여느 왕릉과 마찬가지로 소나무는 늘푸른 모습을 보여준다. 석탈해왕릉에 들어서도 자동차의 소음이 생각보다 심하다. 그나마 소나무 숲이 왕릉을 감싸고 있어서 얼마나 다행인지 모른다. 왕릉을 감싸고 있는 소나무의 수피는 다양하다. 붉은 피부를 가진 소나무는 푸른 가을하늘과 멋진 조화를 보여준다. 검은 피부를 가진 소나무는 가지퍼짐이 매우 단조롭다. 석탈해왕릉을 향해 큰절을 올리는 소나무가 가장 눈길을 끈다. 하늘로 자라지 못하고 왕릉에 납작 엎드린 소나무는 자신을 낮추는 겸손의 미덕을 갖추었다. 그 모습이 자신의 욕심을 버리고 새로운 것을 수용하는 열린 자세처럼 보인다.

　석탈해왕릉 주변의 소나무는 바닷가의 바람을 온몸으로 견뎌낸

해송의 피부(좌), 솔씨의 생명력(우)

해송이 대부분을 차지한다. 해송은 석탈해가 아진포에 도착했을 때 하늘에 제사지내는 동신목과 연관되어 있다. 석탈해왕릉 주변에도 마을의 평화와 안녕을 기원했던 동신목이 존재한다. 오랫동안 마을의 안녕을 보장해준 신목은 이미 고사하여 주변에 널브러져 있다. 신목은 죽어서도 함부로 할 수 없을 정도로 신령스럽다. 그런데 고사목 속에 어린 솔 씨가 날아와 새로운 생명을 잉태하고 있다. 그 모습이 애처로우면서도 대견스럽기도 하다. 고사한 신목을 대신하여 마을 주민들의 염원을 담은 왕버들 한 그루가 무성하게 자란다.

어린 해송이 숲을 이루다(좌), 해송의 그루터기에 떨어진 솔씨의 생명력(우)

구지봉,
김수로왕을 맞이하는
축제의 현장

계수나무로 불리는 금목서

구지가, 수로왕을 맞이하는 축제의 노래와 춤

　김수로 신화의 현장은 김해 지역에 풍부하게 남아 있다. 김해 지역에는 가락국 시조인 수로왕릉과 허왕후릉 및 구지봉이 신비로운 이야기를 전해준다. 구지봉은 하늘에서 내려온 김수로가 가락국왕으로 등극하는 신화적 현장이다. 김수로왕은 〈구지가〉를 통해서 가락국왕이 되는 신화적 인물이다. 신비로운 축제의 현장인 구지봉에서 구간(九干)들이 김수로왕을 맞이하면서 부른 노래가 〈구지가(龜旨歌)〉이다. 그럼에도 가락국은 역사적으로 신라에 항복했기 때문에 상대적으로 주목을 받지 못했다. 역사의 흥망성쇠를 넘어선 생태인문학적 관점에서 김수로왕의 가락국 신화를 재구성할 필요가 있다.

　《삼국유사》〈가락국기〉에는 김수로왕이 하늘에서 구지봉으로 내려오는 신비로운 이야기로 가득하다. 천지가 개벽한 후로 아직까지 나라의 이름도 없고 군신의 칭호도 없었다. 다만, 아도간, 여도간, 피도간, 오도간, 유수간, 유천간, 신천간, 오천간, 신귀간 등과 같이 구간이 백성들을 통치했는데 그 수가 1만호에 7만 5천 명이었다고 한다. 그들은 산야에서 우물을 파서 마시고 농사를 지으며 평화롭게 살았다.

　서기 42년 3월 북구지에 주민 2~3백 명이 수상한 소리를 들었다.

　하늘에서 "거기 누가 있는가?" 물었다.

　구간 등이 "우리들이 있습니다" 대답했다.

　"내가 있는 곳이 어디인고?" 물으니, "구지봉입니다" 대답했다.

　"하늘이 내게 나라를 세우고 임금이 되라 한다. 너희는 저 봉우리의 흙을 파면서 노래를 부르며 춤을 추어라. 그러면 하늘로부터 대왕을 맞이하여 기쁘게 뛰어놀 것이다."

거북아 거북아(龜何龜何)
머리를 내어라(首其現也)
내놓지 않으면(若不現也)
구워서 먹으리(燔灼而喫也)

〈구지가〉는 가락국 시조인 김수로왕의 탄생을 신비롭게 서술하고 있다. 구간들과 백성들은 김수로왕을 맞이하는 신비로운 축제의 현장에서 춤을 추고 노래를 불렀다. 조금 후 공중을 쳐다보니 붉은 끈이 하늘에서 내려와 땅에 드리워졌다. 그곳을 살펴보니 붉은 보자기 속에 금합자가 있었는데, 열어보니 황금알 6개가 있었다. 사람들이

구지봉에서 구지가를 부르는 이이들

놀라 기뻐하면서 절을 올리고 금합자를 아도간 집에 두었다가 다음 날 열었더니 금합자의 알이 모두 동자로 변했다. 열흘이 지나 6명의 동자는 구척이나 성장하여 각각 왕위에 올랐는데 그 중에서 처음 나타났다고 해서 이름을 '수로'라 하고 국호를 '대가락'이라 했다.

가락국 수로왕은 검소한 생활을 하면서 백성들을 다스렸다. 그런데 완하국 함달왕의 부인이 알을 낳았는데, 이내 사람으로 변했다고 한다. 그가 바다에서 온 석탈해이다. 석탈해는 "내가 왕의 자리를 빼앗으러 왔다"라고 말했다. 그래서 수로왕과 석탈해는 다양한 변신술로 자웅을 겨루었다. 석탈해가 매로 변신하자 김수로왕은 독수리로 변신했다. 석탈해가 참새가 되자 김수로왕은 새매가 되었다. 이러한 이주민인 석탈해와 토착민인 수로왕의 변신술 대결에서 토착민이 승리한다. 석탈해는 생명을 보전하는 수로왕의 어진 마음에 감탄하면서 배를 타고 떠난다. 신비로운 변신술로 석탈해와의 경쟁에서 승리한 수로왕은 백성들의 생명을 보듬은 신화적 인물이다.

수로왕과 허황옥의 국제결혼

신화적 인물인 김수로왕은 백성들의 존경을 받았지만 배필을 구해야 하는 과제가 남겨져 있었다. 서기 48년 신하들이 아름다운 처녀를 배필로 맞이하라고 수로왕에게 간곡히 요청했다. 수로왕은 "내가 여기에 내려온 것은 하늘의 명령이요, 내 왕후가 되는 것도 하늘의 명령이니 너무 심려하지 말라"고 말했다. 그러면서 유천간에게는 경쾌한 배와 좋은 말을 가지고 망산도에서 기다리게 하고 신귀간에

게는 승점까지 가서 기다리게 했다.

갑자기 서남쪽 바다에 붉은 돛을 달고 깃발을 세운 배가 북으로 다가왔다. 유천간이 먼저 섬 위에서 불을 들었더니 그들이 건너와 뭍에 내려왔다. 신귀간이 이런 모습을 보고 대궐로 달려와 수로왕에게 여쭈었다. 수로왕이 기뻐하며 구간 등을 보내어 목련으로 만든 키와 계수나무로 만든 노를 정비하여 그들을 맞이하여 대궐로 모시고자 했다. 당시의 배에는 목련으로 만든 키와 계수나무로 만든 노를 사용했던 것으로 보인다. 이러한 목련과 계수나무는 허황옥을 귀한 손님으로 맞이하는 의식에 사용되고 있다.

목련은 나무에 핀 연꽃이라는 뜻이다. 목련과의 목련(Magnolia kobus)은 갈잎큰키나무로 3월에 꽃이 피고 9월에 열매가 익는다. 꽃은 잎보다 먼저 가지 끝에 1개씩 피는데 꽃잎은 6~9개로 향기가 강하다. 제주도 원산인 목련보다 중국 원산의 백목련이 우리 주변에서 자주 볼 수 있다.

계수나무로 만든 노는 아마도 목서(Sweet Osmanthus)를 말하는 것 같다. 물푸레나뭇과의 은목서와 금목서를 계수나무로 부르기 때문이다. 목서의 원산지는 중국이고 우리나라 남부 지방에 자란다. 나무의 껍질과 가지는 연한 회갈색이다. 암수딴그루로 흰 꽃이 피면 은목서, 주황색 꽃이 피면 금목서라고 부른다. 목서는 10월에 꽃이 피고 다음해 5월에 열매가 열린다. 낙엽이 지는 가을에 꽃을 피우는데, 그 향기가 아주 진하다.

그런데 허황옥은 "내가 당신들을 알지 못하는데 어찌 따라갈 수 있겠습니까?" 라고 말했다. 그러나 수로왕은 대궐의 서남쪽 60보쯤 되는 산기슭에 장막을 치고 허황옥을 기다렸다. 허황옥은 산 바깥의

별포에 배를 매고 상륙하여 높은 언덕에서 쉬었다. 그리고는 입었던 비단 바지를 벗어서 폐백으로 삼아 산신에게 바쳤다. 신보와 조광을 비롯한 20여 명의 사람들이 허황옥을 모시고 수로왕의 처소에 도착하자 수로왕이 허황옥을 맞이하여 함께 장막의 침석에 들었다. 육지에 도착한 허황옥이 언덕에 올라 비단 바지를 벗어서 산신에게 바치는 것은 일종의 통과의례를 보여준 것이다.

김수로왕과 허황옥은 하늘의 명령으로 '국제결혼'이 성사되었다. 〈가락국기〉에는 허황옥이 처음 뱃줄을 내리고 건너온 나룻터를 주포촌, 허황옥이 비단바지를 벗었던 언덕을 능현, 붉은 깃발이 바닷가로 들어오던 곳을 기출포라고 한다. 이러한 김해의 지명은 허황옥이 국제결혼을 했다는 신빙성을 더해주고 있다. 김수로왕은 인도 아유타국 공주인 허황옥과 국제결혼을 통해서 북방문화와 남방문화의 교류를 보여준다. 허왕후릉의 미석에는 '가락국수로왕비 보주태후 허씨지릉(駕洛國首露王妃 普州太后許氏之陵)'이라는 글이 새겨져 있다. 여기에 등장하는 보주는 중국 사천성에 있는 지명이다.

허황옥은 무슨 나무로 만든 배를 타고 왔을까?

〈가락국기〉에 의하면 허황옥은 인도 아유타국 공주였는데, 16세에 배를 타고 김해로 들어와서 김수로왕과 결혼했다고 한다. 그렇다면 허황옥의 고향 아유타국은 어디일까? 허황옥은 인도 아요디아에서 사라유강을 따라 배를 타고 중국 사천성 보주로 이주한 뒤에 다시 김해로 들어온 도래인이다. 그 증거가 허왕후릉 오른쪽에 있는 '파사

석탑'에 남아 있다. 《삼국유사》 탑상편의 〈금관성파사석탑(金官城婆娑石塔)〉에는 허황옥이 이 탑을 배에 실어서 바다의 풍파를 진정시켰다고 한다. 이 때문에 파사 석탑의 돌은 김해 지역에서 찾아볼 수 없는 붉은색을 띠고 있다.

　수로왕릉의 납릉(納陵) 정문에는 쌍어문(雙魚紋)이 있다. 물고기 두 마리가 탑을 보호하는 쌍어문은 인도 아요디아에서 김해까지 연결되는 허황옥의 이동경로를 보여주는 문화인류학적 증거다. 예전에는 허왕후릉에도 이런 쌍어문이 있었지만 지금은 사라지고 없다. 허황옥의 고향인 인도 아요디아에는 신성한 건물에 쌍어문이 새겨져 있다. 쌍어문은 신성한 탑이나 건물을 보호하는 수호신의 기능을 수행하고 있기 때문이다.

허황옥의 고향, 인도 아요디아에는 쌍어문이 많다(좌), 허황옥이 인도에서 가져온 돌로 쌓은 파사석탑(우)

인도에서 중국을 거쳐 김해로 들어온 허황옥은 무슨 나무로 만든 배를 타고 왔을까? 허황옥은 아마도 녹나무(camphor tree)로 만든 배를 타고 왔을 것이다. 녹나뭇과의 녹나무는 늘푸른 키 큰 나무로 5월에 꽃이 피고 10월에 열매가 열린다. 나무의 껍질은 황갈색이고 세로로 불규칙하게 갈라진다. 나뭇잎의 가장자리에 물결 모양의 톱니가 있다. 소금기에 강한 녹나무는 기온이 따뜻한 아열대 지역에서 30미터까지 자랄 뿐만 아니라 배를 만들기에 적당했기 때문이다. 더욱이 김해 박물관에는 녹나무로 만든 배와 상수리나무로 만든 노가 전시되어 있어서 이런 추측을 뒷받침해준다.

김수로왕릉과 허왕후릉에는 돌을 쌓아서 둘레석을 만들어놓았다. 김수로왕릉에는 세월의 무게를 보여주는 아름드리 팽나무를 비롯하

김해박물관 소장 녹나무 배와 상수리나무 노(좌), 가락국 수로왕비 보주태후 허황옥 능(우)

녹나무의 잎과 열매

여 소나무와 왕버들이 살고 있다. 허왕후릉에도 아름드리 소나무가 새들의 보금자리로 활용되고 있다. 김수로왕릉은 《신증동국여지승람》에 기록된 위치와 일치하여 신빙성을 더해준다. 더욱이 1647년에는 '가락국 수로왕릉'이라고 새겨진 능비를 세웠다고 한다.

김해 김수로왕 신화의 현장을 답사하면서 난처한 일은 허황옥의 능이 없다는 점이다. 아무리 허황옥의 능을 검색했지만 찾을 수가 없었다. 허황옥 능은 김수로왕비 능으로 표기되어 있을 뿐이다. 김수로왕비로 존재하는 허황옥의 이름을 되찾아주는 것이 필요하다고 생각한다. 생태문화의 소중한 가치는 남녀 간의 성적 평등뿐만 아니라 생명체를 평등하게 대해주는 것에서 출발하기 때문이다.

허황옥이 인도에서 가져온 차나무

허왕후릉에서 구지봉으로 올라가는 길에는 차나무를 줄지어 심어놓았다. 허황옥이 인도에서 가져온 차(茶)나무 씨앗의 후손이라 한다. 한여름의 따가운 햇볕을 받은 싱싱한 차나무에는 푸른 열매가 주렁주렁 달려 있다. 고려말기 왜구를 토벌하기 위해 김해에 들렀던 충렬왕이 이 차를 마셔보고 '장군차'라는 이름을 내려주었다고 한다. 충렬왕이 마신 장군차의 맛과 향이 아주 좋았기 때문이다.

장군차는 김해를 대표하는 상품으로 유명하다. 장군차는 남방계 대엽류로 찻잎이 크고 두꺼운 것이 특징이다. 올해 수확한 김해 장군차의 맛은 어떠할까? 김수로왕릉 곁의 한옥마을에서 따뜻한 장군차 한 잔을 마셔보았다. 장군차의 진한 향기는 오래 전 인도 네루대학교 한국학 파견교수로 부임했던 과거로 나를 인도해주었다. 네루 대학교에서 한국어와 한국문학을 강의하면서 김수로왕과 국제 결혼했던 허황옥 고향인 아요디아를 찾아서 여행했던 추억이 새록새록 솟아난다.

선도산
성모와
복사나무

복사나무에 꽃이 피다

복숭아는 신선이 먹는다는 과일이다.

선도산에 복사나무가 살고 있을까?

경주에 내린 폭설로 선도산은 설국으로 변했다. 우리의 《삼국유사》와 생태문화 기행도 선도산 아래서 멈출 수밖에 없었다. 오랜만에 찾아온 휴식이다. 복잡한 세상살이에서는 가끔씩 용감하게 발상의 전환이 필요할 때가 있다. 그래서 눈이 내린 쌀쌀한 겨울 날씨에도 아랑곳하지 않고 발길을 선도산으로 잡았다. 선도산 마애불이 너무도 보고 싶었기 때문이다. 어쩌면 바위 속에서 형체를 드러낸 마애불이 나를 선도산으로 불렀는지도 모른다.

선도산(仙桃山)은 경주 서악동에 있다. '신선이 먹는 복숭아'라는 뜻을 내포한 선도산은 신선 사상의 성지다. 선도산에는 예부터 성모(聖神) 이야기가 전해진다. 《삼국유사》에는 선도산 꼭대기에 성모가 살았다고 한다. 중국 황실의 딸인 사소(娑蘇)는 날아가는 솔개를 따라와 경주 선도산의 지신(地神)이 되었다. 사소는 선도산에 머물면서 경주에 신령스러운 일을 많이 베풀었다. 그 중에서도 박혁거세를 낳아 신라의 하늘을 열었기 때문에 선도산은 신라에서 제사를 지내는 신성한 장소가 되었다.

신라의 하늘을 열었던 박혁거세를 낳은 성모를 모신 사당에는 복사나무가 살고 있을까? 이런 궁금증을 해소하기 위해 한겨울의 찬바람을 맞으며 선도산 정상으로 향했다. 복사나무가 귀신을 쫓는 나무이기 때문에 선도산 성모사당에는 복사나무가 없을 게 분명하다. 그래도 선도산 자락에는 복사나무가 자라고 있을 것이다. 왜냐하면 선도(仙桃)에 복사나무가 들어 있기 때문이다. 한겨울에 복사나무를 찾는 작업은 힘들지만 만물이 생동하는 새봄에는 선도산 자락에서 복사꽃을 보고 싶다.

복사나무(Prunus persica)의 학명 중 '페르시카'는 원산지가 페르시아임을 의미한다. 복사나무는 지금의 이란에서 중국을 거쳐 우리나라에 들어온 것으로 보인다. 중국 동진 때 살았던 도연명의 《도화원기》에는 복사꽃이 신선의 세계를 상징한다. 복사꽃도 좋지만 열매인 복숭아는 불로장생을 의미한다. 예부터 복숭아는 귀신을 쫓는 기운을 가졌다고 해서 제사상에는 복숭아를 올리지 않는다. 이 때문에 성모사에는 복사나무를 심지 않았겠지만 선도산 어딘가에는 복사나무가 살고 있을 것만 같다.

선도산 성모사를 찾아서

선도산은 신라의 첫출발을 알려주는 매우 신성한 곳이다. 해발 390미터의 야트막한 선도산은 신라의 서방정토이기도 하다. 선도산 정상에는 마애여래삼존입상이 경주를 너그러운 표정으로 굽어보고 있다. 본존불은 높이 6.85미터의 아미타상으로 경주에서 가장 크다. 왼쪽의 대세지보살은 4.62미터, 오른쪽의 관세음보살은 4.55미터이다. 본존불인 아미타상은 오랜 바위 속의 침묵을 깨고 막 깨어나려는 순간을 보여준다. 그 모습이 바위 조각을 떨쳐버리고 완전한 아미타불로 변해가는 깨달음의 찰나를 연상하게 한다. 그래서 세월의 무게를 그대로 안고 있는 아미타불이 더욱 신비로운지도 모른다.

여느 마애불과 달리 선도산의 아미타불은 화강암이 아니다. 비바람에도 쉽게 풍화되는 안산암에 마애불을 조각했기 때문에 부서지기 쉽다. 만화영화에 등장하는 변신 로봇처럼 바위조각의 퍼즐을 맞추면 아미타불로 변하는 마법을 보여주는 듯하다. 삶과 죽음이 인연에 의해 끊임없이 윤회한다고 생각하면 아미타불의 모습이 자연스럽기도 하다. 이렇게 자연에 의해서 윤회하고 있는 아미타불은 불법의 진리를 온몸으로 보여주고 있다.

선도산 가는 길은 옛정취가 남아 있는 마을길을 지나야 한다. 마을이 끝나는 지점에는 아름드리 굴참나무가 우뚝 서 있다. 굴참나무는 선도산과 마을의 경계를 나타내는 숫대 같기도 하다. 굴참나무 아래 조그마한 벤치는 방문객의 쉼터다. 그곳에 앉아서 휴식을 취하면서 선도산 기슭에 자리한 서악동 봉분을 바라보는 것도 색다른 즐거움이다.

서악리 삼층석탑 주변의 오래된 감나무가 방문객을 맞이한다. 겨

선도산의 마애불

울 햇살을 받은 석탑은 하얀색이 유난히 돋보인다. 백탑이라 불릴 만큼 하얀 화강암은 소나무 숲속에서도 눈에 잘 띈다. 석탑의 하얀 색과 소나무의 푸른색이 선명한 대조를 이룬다. 삼층석탑은 날씬한 몸매를 원하는 여성의 부러움을 사기에 충분하다. 아름드리 오동나무는 석탑을 마주보며 당당하게 자란다. 오동나무의 가지에는 딱따구리가 구멍을 판 흔적이 뚜렷하다.

눈이 내린 겨울에 잎과 열매를 떨어뜨린 나무들은 앙상한 피부만 보여준다. 선도산 중턱에는 예전에 발생한 산불의 흔적이 고스란히 남아 있다. 검게 타버린 나무들이 빽빽하게 서 있는 모습이 참으로 안타깝다. 갑자기 몇 년 전에 선도산을 휩쓸었던 화재가 생각났다. 산불이 선도산의 소나무, 굴참나무, 상수리나무를 한 순간에 잿더미로 만들었다. 순식간에 생명을 빼앗겨버린 나무들의 모습이 선도산의 풍경을 더욱 을씨년스럽게 하는 듯하다.

산불을 모면한 성모사당

이러한 산불에도 선도산 성모를 모신 사당은 다행히 화재를 모면했다. 성모사당 주변의 나무들은 화마의 피해를 받았지만 신기하게도 성모사당만은 온전하게 보존되었다고 한다. 산불의 재앙을 피할 수 있었던 것은 선도산 성모의 보살핌 덕분이었을까? 성모사당을 제외하고 나머지는 모두 화마에 검게 그을린 흔적이 역력하다. 그래서 멀리서 선도산을 보면 성모사당 주변만 푸른 색깔로 보인다.

선도산 마애불 입구에는 네 그루의 잣나무가 한겨울 추위와 맞서고 있다. 젊은 잣나무의 당당함은 마애불의 인자한 모습과 대비된다. 마애불 옆의 화단에는 배롱나무, 잣나무, 피라칸사, 단풍나무, 동백나무, 명자나무, 남천, 불두화, 박태기나무 등이 자란다. 잣나무를 제외하면 대체로 키 작은 나무들이다. 조그마한 화단에 이렇게 다양한 나무들이 살고 있다는 게 신기할 정도다.

선도산 마애불과 성모사당 주변에는 이대[箭竹]가 울타리로 자란다. 눈이 내린 겨울에 푸른 이대는 자신의 존재를 당당히 드러낸다. 찬바람을 막아주는 빽빽한 이대 덕분에 마애불은 따뜻한 겨울을 보내고 있다. 성모사 앞의 해송은 주변의 상수리나무와 햇볕 경쟁을 피하기 위해 가냘픈 둥치를 하늘로 향하고 있다. 넓은 가지를 펼친 상수리나무는 성모사와 마애불을 지켜주는 수호신 같다. 이밖에도 선도산 마애불 주변에는 가죽나무, 배나무, 벚나무 등이 앙상한 몸으

선도산 성모인 사소를 모신 성모사

로 한겨울을 견디고 있다.

선도산 마애불에서는 형산강 너머 경주를 한 눈에 조망할 수 있다. 본존불인 아미타불 앞에서 내려다본 무열왕릉과 진흥왕릉 및 서악동 고분군의 능선은 참으로 곱다. 추운 겨울에도 선도산 마애불과 함께 바라본 경주는 정말 포근하다. 시선을 좀더 아래로 향하면 불에 탄 나무들의 아우성이 들려오는 듯하다.

선도산은 김유신의 여동생들과 인연이 깊은 곳이다. 하루는 언니 보희가 선도산에 올라 오줌을 누었는데 서라벌이 잠기는 꿈을 꾸었다. 망측한 꿈을 꾼 보희의 말을 들은 동생 문희가 비단을 주고 그 꿈을 샀다. 그 덕분에 문희는 태종무열왕 김춘추와 결혼하게 된다. 이러한 김유신 누이동생들의 꿈이 선도산과 연관된 점은 매우 중요하다. 선도산은 김유신과 김춘추의 관계를 더욱 돈독하게 하는 혼인동맹의 계기가 되었기 때문이다.

대나무에 핀 신비로운 꽃

미추왕,
신라를 지킨
신비로운 댓잎군사

미추왕릉 가는 무덤가의 대숲

대릉원, 삶과 죽음을 성찰하는 공간

경주 황남동에 자리한 대릉원(大陵園)에는 신라왕과 왕비의 능으로 추정되는 20여 기의 능이 옹기종기 모여 있다. 대릉원에는 댓잎군사로 적을 막아낸 미추왕릉, 왕릉을 발굴하여 내부를 그대로 전시하고 있는 천마총, 쌍분으로 조성된 황남대총 등이 유명하다. 신라왕과 왕비가 잠들어 있는 대릉원은 도심의 정원처럼 조성되어 있어서 방문객이 산책하기에 안성맞춤이다. 도심에 자리한 대릉원은 삶과 죽음이 무엇인지 성찰할 수 있는 열린 공간이다.

대릉원에는 무덤 사이로 다양한 나무가 살고 있다. 대릉원 입구에 들어서면 커다란 무덤이 보이지 않을 정도로 아름드리 해송이 방문객의 시선을 막아선다. 피부가 검은 해송 사이로 세찬 바람이 '쏴아' 하고 시나가면 마음이 청결해지는 듯하다. 대릉원을 빙문할 때마다 해송의 서늘한 바람소리는 왕릉을 참배하는 의식처럼 생각되었다. 어쩌면 신라 왕릉 사이를 걷는 것이 나를 성찰하는 행복한 시간인지도 모른다. 그래서 나무세기 회원들과 답사하거나 《삼국유사》와 생태인문학 기행에 나선 사람들을 안내하기 위해 대릉원을 자주 방문했다.

해송 숲을 지나면 키 작은 단풍나무가 발걸음을 천천히 무덤으로 인도한다. 천마총과 미추왕릉으로 가는 길목에 아름드리 느티나무가 살고 있다. 대릉원의 느티나무는 삶과 죽음의 경계에 자리한 심판의 나무처럼 우람해 보인다. 바쁜 현대인들의 발걸음이 느티나무 그늘 아래에 들어서는 순간 느림의 미학을 깨닫게 된다. 심지어 발걸음을 느티나무 아래 잠시 멈추는 사람들도 많다. 대릉원의 느티나무는 신라 왕릉을 오랫동안 지켜본 가장 큰 어른이다. 가지를 넓게 펼친 느티나무 그늘에 앉아서 미추왕의 삶과 죽음을 생각해보았다.

댓잎군사로 이서국의 침략을 물리친 미추왕

미추왕은 대나무 잎을 꽂은 군사를 지휘한 역사적 인물이다. 《삼국유사》에는 미추왕과 죽엽군(竹葉軍)의 활약 덕분에 신라를 방어하는 이야기가 전한다. 신라 제14대 유리왕 시절에 이서국이 침공하여

오죽(좌), 대릉원 무덤에 뿌리를 내린 대나무(우)

신라군이 방어했으나 오래도록 저항하지 못했다. 당시 댓잎을 귀에 꽂은 신병이 신라군과 협력하여 이서국 군사를 격파한 것이다. 그런데 적이 물러간 뒤에는 모두 어디로 갔는지 보이지 않았다. 다만, 댓잎이 미추왕릉 앞에 쌓여 있었다고 한다. 그래서 미추왕릉을 '죽현릉'이라 이름 지었다.

신라 제13대 미추이사금은 김알지의 7세손이다. 미추왕의 아버지는 구도갈문왕이요 어머니는 박씨로 이비갈문왕의 딸인 생호부인이다. 대대로 현달하고 성덕을 지녔던 미추왕(未鄒王)은 경주 김씨 중에서 처음으로 군왕에 등극한 인물이다. 이 때문에 후대의 김씨 왕은 미추왕을 시조로 삼고 있다. 즉위한 지 23년에 붕어한 미추왕릉은 흥륜사 동쪽에 만들었다고 한다. 미추왕 이후 김씨 왕조를 확립한 인물은 내물왕이다. 내물왕은 46년 동안 나라를 다스렸는데 내물왕부터 신라 왕위는 경주 김씨가 완전히 장악하게 된다.

미추왕릉 주변에는 껍질이 검은 볏과의 대나무(烏竹)가 자라고 있다. 사계절 푸른 대나무는 신라를 지키기 위한 미추왕의 충심을 보여준다. 이런 점에서 대나무는 신라의 위기를 구한 미추왕의 충절을 상징한다. 벼과에 속하는 대나무(Phyllostachys spp.)는 아열대와 열대 및 온대지방까지 분포한다. 우리나라에서는 신라시대 이전부터 대나무를 심었던 것으로 추정된다. 매화, 난초, 국화 등과 함께 사군자로 활용된 대나무는 사철 푸르고 곧게 자라는 특성 때문에 지조와 절개의 상징으로 인식되었다. 대나무는 나이테가 없고 비대생장을 하지 않는다. 대나무 줄기는 가운데가 비어 있어서 휘어질 수는 있지만 부러지지는 않는다. 이러한 대나무의 생태적 특성이 미추왕과 죽엽군의 충절을 상징하고 있다.

한편, 미추왕은 후대에 발생한 김유신의 불만을 풀어주었다. 신라 제37대 혜공왕 때 별안간 선풍이 유신 공의 묘에서 일어났는데 한 사람이 준마를 탄 것이 마치 장군의 모습과 같았다. 또한 갑옷을 입고 병기를 지닌 군사 40여 명이 뒤를 따라 죽현릉으로 들어갔다. 얼마 후 그 속에서 진동하고 우는 소리가 나며 혹은 무엇을 호소하는 말이 들리기도 했다.

"신이 평생 시정을 돕고 잘못을 바로잡으며 화평을 도모한 공로가 있습니다. 이제 혼백이 되어 나라를 수호하여 재앙과 환난을 물리치고자 하는 마음은 조금도 변함이 없습니다. 지난 경술년에 신의 자손이 죄 없이 죽임을 당했으니 이것은 임금이나 신하가 모두 신의 공렬을 생각하지 않는 것입니다. 신은 다른 곳으로 멀리 옮겨 편안히 쉬고자 하오니 대왕께서는 윤허해주십시오."

왕이 "나와 공이 나라를 지키지 않는다면 백성들은 어떻게 한단 말인가. 공은 지난날과 다름없이 노력해주기를 바라오"라고 말했다. 세 차례 간청했음에도 대왕이 윤허하지 않았더니 선풍이 사라졌다. 혜공왕이 두려워하여 공신 김경신을 김유신 무덤에 보내어 사과하고 공을 위하여 공덕보전 30결을 추선사에 내려 명복을 빌게 했다. 추선사는 공이 평양을 친 뒤에 복을 빌기 위해서 세웠기 때문이다. 미추왕의 신령이 아니었던들 김유신의 노여움을 막지 못했을 것이다. 이러한 미추왕의 공덕을 기리기 위해 삼산과 함께 제사를 받들고 차례를 오릉 위에 놓아 대묘(大廟)라 했다.

대릉원의 미추왕릉 안에는 아름드리 벚나무가 자란다. 벚나무는 미추왕의 외로움을 달래주고 있는지도 모른다. 벚꽃이 만개했을 때 미추왕릉을 방문하면 삶과 죽음의 경계가 한순간에 무너지는 색다

른 풍경을 감상할 수 있다. 한적한 봄날 벚나무와 벗이 되어 살아가
는 미추왕릉은 대나무의 기상을 품은 외유내강의 정신을 보여준다.
그리고 미추왕릉 담장을 넘어서면 굴참나무가 아름드리로 자란다.
굴참나무는 상수리나무와 달리 나뭇잎의 앞면과 뒷면의 색깔이 다
르다. 나무의 피부에 코르크가 발달한 굴참나무는 미추왕릉을 수호
하고 있다.

미추왕릉 앞에 활짝 핀 벚꽃

천마총에는 자작나무가 살고 있을까?

　천마총은 대릉원 깊숙한 곳에 있다. 미추왕릉에서 천마총 가는 길
은 신비로운 이야기로 가득하다. 그곳에는 아름드리 자귀나무가 자
란다. 자귀나무 잎이 기온에 따라 달라지는 것은 그만큼 예민하기
때문이다. 사람들은 예민한 자귀나무 잎에서 사랑을 확인한다. 그래
서 밤에 잎을 맞대는 자귀나무를 뜰에 심어 부부의 금슬을 키웠다.
우리도 천마총에서《삼국유사》와 생태인문학 기행에 참여한 사람들
과 함께 자귀나무를 찾아보는 즐거움을 마음껏 누렸다.
　천마총은 신라 고분의 특징인 돌무지덧널무덤의 내부를 공개하고
있다. 천마총을 발굴하게 된 이야기는 아주 흥미롭다. 경주시에서는
황남동 제98호 고분의 내부를 공개하여 관광자원으로 활용하려는

천마도가 출토된 천마총

계획을 수립했다고 한다. 1973년 문화재관리국에서는 한국 최대형 고분(제98호)을 발굴하기 위해 소형 고분을 발굴하여 경험과 정보를 얻기로 했다. 그래서 당시에는 비교적 소형이라 생각했던 제155호 분을 먼저 발굴하기로 결정한다.

  그런데 비교적 소형이라 생각했던 제155호분은 당시까지 발굴된 고분 가운데 규모가 가장 크고 거의 완형에 가까운 처녀분이었다. 그 고분에서 하늘을 나는 천마도가 출토되어 세상을 깜짝 놀라게 했다. 천마총은 자작나무 껍질에 채색한 천마를 그린 말다래가 발견되었기 때문에 붙여진 이름이다. 학계에서는 6세기에 조성된 천마총이 신라 제22대 지증왕릉으로 추정하고 있다. 천마총에서 출토된 수많은 유물 중에서 핵심은 역시 천마도이다. 천마도는 박혁거세 신화에 등장하는 백마와 관련되어 있기 때문이다.

자작나무의 단풍

천마도의 재료는 자작나뭇과의 키가 큰 자작나무다. 천마총 내부 전시실에는 말 양쪽 배가리개로 사용한 말다래를 전시하고 있다. 자작나무 껍질을 여러 겹으로 겹쳐서 누빈 위에 그린 하늘을 나는 천마도는 신라 미술을 이해하는 데 매우 귀중한 문화재다. 천마총에서는 천마도 외에도 자작나무 껍질을 엮어서 고깔 형태로 만든 백화수피제 관모도 발굴되었다. 자작나무 껍질을 활용한 말다래와 관모는 북방 문화와의 교류를 보여준다.

자작나무(Betula platyphylla var. japonica)의 수피는 흰색이다. 자작나무 껍질은 매끄럽고 잘 벗겨지므로 종이를 대신하여 그림을 그리는 데 유용하게 쓰였다. 나무의 껍질은 기름기가 많아 불을 붙이면 잘 붙고 오래가는데, 탈 때 나는 '자작자작' 소리에서 자작나무란 이름을 붙였다. 결혼식에 불을 켤 수 있는 나무란 뜻으로 '화혼(華婚)'과

천마도, 자작나무 껍질로 만들다

자작나무의 피부

'화촉을 밝힌다'라는 말도 자작나무 껍질에서 나온 말이다. 자작나무의 영어 이름인 버취(Birch)의 어원은 '글을 쓰는 나무 껍질'이란 뜻이다. 이 때문에 천마도에 사용된 자작나무의 종류는 좀더 정확하게 조사해야 한다.

자작나무는 백두산이나 시베리아 및 유럽 북부의 추운 지방에 자생하지만 이제는 남쪽에서도 쉽게 볼 수 있다. 그럼에도 전시실과 천마총 주위는 물론 대릉원 어디에도 자작나무는 볼 수 없다. 학계에서는 '천마'가 아니라 '기린'이라는 주장도 있지만, 그림의 동물이 천마든 기린이든 자작나무로 만들어진 것은 분명하다. 그래서 나무세기의 대표 강판권 교수는 대릉원을 답사할 때마다 천마총 앞에는 반드시 자작나무를 심어야 한다고 강조한다. 자작나무가 천마총 주변에 살고 있으면 천마도와의 생태문화적 연관성을 쉽게 이해할 수 있기 때문이다.

연오랑·세오녀, 뽕나무로 광명을 되찾다

연오랑 세오녀의 비단으로 되찾은 해맞이

연오랑·세오녀, 바다를 건너 왜로 이주하다

　포항시 오천읍에는 연오랑과 세오녀 이야기에서 유래한 일월지(日月池)가 있다. 일월지의 지명을 한글로 풀어보면 '해와 달이 있는 연못'이다. 연오랑·세오녀 이야기에 등장하는 '해와 달'은 고대 신화적 상상력의 흔적을 구체적으로 보여준다. 해와 달은 인류의 탄생과 번영에 신화적 보편성을 제공해주기 때문이다. 이러한 연오랑·세오녀의 신화는 《삼국유사》에 수록되어 있다. 당시 영일현 오어사에 주석했던 일연 스님은 연오랑·세오녀의 신비로운 이야기에 관심을 보였던 것으로 생각된다. 포항지역에 전승되는 연오랑·세오녀는 바다를

포항 호미곶에 세워진 연오랑 세오녀 상

건너 왜로 이주한 신화적 이야기를 보여준다.

　신라 제8대 아달라왕 4년(157) 동해에 연오랑과 세오녀 부부가 살고 있었다. 어느 날 연오랑이 바다에 가서 마름(해초)을 캐다가 별안간 바위가 그를 태우고 왜로 들어갔다. 그 나라 사람들이 "이는 비상한 사람이다"라고 하면서 연오랑을 왕으로 삼았다. 한편 남편을 찾아서 바닷가를 수색하던 세오녀는 남편이 신발을 벗어놓은 바위에 올라갔다. 그러자 바위가 서서히 움직이더니 세오녀를 태우고 곧장 왜로 들어간 것이다. 그 나라 사람들이 놀라서 왕에게 말하여 세오녀를 왕비로 삼았다.

　연오랑·세오녀는 신라 사람이 왜로 건너간 이주민의 모습을 보여

해와 달을 되찾은 일월지의 풍경

뽕나무에 오디가 주렁주렁 열리다

준다. 신라에서 바다를 건너 왜로 이주하는 신비로운 이야기는 고대 신화의 보편적 흔적을 담고 있다. 그런데 조선 초기 서거정의 《필원잡기》에는 연오랑·세오녀가 바위를 타고 바다를 건너 왜로 이주했다는 말이 납득이 되지 않았던 모양이다. 그래서 서거정은 그들이 풍랑을 만나서 어쩔 수 없이 왜로 이주했을 것이라고 생각한다.

뽕나무, 해와 달의 광명을 되찾아주다

그때 갑자기 신라에서는 해와 달이 광채를 잃어버렸다. 일관이 "해와 달의 정기가 신라에 강림했다가 왜로 갔기 때문에 이러한 괴변이 일어났습니다"라고 왕에게 아뢰었다. 왕은 사자를 왜에 파견하여 두 사람의 귀국을 요청했다. 그런데 연오랑은 "내가 왜에 도착한 것은 하늘이 시킨 것이니 돌아갈 수가 없다. 다만, 왕비가 손수 짠 비단을 줄 테니 이것으로 하늘에 제사하면 될 것이다"라고 말했다. 사자의 말대로 비단을 쌓아 하늘에 제사를 올렸더니 신라에 해와 달이 다시 밝았다고 한다. 신라의 해와 달을 되찾아준 비단은 국보로 삼아 어고(귀비고)에 간직했다.

세오녀가 짠 비단으로 하늘에 제사를 지낸 곳이 '영일현(迎日縣)' 또는 '도기야(都祈野)'이다. 그렇다면 일월지는 어디에 있을까? 《동국여지승람》 23권 영일현 고적조에는 '일월지'가 영일현 동쪽 10리 도기야에 있다고 한다. '도기야'는 세오녀가 짠 비단으로 하늘에 제사를 올렸던 신성한 들판이고 그 중심에 일월지가 있다. 더욱이 포항에는 영일현, 일월지, 광명리 등과 같이 해와 연관된 지명이 풍부하다. 동해의 태양이 제일 먼저 뜨는 포항은 신라의 해맞이 장소로 가장 적합했을 것이다. 예부터 오(烏)자는 해(口)를 상징하기도 한다. 해 속에는 세 발 달린 까마귀인 삼족오가 살고 있다는 오랜 믿음이 존재하기 때문이다.

연오랑·세오녀의 신비로운 이야기에 세오녀가 손수 짠 비단으로 해와 달의 광명을 되찾게 되는 이유는 무엇일까? 비단은 하늘이 준 신목(神木)인 뽕나무로 옷을 만들었던 인류의 오랜 역사 속에서 여성의 신화적 상징물로 인식되었기 때문이다. 강판권의 《중국을 낳은 뽕나무》에 의하면 중국 북쪽 지역인 황하를 배경으로 탄생한 《시경》에는 뽕나무가 풍부하게 등장한다. 뽕나무가 일상에서 아주 중요한 역할을 수행했음을 보여준다. 《삼국사기》에는 신라 박혁거세 17년(BC 40)에 임금이 6부의 마을을 돌면서 누에치기를 독려했다는 내용이 기록되어 있다.

뽕나무(Morus alba)는 북반구의 온대 및 난대성 지역인 한국과 중국이 원산지이다. 뽕잎은 비단의 원료이지만 사람의 손으로 실을 짤 수 없다. 오직 누에가 뽕잎을 먹고 실을 토해내야만 비단을 만들 수 있기 때문에 잠엽(蠶葉)이라 부른다. 《후한서》에는 전설적인 황제의 아내인 서능씨가 처음으로 양잠하는 법을 가르쳤다고 한다. 신라시대부터 뽕나무를 재배했으며, 고려 현종 때는 마을마다 일정한 수의 뽕나무를 심게 했다는 기록이 있다. 조선시대 왕비는 친잠례(親蠶禮)를 지내야 하는 막중한 소임을 가지고 있었다. 농경사회에서 양잠을 권장한 이유는 누에를 키워 고치에서 실을 뽑아 방적하는 일이 중요한 생산이기 때문이다.

동아시아 고대 신화에는 농잠신이 매우 중요하게 등장한다. 동아시아의 태양 신화는 뽕나무와 연관되어 있다. 동쪽 바다 끝에 있는 외딴 섬에는 부상(扶桑)이라는 커다란 뽕나무 한 그루가 살고 있는데 뽕나무 가지에는 태양 알이 열린다. 매일 아침이면 다 자란 태양이 하나씩 바다 위로 올라와 하늘을 달리고 저녁에는 서쪽 끝의 연못인 함지(咸池) 속으로 빠진다. 비단을 활용한 연오랑·세오녀의 신비로운 이야기는 동아시아 뽕나무의 태양 신화를 반영하고 있다.

연오랑·세오녀의 신화적 이야기는 해와 달이 빛을 되찾는 신비로

일월지에 살고 있는 뽕나무

움을 보여준다. 사라진 해와 달이 광명을 되찾는 연오랑·세오녀 이야기에는 뽕나무가 문맥 속에 숨어 있다. 비단을 만드는 과정은 뽕나무와 누에가 있어야 한다. 뽕잎을 먹은 누에는 성장과정에서 다양한 변신을 보여준다. 뽕잎을 먹은 누에의 신비로운 변신이 있어야 비단을 만들 수 있다. 신라의 연오랑·세오녀가 왜로 갔기 때문에 갑자기 해와 달이 빛을 잃었다. 그 해와 달의 광명을 되찾는 과정에서 뽕나무와 누에를 통한 비단이 등장하고 있다. 뽕나무는 연오랑·세오녀의 신화적 이야기를 생태적으로 보여주는 상징물이다.

일월지에는 뽕나무가 살고 있을까?

현재 일월지는 해병대 제1사단 관할구역에 있다. 연오랑·세오녀의 이야기 현장을 답사하려면 해병대의 협조를 받아야 가능하다. 일월지는 신라의 해와 달이 빛을 잃어버렸을 때 광명을 되찾아준 신성한 장소이다. 그래서 포항 지역을 답사하면서 일월지가 있는 해병대를 방문했지만 아쉽게도 출입 허가를 받지 못했다. 군부대 방문에 대한 공문을 보낸 후 비로소 일월지를 답사하게 되었다. 군부대의 친절한 협조로 연오랑·세오녀 이야기의 신화적 현장인 일월지를 처음으로 둘러보는 행운을 얻었다.

신라의 해와 달을 되찾게 된 장소인 일월지에는 어떤 나무가 살고 있을까? 일월지 주변에는 해송이 연못을 둘러싸고 있다. 해송 사이로 가끔씩 벚나무, 모감주나무, 능수버들, 팽나무 등이 다채로운 일월지의 풍경을 만들어준다. 일월지의 핵심은 신라의 해와 달이 광명을 되찾을 수 있도록 도와준 비단의 원료인 뽕나무이다. 만약 뽕나무가 없다면 일월지 주변에 다시 심어야 한다. 왜냐하면 뽕나무는 신라의 해와 달이 광명을 되찾을 수 있도록 도와준 신물이기 때문이다.

나무인문학 회원들과 함께 찬바람이 부는 추운 겨울날 일월지를 산책하다가 뽕나무 한 그루를 찾았다. 일월지 사적비 주변의 뽕나무를 보고 얼마나 기뻤는지 모른다. 아름드리 뽕나무는 베어지고 그 곁의 어린 나뭇가지가 힘겹게 살아가고 있었다. 일월지에 살고 있는 뽕나무는 연오랑·세오녀의 해맞이 신화를 통해서 '귀신 잡는 해병대'에도 해와 달의 축복을 내려줄 것이다.

포항시 일월지 주변에는 천제단과 일월사당이 있다. 천제단은 신라시대부터 해와 달에 제사를 올렸으나 아쉽게도 일제강점기에 천제단이 철거되었다고 한다. 일월사당에는 소나무가 사당 주변을 둘러싸고 있다. 소나무 중에서도 해풍에 강한 검은 피부의 해송을 심어놓았다. 일월사당에서는 매년 10월에 해와 달에게 제사를 올리고 있다. 그 제사에 뽕잎을 먹은 누에고치로 짠 비단을 제단에 올리고 있는지 일월사당 제사에 참여하고 싶은 마음이 간절하다.

선덕여왕,
세 가지 사실을
예견하다

모란꽃

선덕여왕(善德女王)은 재위 16년(632-647) 동안 분황사, 첨성대, 황룡사 9층 목탑 등을 세우고 삼국통일의 기초를 마련했다. 선덕여왕을 만나기 위해서는 경주 낭산(狼山)을 찾아가야 한다. 높이 100여 미터로 나지막한 낭산 정상에 선덕여왕의 안식처가 있기 때문이다. 낭산의 지명유래는 이리가 엎드린 모양에서 비롯되었다고 한다. 이러한 낭산의 정상에 묻힌 선덕여왕이 세 가지 사실을 미리 알았던 이야기가《삼국유사》〈지기삼사〉에 전한다.

낭산은 예로부터 신라의 신들이 노닐던 신유림(神遊林)으로 유명하다. 아마도 신라의 시조들이 신성한 숲에서 탄생한 것과 연관된 것으로 보인다. 《삼국사기》에는 실성왕 12년(413) 8월 구름이 낭산에 일어났는데 그 모습이 누각 같고 사방에 아름다운 향기가 펴져 오랫동안 사라지지 않았다고 한다. 그래서 실성왕은 낭산을 신령스러운 곳으로 여겨 나무 한 그루도 베지 못하게 했다. 이런 신성한 곳에 신라 최초로 여성 군왕인 선덕여왕릉이 자리하고 있다.

선덕여왕은 어떻게 왕위에 오를 수 있었을까? 진평왕의 첫째 딸인 덕만

달빛 부서지는 첨성대

공주가 왕이 될 수 있었던 원인은 당시 신라의 골품제 신분사회에서 찾을 수 있다. 진평왕은 슬하에 아들이 없었고 딸인 덕만, 천명을 두었다. 골품제도에 의하면 성골만이 왕이 될 수 있었다. 이런 우여곡절 끝에 첫째딸인 덕만 공주가 선덕여왕으로 등극하게 되었다. 여성으로서 군왕에 등극한 선덕여왕은 신라 귀족의 반발을 잠재우기 위해 노심초사했을 것으로 생각된다. 이러한 신라 귀족의 반발과 백성의 불안을 잠재우기 위한 선덕여왕의 세 가지 이야기가 신비롭기도 하다.

선덕여왕, 모란꽃에는 향기가 없다

당 태종이 모란 그림과 그 씨앗을 선물로 보내왔을 때 선덕여왕은 그 꽃에 향기가 없다는 사실을 예견했다. 모란 씨앗을 뜰에 심어서 꽃이 필 때를 기다렸는데 과연 향기가 없었다. 선덕여왕이 그 사실을 알 수 있었던 것은 모란을 그린 화폭에 나비가 없었기 때문이었다.

모란 그림에 나비가 없다는 것은 신라 선덕여왕을 희롱하기 위한 외교적 술수이기도 했다. 당시 선덕여왕은 남편을 여의고 혼자 살고 있었기 때문이다. 당 태종의 의도를 꿰뚫어본 선덕여왕은 사물을 관찰하는 예지력과 선견지명을 겸비하고 있었다. 이 때문에 선덕여왕은 모란에 나비가 없는 그림을 보고 향기가 없다는 점을 알았던 것이다.

모란(Paeonia suffruticosa)은 아름답고 화려한 꽃을 대표한다. 모란은 예로부터 화왕(花王)이라 하여 꽃 중의 꽃으로 꼽았다. 중국인의 사랑을 받던 모란은 신라 진평왕 때 우리나라에 들어왔다. 대부분의 식물이 언제 수입되었는지 명확하지 않으나 모란은 《삼국사기》와 《삼국유사》에 확실한 기록이 전한다. 선덕여왕 1년(632)에 선덕여왕이 세 가지 일을 예견했던 사건에 모란의 전래가 기록되어 있기 때문이다. 신라에 전래된 이후 신라인들은 탐스럽고 커다란 모란꽃을 좋아하게 되었다. 고려시대와 조선시대에도 모란은 부귀영화를 상징하는 꽃으로 인식되었다.

신라 최초의 여성왕인 선덕여왕의 예지력과 달리 실제로 모란꽃에는 향기가 있다. 모란은 암수 한꽃으로 4~5월 새로 나온 가지 끝에 크고 소담한 꽃이 핀다. 10개 정도의 꽃잎이 있는 모란꽃은 지름 15cm 이상으로 매우 큰 편에 속한다. 화려한 모란꽃의 크기에 비하여 향기는 상대적으로 적은 편이다. 모란꽃은 향기보다 커다란 꽃을 감상하기 위해 정원에 즐겨 심는다. 모란은 꽃의 향기보다 탐스런 꽃의 색깔이 사람들의 마음을 사로잡았기 때문이다.

선덕여왕, 여근곡에 숨은 백제 군사를 알아내다

《삼국유사》에는 여근곡(女根谷)과 관련된 재미있는 이야기가 전한다. 선덕여왕은 한겨울에 영묘사의 옥문지에서 개구리가 3일 동안 울었다는 이야기를 들었다. 그 소식을 듣자마자 선덕여왕은 신하들에게 병사 2천 명을 거느리고 여근곡에 숨어 있는 백제 군사를 격퇴하라고 명한다. 이러한 선덕여왕의 예지력 덕분에 여근곡에 숨은 백

나무로 읽는 삼국유사

여근곡에 숨어 있는 백제군사를 물리치다

제 군사를 모두 물리친 것이다.

선덕여왕은 개구리 울음소리를 듣고 백제 군사가 여근곡에 숨어 있다는 사실을 어떻게 알았을까? 여근곡 이야기는 당시의 복잡한 역사적 사실을 상징적으로 보여준다. 선덕여왕의 해명을 들어보기로 하자. 개구리의 눈이 불거진 모양은 성난 형상으로 군사를 상징한다. 옥문이란 여근을 말하는데 여자는 음이고 그 색은 흰색이다. 우리나라의 오방 개념에서 흰색은 서쪽을 상징한다. 그래서 서쪽의 여근곡에 백제 군사가 숨어 있음을 알았다고 한다. 선덕여왕은 정말 신기한 예지력을 갖추고 있었던 셈이다.

이러한 선덕여왕의 해명에는 고도의 전략이 숨어 있다. 선덕여왕은 왕위 계승의 정당성을 확보함과 동시에 국가 통치의 탁월한 능력을 백성들에게 보여준 것이다. 신라의 국방에 대한 단호한 의지와 선견지명을 보여줄 필요가 있었다. 이 때문에 여근곡 이야기에는 선덕여왕 등극에 대한 귀족과 백성들의 불안을 잠재우려는 정치적 의도가 반영되어 있다고 하겠다. 이러한 여근곡 이야기는 선덕여왕의 예지력과 결단력을 보여주는 대목이 아닐 수 없다.

여근곡은 경주 건천의 해발 630미터 오봉산 자락에 있다. 오봉산 자락의 모양새가 여성의 음부를 닮아서 여근곡이라 부른다. 단풍이 곱게 물드는 날 여근곡을 산책하는 기분은 참으로 묘하다. 여근곡은 멀리서 보면 온통 소나무 숲으로 보이지만 갈참나무, 신갈나무, 떡갈나무 등의 참나뭇과 활엽수들이 빈 공간을 가득 채우고 있다. 우리가 "숲만 보고 나무를 보지 못한다"라는 속담은 이럴 때 사용하면 적절할 것 같다.

오랜 세월동안 변함없는 여근곡은 적절한 거리에서 바라봐야 한다. 여근곡은 사계절 내내 다양한 모습을 보여준다. 봄에는 마을주변의 복사꽃이 피면 정말 무릉도원처럼 황홀한 풍경을 만끽할 수 있다. 여름에는 푸른 소나무와 활엽수들의 왕성한 활동으로 젊음을 느끼기에 충분하다. 가을에는 참나뭇과 나무들이 고운 단풍으로 물들어 화려함을 보여준다. 겨울에는 낙엽수들이 잎사귀를 떨어뜨리고 소나무만이 푸르게 물든다. 이렇게 여근곡은 사계절 사뭇 다른 풍광을 연출하고 있다.

현재는 소나무들이 여근곡을 가득 채우고 있다. 소나무 숲속에는 향기로운 바람이 전해주는 상쾌함이 묻어난다. 여근곡은 등산로를 따라 가파른 나무 계단을 올라가야 한다. 자신의 몸무게를 두 발에 의지해 등산하는 것은 가장 평등한 길인지도 모른다. 오직 두 발로 자신의 몸을 정상으로 밀어올려야 하기 때문이다. 가끔 호흡이 가쁘면 잠시 멈춰서 주변의 나무들을 유심히 관찰하는 것도 좋다.

예전에 발생한 산불로 소나무가 시꺼멓게 그을린 자국이 선명하다. 소나무는 종족 보전에 안간힘을 쏟으며 솔방울을 만들고 있다. 가끔씩 참나뭇과의 상수리나무와 굴참나무도 산불을 피하지는 못한 것 같다. 산불은 산림 생태계를 초토화시키는 인간의 재앙이다. 하지만 아직까지 생명의 싹을 틔우지 못한 생명체에게는 새로운 기회로 작용한다. 이러한 산불의 양면성이 산림 생태계를 변화시키고 있다. 아름드리 소나무가 쓰러진 자리에는 진달래, 생강나무, 굴피나무 등과 같은 활엽수가 새로운 생명을 지펴낸다.

구불구불한 흙길에는 서로의 몸을 기댄 채 사랑을 나누는 나무를 자주 목격하게 된다. 나무 벤치가 있는 쉼터에서 정상으로 가는 길목에는 말채나무와 갈참나무가 입맞춤을 하고 있다. 그것도 나무의 뿌리에서 무릎과 허리를 감싸며 진한 입맞춤을 한다. 그 위로 조금만 올라가면 경사진 비탈에서도 나무들의 사랑은 계속된다. 아마도 여근곡에서는 나무들의 사랑이 노골적인지도 모른다.

여근곡의 숲에는 까막딱따구리가 나무에 열심히 구멍을 파고 있다. 까막딱따구리는 큰 몸집을 가진 희귀종이다. 몸은 검지만 머리에 붉은 줄이 특징이다. 겨울 채비를 서두르는 까막딱따구리는 "딱딱, 딱딱딱" 소리를 내며 부리로 나무를 쪼아댄다. 오동나무에 보금자리를 만드는 딱따구리 소리는 대자연의 웅장한 교향곡에 박자를 맞추는 것 같다. 산길에서 만난 까투리와 솔방울을 까먹는 청설모도

단풍이 아름답게 물들어가는 여근곡의 숲

바쁘게 움직인다. 산짐승은 겨울을 대비하여 풍성한 가을에 부지런히 영양분을 축적하고 있다. 그래야만 혹독한 겨울을 이겨내고 봄까지 생명을 유지할 수 있기 때문이다.

선덕여왕, 낭산이 도리천임을 알다

선덕여왕은 낭산이 자신의 영원한 안식처인 도리천임을 알았다고 한다. 선덕여왕은 생전에 자신이 죽으면 도리천에 묻히길 소원했다. 그런데 신하들이 도리천이 어딘지 몰라 당황하고 있을 때 선덕여왕은 낭산이라고 말해주었다. 선덕여왕이 낭산에 묻힌 지 32년 후 문무왕이 그 아래에 사천왕사를 창건한다. 불교에서 도리천은 사천왕 위에 있는 수미산 꼭대기의 부처님 세계를 말한다. 그래서 사천왕사 위쪽의 선덕여왕릉은 불교에서 말하는 도리천이 되었다. 비로소 선덕여왕 생전 자신의 무덤자리 예감이 적중한 것이다.

낭산은 아무런 준비도 없이 산책하기에 좋다. 더욱이 관광객이 붐비지 않아서 호젓하게 걷는 즐거움이 제법 쏠쏠하다. 선덕여왕릉을 찾아가는 길은 사천왕사지를 가로질러야 한다. 사천왕사 창건으로 자신의 예감이 적중해 도리천에 묻혔기 때문이다. 주차장에 차를 세우고 철길 밑 시멘트 포장길을 걸어가면 넓은 보문 들판이 펼쳐진다. 그 황금들판 가장자리에 선덕여왕의 부친인 진평왕릉이 있다. 보문 들판의 진평왕릉과 낭산의 선덕여왕릉은 죽어서도 부녀 사이에 애틋한 정을 나누고 있는지도 모른다.

산등성이를 따라 걸어가면 나무로 길을 만들어놓았다. 아마도 방문객이 증가하면서 흙이 쓸려가는 것을 방지하려는 생태적 선택으로 보인다. 낭산에는 날씬하고 키가 큰 해송이 불꽃처럼 하늘로 향하고 있다. 나무로 포장된 길이 끝나는 지점에는 해송 대신 육송이 빽빽하게 자라고 있다. 우리와 친숙한 소나무는 서식지를 기준으로 해송과 육송으로 구분한다. 바닷가의 거친 바람을 맞은 해송은 솔잎이 강하지만 육지에서 자란 솔잎은 부드럽고 매끄럽다. 해송에 비해 부드러운 피부와 유연한 몸매를 자랑하는 육송은 왠지 친근하다.

선덕여왕릉에는 수피가 붉은 소나무가 매력적이다. 굽은 허리에서 가지가 위로 뻗은 소나무는 살아 있는 솟대처럼 보인다. 조금만 더 가면 아름드리 소나무 세 그루 앞에 선덕여왕릉을 중수한 기념비가 있다. 그곳에서 산봉우리로 시선을 돌리면 소나무 사이로 선덕여왕릉이 보인다. 여기서 왕릉까지는 그리운 여인을 만나러 가는 것처

도리천에 잠든 선덕여왕릉

럼 마음이 급해진다. 심장 박동소리도 예사롭지 않다. 그래도 천천히 걸으며 주변의 소나무를 유심히 살펴보는 게 좋다. 소나무가 선덕여왕릉을 중심으로 허리를 굽히고 있기 때문이다.

부채살 모양의 소나무 줄기 사이로 선덕여왕릉은 초록색 옷을 입고 있다. 그곳에서 잠시 발걸음을 멈추고 왕릉을 유심히 관찰해야 한다. 푸른 하늘의 햇살이 왕릉을 따사롭게 감싸고 있기 때문이다. 깜깜한 무대의 주인공에게 비춰지는 한줄기 빛처럼 소나무 숲에서 바라본 선덕여왕릉은 모든 시선을 사로잡기에 충분하다. 하늘로 통하는 문이 있다면 선덕여왕릉에 햇빛이 비치는 이런 장면이 아닐까 한다.

선덕여왕릉 앞 소나무에는 누군가 솟대를 조각해놓았다. 선덕여왕을 사모했던 지귀(地鬼)의 못 다한 사랑에 대한 환생으로 솟대를 걸어놓았을 가능성도 있다. 선덕여왕을 사모하여 불귀신이 되었던 지귀가 여왕을 지켜주는 솟대가 된 것으로 보인다. 아름다운 여왕의 뒷모습을 훔쳐보았던 지귀의 사랑과 설렘이 이런 느낌일지도 모른다. 소나무에 걸려 있는 솟대 덕분에 우리는 다양한 상상력을 발휘하는 즐거운 시간을 가졌다. 선덕여왕은 선견지명으로 신라를 통치했기 때문에 백성들의 가슴에 한 송이 모란꽃으로 기억되었을 것이다.

설총의 화왕계,
장미꽃을
믿지 마세요!

설총의 묘 옆의 장미

설총의 무덤을 찾아서

경주 시내에서 보문호 방향으로 가다보면 제법 넓은 들판이 펼쳐진다. 진평왕릉은 경주 보문동 너른 들판의 가장자리에 아늑하게 자리하고 있다. 진평왕릉이 들어선 자리는 오리 숲머리로 불린다. 오리 숲머리는 마을의 홍수를 막기 위해 제방을 쌓고 그곳에 숲을 조성한 인공림이다. 예전에는 분황사에서 명활산까지 5리에 걸쳐서 무성한 숲이 늘어서 있었다고 한다. 하지만 인간의 편리함을 주장하는 무분별한 개발 논리에 밀려서 무성한 숲은 점차 사라지고 말았다.

지금은 진평왕릉 입구에만 살아남아서 과거 오리 숲머리의 흔적을 보여준다. 오리 숲머리는 예전 숲이 사라져도 오늘날까지 지명유래에 그 의미가 지속되고 있다. 이러한 오리 숲머리의 지명이 유지되는 한 진평왕릉의 숲이 사라질 염려는 없다. 더욱이 진평왕릉 주변에는 왕버들, 팽나무, 소나무, 느티나무, 느릅나무 등의 아름드리 고목이 무성한 숲을 이루고 있다. 넓은 벌판에 자리한 진평왕릉은 숲속에서 외로움을 달래고 있는지도 모른다.

보문동에는 설총의 무덤으로 전해지는 커다란 봉분이 있다. 이 무덤은 지름 15미터, 높이 7미터로 보호석의 흔적이 곳곳에 보인다. 그런데 설총의 무덤은 지금까지도 의견이 분분하다. 신라의 수도인 경주가 아닌 경산에 묻혔을 것이라 주장하기도 한다. 이런 설총 묘에 대한 이견은 고고학적 연구가 더 필요하리라 생각한다.

설총의 무덤은 마음의 여유를 가지고 찾아가야 한다. 보문 들판의 아름다움에 매료되어 서둘다보면 무심코 지나칠 수도 있기 때문이다. 먼저 진평왕릉 입구에 차를 세워두고 자전거를 타고 보문동 들판을 둘러보는 게 제격이다. 보문 들판에는 설총의 무덤과 보문사지 유물이 곳곳에 숨어 있기 때문이다. 보문 들판에 숨어 있는 보물을 찾기 위해서는 느림의 미학이 필요하다. 논둑길을 산책하듯 천천히 걸어가면 천년의 생태문화를 만날 수 있다.

마을 안쪽에 자리한 설총 묘의 좌우에는 배롱나무에 핀 백일홍이 한창이다. 한여름의 무성한 초록 무덤과 비교하면 너무도 붉어서 슬프다. 배롱나무는 겉과 속이 동일하여 무덤가에 주로 심는다. 왜냐하면 배롱나무는 조상과 후손의 표리일체를 상징하고 있기 때문이다. 선선한 바람이 불면 배롱나무도 단풍으로 옷을 갈아입는다. 배롱나무는 줄기의 껍질을 벗어버린 채 한 겨울을 온몸으로 견뎌낸다.

설총의 무덤 입구에는 무궁화가 울타리로 사용되고 있다. 흰색과 분홍색 꽃을 피운 무궁화나무는 서로 빽빽하게 어깨를 맞댄 채 무덤을 지킨다. 무덤을 방어하는 울타리에는 무궁화만 있는 건 아니다. 사철나무도 무덤과 밭의 경계를 구분하는 울타리로 살아간다. 이 때문에 무덤을 보호하는 생울타리는 무궁화나무와 사철나무의 몫이다. 봉분의 뒤편에는 젊은 소나무 13그루가 북풍을 막아준다. 무덤에서 보면 소나무는 왼쪽에 9그루, 오른쪽에 4그루가 살고 있다. 늘푸른 소나무는 봉분의 주인을 변함없이 지켜주는 듯하다. 설총의 무덤을 당당하게 지켜보고 있는 키 작은 소나무가 믿음직스럽다.

신라 시대는 우리말과 한자의 불통이 매우 심각한 상황이었다. 지금도 소통이 매우 중요한 화두이지만 그 당시는 더욱 심각했을 것이다. 이러한 불통을 해소하기 위해 이두(吏讀)를 집대성한 인물이 바로 설총이다. 이두는 한자의 음과 훈을 빌려 우리말을 표기하는 차자(借字) 표기법을 말한다. 우리말과 한자의 차이로 인한 의사소통의 어려움을 해소하기 위해 이두를 정리한 설총 덕분에 신라인들은 좀더 편리하게 향가를 짓고 표기할 수 있었다.

설총은 경덕왕 때의 학자로 강수, 최치원과 함께 신라 3대 문장가로 유명하다. 그는 원효 대사와 요석 공주 사이에서 태어난 인물이다. 설총의 정확한 출생년도는 알 수 없지만 대체로 654~660년으로 추정한다. 설총은 천성이 명민하고 경사와 문학에 능통했던 학자이다. 이 때문에 설총은 고려 현종 13년(1022)에 '홍유후(弘儒侯)'에 추봉되어 문묘에 배향되었다. 조선시대에는 경주 서악서원에 설총 위패가 배향되었다고 한다.

설총의 화왕계, '아첨하는 장미꽃을 내치시오!'

김부식의 《삼국사기》 열전에는 설총이 신문왕의 요청으로 〈화왕계(花王戒)〉를 지었다고 나온다. 예나 지금이나 막강한 권력을 가진 사람에게 충언하기는 쉽지 않은 것 같다. 조선시대 서거정의 《동문선》에는 왕을 풍자한 내용에 초점을 맞추어 〈풍왕서(諷王書)〉라고 적혀있다. 다양한 꽃을 의인화한 〈화왕계〉는 작품의 내용을 파악한 뒤에 붙인 이름이다.

설총의 〈화왕계〉는 임금에게 올바른 정치를 하도록 충언한 가전체소설이다. 국왕에게 아첨하는 여인의 애교보다 정직한 신하의 충고에 귀를 기울일 것을 권유하고 있다. 꽃나라 화왕인 모란은 장미를 사랑했는데 할미꽃이 충언을 하게 된다. 할미꽃의 충직한 말에 감동한 화왕은 올바른 도리로 정치를 바로잡게 된다. 이렇게 꽃을

아름다운 장미꽃의 유혹

의인화한 가전체소설 〈화왕계〉는 임금에게 올바른 지혜를 가르쳐준 이야기로 유명하다.

이러한 〈화왕계〉에 등장하는 모란꽃, 장미꽃, 할미꽃 등을 설총의 무덤에서 만날 수 있으면 얼마나 좋을까? 다행히 무덤 주변 텃밭에 붉은 장미꽃이 있어서 정말 반가웠다. 가녀린 줄기에 피어난 탐스러운 장미꽃은 지나가는 사람의 마음을 홀리기에 충분하다. 특히 붉은 장미는 욕망, 열정, 절정 등의 꽃말을 가지고 있다. 화려한 꽃과 달리 줄기에 무서운 가시를 품은 장미는 오감을 마비시키는 사랑의 묘약인지도 모른다. 이 때문에 요염하고 진한 향기를 풍기는 장미꽃의 자태에 정신을 빼앗긴 사람은 화왕만이 아닐 것이다.

아름다운 장미(Rosa hybrida Hortorum)에 가시가 생긴 흥미로운 이야기도 있다. 신이 장미를 만들었을 때 사랑의 메신저인 큐피드는

탐스런 모란꽃은 꽃의 왕이다

사랑스럽고 아름다운 장미꽃에 키스를 하려고 입술을 내밀었다. 그러자 꽃 속에 있던 벌이 깜짝 놀라 침으로 큐피드의 입술을 톡 쏘고 말았다. 이것을 지켜본 여신 비너스는 큐피드가 안쓰러워 벌을 잡아서 침을 빼내버렸다. 그리고 그 침을 장미 줄기에 꽂아두었다. 그 후에도 큐피드는 가시에 찔리는 아픔을 마다 않고 여전히 장미꽃을 사랑했다고 한다.

그런데 화왕을 상징하는 모란이 화려한 장미꽃에 현혹되지 않도록 충고한 할미꽃은 설총의 무덤 그 어디에서도 찾을 길이 없다. 설총의《화왕계》에 등장하는 모란과 할미꽃을 새봄에 볼 수 있다면 얼마나 좋을까? 세상살이의 잘못을 깨우쳐준 할미꽃의 지혜와 그것을 수용한 모란의 포용력을 진정 배우고 싶다.

미나리아재빗과에 속하는 할미꽃(Pulsatilla koreana)은 여러해살이풀이다. 할미꽃은 한국의 산과 들에 자라는 야생화이다. 메마른 양지에서 잘 자라고 키는 40cm 정도이며 전체에 흰색의 털이 촘촘하게 나 있다. 잎에는 흰색 잔털이 빽빽하게 나 있고 잎의 표면은 진녹색이다. 뿌리는 땅속 깊이 들어가고 흑갈색이며 윗부분에서 많은 잎이 나온다. 뿌리에서 잎이 바로 나오므로 줄기를 따로 구분하기 어려우며 꽃은 적자색으로 4월에 핀다. 노인의 백발을 연상시켜 한자로는 '백두옹(白頭翁)'이라고 부르기도 한다.

설총의 무덤에는 모란꽃, 할미꽃, 장미꽃 등을 심어서 〈화왕계〉를 문화콘텐츠로 활용해야 한다. 이제는 꽃을 의인화한 〈화왕계〉의 생태인문학적 서사를 활용하여 고전의 현재화 또는 고전의 대중화 전략을 모색해야 할 시점이 되었다. 고전을 활용한 생태인문학 기행을 통해서 나무와 풀을 역사적 인물과 결부시켜 이해할 필요가 있다.

수줍게 고개를 숙이고 있는 할미꽃

생태문화적 관점에서 문학, 역사, 조경 등을 결합한 스토리텔링이 문화관광산업으로 급부상하고 있기 때문이다.

숲에서
김유신을 지켜준
호국신

소나무의 꽃

소나무로 둘러싸인 김유신의 묘

김유신(金庾信)의 묘는 충효동의 송화산(松花山) 중턱에 있다. 송화산 동쪽 능선에 자리한 김유신 무덤가에는 온통 소나무로 가득하다. 주차장에서 산책로를 따라서 천천히 걸어가면 늘푸른 소나무의 우직함을 볼 수 있다. 소나무는 김유신의 무덤을 아늑하게 감싸준다. 소나무 숲이 없으면 무덤이 얼마나 황량할지 짐작하고도 남는다. 소나무 덕분에 김유신의 묘는 오랫동안 보존되었다. 소나무 숲이 사라지면 그의 묘를 보존하기가 어렵기 때문이다.

그렇다고 송화산에는 소나무만 있는 게 아니다. 소나무 숲에 자리한 김유신의 묘에도 다양한 생명체들이 살아간다. 소나무 사이에도 키 작은 진달래와 철쭉이 뿌리를 내리고 살고 있다. 햇볕이 잘 들지 않는 척박한 곳에 핀 진달래꽃은 참으로 반갑다. 진달래꽃이 지고나면 철쭉이 검붉은 꽃을 피워낸다. 진달래와 철쭉은 빽빽한 소나무 숲속에서도 가녀린 생명의 신비를 보여준다.

소나무는 천이과정을 통해서 자연스럽게 활엽수로 교체될 수밖에 없다. 그럼에도 김유신의 무덤에 소나무가 우점종인 것은 인공적인 간섭 때문인지 모른다. 묘를 관리하는 사람들이 늘푸른 소나무 숲을 만든 주역이다. 덕분에 아름드리 소나무 숲이 김유신의 묘를 포근하게 감싸고 있다. 그리고 김유신의 무덤에는 둥근 모양의 느티나무가 젊음을 뽐내고 있다. 느티나무는 세상을 둥글게 살아가라는 가르침을 대변하는 듯하다.

숲속의 호국신이 김유신을 지켜주다

《삼국유사》에는 김유신을 구한 호국신이 등장한다. 김유신은 일월과 오행의 성스러운 기운을 타고 났기 때문에 신비로운 일이 많았다. 진평왕 때 출생한 김유신 등에는 칠성의 무늬가 있고 18세에 검술을 닦아 국선이 되었다. 그때 국선의 무리에 백석(白石)이 있었다. 고구려와 백제를 치기 위해 김유신이 고민할 때 백석이 "김유신과 함께 그들을 정탐한 후에 도모하는 것이 어떠합니까?"라고 말했다. 유신공이 기뻐하면서 백석을 데리고 밤에 길을 떠났다.

고개 위에서 쉬고 있을 때 두 여인이 그들의 뒤를 따라왔다. 유신공 일행이 골화천에 유숙할 때 한 여인이 더 나타났다. 유신공은 세 낭자와 함께 기쁘게 이야기를 나누었다. 낭자들과 유신공은 과실을

삼국통일의 명장 김유신의 묘

먹으며 서로 마음을 터놓고 이야기를 했다. 그런데 갑자기 세 낭자는 "공의 말씀은 잘 알겠으나 공이 백석 몰래 숲속으로 들어가면 우리가 사실을 전해주겠습니다"라고 말했다.

김유신이 숲속으로 들어가자 세 낭자는 귀신의 얼굴을 나타내면서 "우리들은 내림, 혈례, 골화 등의 호국신입니다. 이제 백석이 유신공을 유인하였으나 공은 깨닫지 못하고 길을 떠났습니다. 우리들은 유신공을 만류하기 위해 이곳까지 왔습니다"라고 말했다. 말이 끝나자 낭자들은 어디론가 사라졌다. 유신공이 놀라 숲을 나와 골화관에 유숙하면서 백석에게 "중요한 문서를 잊어버렸으니 너와 함께 집으로 돌아가 그 문서를 가져와야 한다"라고 말했다. 유신공이 집으로 돌아와 백석을 포박하여 심문하자 백석이 사실대로 아뢰었다.

자신은 고구려 사람인데 신하들이 "신라 김유신은 우리나라 점치는 선비 추남"이라고 말했다는 것이었다. 국경에 역류하는 물이 있었는데 추남이 점을 친 후에 "대왕의 부인이 음양의 도를 역행하여 그 혐의가 나타난 것입니다"라고 대답했다. 대왕은 놀라고 왕비는 노하여 "이것은 요망한 여우의 말"이라고 추남을 비난했다.

왕이 추남을 시험하여 만일 실언했다면 중형으로 다스리게 하였다. 그래서 쥐 한 마리를 함속에 감추고 "이것이 무슨 물건이냐"라고 물었다. 추남은 "여기에 쥐가 8마리 들어 있습니다"라고 대답했다. 왕은 "그의 말이 맞지 않는다"고 하면서 추남을 참형에 처하려고 했다. 추남은 "내가 죽은 뒤에 대장이 되어 반드시 고구려를 멸망시킬 것이다"라고 맹세했다고 한다.

그런데 추남을 죽이고 쥐의 배를 갈라보니 새끼가 7마리였다. 그제야 추남의 말이 맞았음을 알았다. 그날 밤 대왕의 꿈에 추남이 신라 김유신의 어머니 품으로 들어갔다고 한다. 이 사실을 신하들에게 알렸더니 모두 "추남이 깊이 맹세하고 죽었으니 과연 그렇게 될 것입니다"라고 말했다. 이 때문에 백석을 보내어 이런 꾀를 꾸몄다는 이야기였다.

김유신은 백석을 처형하고 백미를 갖추어 호국신 낭자들에게 제사를 지냈더니 모두 나타나 음식을 맛보았다. 김유신의 어머니인 재매부인이 죽어서 청연 골짜기에 장사하고 그곳을 재매곡이라 불렀다. 해마다 봄철에 선비와 숙녀들이 재매곡 남쪽 시냇가에 모여 잔치를 베풀었다. 그곳에 재매부인의 묘를 돌보는 원찰인 송화방을 지었다. 이런 점에 초점을 맞추면 김유신을 지켜주기 위해 호국신이 나타난 숲은 소나무 숲이었다고 추정해볼 수 있다.

삼국통일의 명장 김유신은 어떤 인물일까?

김유신(595~673)은 김수로왕의 12대 손이자 금관가야의 마지막 구형왕(仇衡王) 김구해의 증손자다. 아버지는 만노군 태수 김서현이고 어머니는 갈문왕 입종의 손녀인 만명부인이다. 김유신은 패망한 금관가야의 왕족인 부친과 신라 왕족인 모친 사이에서 출생했다. 금관가야 왕실의 김서현과 신라 왕실의 만명부인은 신분을 초월한 사랑을 선택했다. 이러한 김유신 부모의 사랑과 결혼 이야기는 언제 들어도 가슴이 설렌다. 신분을 초월한 사랑을 위해 모든 것을 버릴 수 있는 만명부인의 용기가 부럽기도 하다. 그들은 신라 왕실의 축복을 받지 못했기 때문에 서라벌을 떠나 진천의 만뢰산(萬賴山)에 정

김유신 묘의 소나무(위), 재매정, 김유신의 집터(아래)

착한다. 김유신은 '대자연의 만물이 내는 온갖 소리'를 뜻하는 만뢰산에서 출생했다.

서라벌로 이주한 김유신은 화랑이 되었지만 패망한 금관가야 왕실의 후손이 서라벌에 적응하기는 쉽지 않았다. 17세에는 삼국통일의 꿈을 품고 단석산에 들어가 수련했다. 해발 827미터 단석산은 경주에서 가장 높고 험할 뿐만 아니라 예부터 중악의 신성한 장소이기 때문이다. 그곳에서 난승(難勝) 도사에게 배운 신술로 바위를 자르는 신비로운 체험을 했다. 진평왕 51년(629) 낭비성 전투에서 고구려 군사를 격파해 압량군주가 되었고, 선덕여왕 13년(644)에는 상장군이 되어 가혜성과 성열성을 비롯한 7개의 성을 점령했다. 이러한 김유신의 탁월한 능력은 왕실과 귀족의 불만을 잠재웠을 것이다.

김유신이 당나라의 군수물자를 수송할 때 당나라 장수 소정방이 종이에 난새와 송아지 두 물건을 그려서 보내왔다. 사람들이 그 뜻을 알지 못해 원효 법사에게 물어보게 했다. 원효는 "빨리 군사를 돌려보내시오. 송아지와 난새를 그린 것은 두 가지가 다 끊어졌음을 말하는 것이오"라며 소정방의 의중을 정확하게 파악했다.

진덕여왕 때에는 비담의 반란을 진압하고 백제의 대량주를 공격해 12개의 성을 점령하여 이찬에 오른다. 김유신은 김춘추와 함께 선덕여왕과 진덕여왕의 국정을 보필했다. 더욱이 무열왕 7년(660)에는 나·당연합군이 백제를 공격할 때 신라의 총사령관으로 출전한다. 김유신 장군은 계백 장군과 최후의 일전을 거듭한 끝에 황산벌 전투에서 승리하여 백제를 멸망시킨다.

무열왕의 아들이자 김유신의 조카인 문무왕은 668년에 고구려를 멸망시켜 삼국통일의 위업을 달성한다. 문무왕은 신라와 당나라의 협공을 통해 고구려를 정복한다. 김유신은 그 전투에 참전하지 않았지만 문무왕에게는 그의 존재만으로도 커다란 힘이 되었을 것이다. 김유신은 삼국통일 이후 태대각간에 오르고 당나라의 침략을 물리치다가 문무왕 13년(673) 7월에 병으로 생을 마감한다. 덕분에 김유신은 왕릉보다 더 화려한 묘에 잠들어 있는지도 모른다.

《삼국사기》에는 문무왕이 금산원에 장례지냈다는 기록이 전한다. 현재 그곳이 어디인지 분명하지 않다. 《삼국유사》에는 서산 모지사 동향한 산에 무덤이 있다고 한다. 현재 모지사의 정확한 위치가 어디인지 모른다. 이 때문에 김유신의 무덤에 대한 정확한 위치를 알 수 없다. 다만, 마을주민들이 오랫동안 그의 무덤을 관리하고 제사했다는 점은 분명하다. 조선 숙종 때 경주부윤 남지훈이 당시 구전을 토대로 김유신 장군의 정신이 사라지는 것을 안타깝게 생각하여 '태대각간김유신지묘(太大角干金庾信之墓)'라고 새긴 비석을 세웠다.

김유신 무덤은 지름이 30미터로 커다란 원형 봉분이다. 둘레에는 호석과 돌난간이 감싸고 있다. 호석과 돌난간 사이에는 바닥돌을 깔아서 화려한 위상을 한껏 높이고 있다. 둘레돌 사이에는 평복을 입은 12지 신상이 온화한 모습을 보여준다. 12지 신상의 몸체는 정면을 보고 있지만 고개는 오른쪽으로 돌려 주변을 바라본다. 신상의 조각 수법이 통일 신라 이후 세련되고 능숙한 솜씨를 보여준다.

이러한 김유신 묘와 봉분의 구조와 양식은 흥덕왕릉과 비슷하다. 흥덕왕릉 둘레돌 사이에는 12지 신상이 갑옷을 입고 있는 차이만 존재한다. 흥덕왕 10년(835)에 김유신을 흥무대왕으로 추봉할 때, 그의 무덤에 12지 신상과 돌난간이 설치된 것인지도 모른다. 그래서 김유신 무덤을 '흥무대왕릉'으로 부르기도 한다.

김유신 묘를 둘러싼 다양한 이견이 존재하고 있다. 이근직 교수에 의하면 김유신 묘는 경덕왕릉으로 추정한다. 12지 신상과 난간 둘레석이 김유신보다 후대인 성덕왕 이후에 등장한다는 점과 신라 묘를 왕릉보다 화려하거나 위쪽에 만들 수 없다는 점을 제시한다. 그렇다고 해서 김유신의 무덤이 아니라는 정확한 증거도 없다. 이러한 논쟁은 역사와 고고학 전문가들에게 미루어둘 수밖에 없다.

왕릉에 버금가는 김유신 묘의 나무 이야기

삼국통일의 명장 김유신을 만나기 위해서는 형산강을 건너야 한다. 경주의 중심에서 보면 형산강이 서쪽에 있어서 서천으로 부른다. 서천교를 지나 김유신의 묘로 가는 길에 아름드리 벚나무가 화려함을 더한다. 봄볕이 따사로운 날 꽃망울을 터뜨린 벚나무는 천국으로 사람들을 인도하는 듯하다. 무덤을 찾아가는 사실조차 잊어버릴 만큼 만개한 벚꽃은 길손의 발길을 사로잡기에 충분하다. 하얀 꽃잎을 바라보니 겨우내 움츠렸던 마음까지 밝아진다.

벚나무는 봄 신명을 지펴 새로운 꿈을 꾸게 만드는 묘약이다. 세상의 근심을 모두 사라지게 하여 마음까지 벅차오르게 만든다. 가을이 오면 서천을 따라 벚나무 단풍이 아름답게 물든다. 붉게 물드는 벚나무의 변신을 바라보고 있으니 마술을 부리는 것 같다. 비록 피부는 거칠지만 사계절 친환경적인 마술을 부리는 벚나무가 정말 사랑스럽다.

주차장에서 소나무 숲속을 산책하여 매표소까지 걸어가는 게 좋다. 매표소 주변에는 아름드리 단풍나무가 살고 있다. 늦가을에 화려한 단풍으로 갈아입은 8그루의 단풍나무는 탄성을 자아내기에 충분하다. 그럼에도 단풍나무의 생육조건은 좋지 못한 실정이다. 도로개설로 뿌리가 잘리거나 시멘트로 봉쇄되어 뿌리를 자유롭게 뻗지 못하고 있다. 흙이 쓸려간 단풍나무는 몽당한 뿌리를 여러 겹으로 뭉쳐서 살아간다. 어떤 단풍나무는 뿌리를 힘차게 뻗어보려고 인도 블럭을 힘차게 밀어올리고 있다. 이러한 단풍나무가 인간의 무지함을 화려한 단풍으로 깨우쳐주는 것인지도 모른다.

홍무문 좌우에는 매실나무가 오랫동안 그 자리를 지키고 있다. 아름드리로 성장한 매실나무는 김유신의 묘를 방문한 사람들을 지켜본다. 여러 갈래로 가지를 펼친 매실나무는 해마다 정갈한 꽃을 피워내며 봄소식을 전한다. 절개를 상징하는 매화는 만물을 생동하는 힘을 가지고 있다. 그래서 봄에 활짝 핀 매화 향기를 맡으며 김유신의 묘를 답사하는 사치를 가끔씩 누리고 싶다.

소나무와 느티나무가 홍무문을 감싸고 있다. 오른쪽으로 눈을 돌리면 김유신 비석이 손짓한다. 비석을 보해해주는 건물이 소나무 숲에 살포시 안겨 있다. 비각 속에 들어앉은 커다란 비석이 방문객을 압도한다. 삼국통일의 주역 김유신 장군 비석이라고 해도 왠지 허망하다는 생각이 든다. 삼국통일은 피할 수 없는 시대적 사명일지도 모른다. 하지만 그 전쟁에서 무고한 생명을 구하는 지혜를 발휘했더라면 더 좋았을 것이다.

김유신의 묘는 홍무문에서 시작된다. 아담한 돌을 쌓아 만든 길이 무덤을 안내한다. 그 곁에 붉은 피부를 드러낸 소나무가 청청한 바람소리를 들려준다. 소나무가 방문객의 시선을 묘로 이끌어간다. 솔

향기에 발걸음이 느려진다. 무엇인가 마음속에 준비를 해야 할 것만 같다. 세상에 이렇게 훌륭한 업적을 남긴 인물 앞에 서는 기분이 평안하지는 않다. 자꾸만 커다란 업적을 쌓아야 할 것만 같은 생각이 들기 때문이다.

김유신의 묘에는 화강암 계단이 설치되어 그의 품격을 높여준다. 좌우에는 배롱나무가 다소곳하게 서서 방문객을 맞이한다. 여름에 초록 무덤과 배롱나무의 붉은 꽃이 어울려 서로 이야기를 주고받는 듯하다. 어쩌면 삼국통일의 위업을 달성하는 과정에서 흘린 김유신의 피눈물인지, 아니면 전장에서 무참히 죽어간 병사들의 피눈물인지 만감이 교차한다. 키가 작고 아담한 배롱나무는 무덤을 지키는 문인석 같고, 옆에 선 소나무는 무덤의 주인을 위한 무인석 같다.

소나무 새싹

김유신과 천관녀의 사랑 이야기

　김유신과 천관녀(天官女)의 사랑 이야기는 매우 흥미롭다. 천관녀 집은 김유신 집터인 재매정과 가까운 곳에 있다. 재매정은 김유신 말년의 흔적이 남아 있는 곳이다. 김유신은 천관녀의 죽음을 슬퍼하여 집터에 천관사를 지어서 그 넋을 위로한다. 그들의 사랑 이야기는 《삼국사기》와 《삼국유사》에도 등장하지 않는다. 그렇다면 김유신과 천관녀의 사랑 이야기는 오랫동안 구비전승된 것으로 보인다.

천관사지, 김유신과 천관녀의 사랑 이야기 현장

천관사는 경주 도당산 서쪽 기슭에 있다. 폐사지에는 탑의 부재들만 어지럽게 흩어져 있다. 최근 천관사를 발굴 조사한 결과 천(天)자가 새겨진 기와 조각과 유물을 수습했다. 이 때문에 천관사는 하늘에 제사를 지냈던 신녀들의 공간으로 추정되고 있다. 김유신의 비극적 사랑 이야기가 전해오는 천관사는 오랫동안 지속되었다. 고려시대 이인로의 《파한집》에는 이공승(李公升)이 천관사를 둘러보고 쓴 시가 전한다.

절 이름을 어찌하여 천관(天官)이라 하는가
홀연 그 세워진 사연을 들으니 한결같이 슬퍼 처연하구나
여흥에 취한 공자는 꽃 아래 노니는데
원망을 머금은 미인은 말 앞에서 흐느껴 우네
홍렵(紅鬣)이 정이 있어 옛길 따라 온 게지
노복(蒼頭)은 무슨 죄로 부질없이 매질인가?
그대 남긴 그 노래 슬퍼도 아름다워
달밤을 함께하며 만고에 전하네

이공승(1099~1183)이 경주에 부임하여 천관사에 도착했을 때 절집이 존재했다. 이공승은 김유신과 천관녀의 슬픈 사연에 공감하고 있다. 이공승의 시와 비슷한 내용이 조선시대 서거정이 편찬한 《동문선》에도 전한다. 서거정 시에는 "천관이란 절 이름 유래가 있더니(寺號天官昔有緣)/ 새로 짓는단 말 들으니 마음 느껴움네(忽聞經始一愴然)"라는 시구가 등장한다. 천관사는 고려 중기에서 조선 초기까지 존재하다가 새로 증축된 것으로 짐작된다.

김유신은 부모와 달리 천관녀와 사랑을 지속하지 못한다. 아버지 김서현을 위해서 모든 것을 포기했던 만명부인의 반대가 심했을 것이다. 신라 왕실의 반대를 거부하고 사랑을 선택한 만명부인 입장에서는 아들의 미래가 걱정되었을지도 모른다. 집안의 완강한 반대에 봉착한 김유신은 천관녀와 이별할 수밖에 없었다. 김유신은 그 애잔한 슬픔을 속으로 삼키며 삼국통일의 야망을 성취한 것이다. 사랑보다 야망을 선택한 김유신이 천관녀와의 사랑을 잊지 않은 모습이 가슴을 짠하게 한다.

만파식적,
대나무 피리로
세상을 평안하게 하다

신문왕이 창건한 감은사지에도 대나무가 자란다

문무왕과 김유신이 준 화합의 상징, 만파식적

　만파식적(萬波息笛)은 신문왕(神文王)이 선물 받은 신비로운 피리
이다. 삼국통일의 주역인 문무왕과 김유신이 화합하여 내려준 대나
무로 만들었기 때문이다. 이 피리를 불면 적군이 물러가고, 병이 나으
며, 가물 때엔 비가 내리고, 장마 때엔 개이며, 바람이 그치고 물결이
잔잔해진다고 한다. 그래서 피리의 이름을 만파식적이라고 불렀다.
　삼국통일을 완수한 문무왕은 동해를 지키는 신라의 수호신이 되
었다. 문무왕은 해변에 절을 세워 불력으로 왜구를 격퇴하려 하였으

만파식적을 받은 신문왕릉

나, 절을 완공하기 전에 위독하게 되었다. 문무왕은 승려 지의(智義)에게 "죽은 후 나라를 지키는 용이 되어 불법을 받들고 나라를 지킬 것이다"라고 유언했다. 이러한 문무왕의 유언에 따라 시신을 화장하여 동해에 안장했다.

신라 제31대 신문왕은 아버지인 문무왕을 위해 감은사를 창건했다. 감은사 금당(金堂)에는 바다의 용이 된 문무왕이 해류를 타고 출입할 수 있도록 세심한 배려를 해놓았다. 그 이듬해 5월에 해관이 동해의 작은 산이 감은사를 향해 떠내려 오면서 물결을 따라 왕래한다는 소식을 전해주었다. 이상하게 생각한 왕이 일관에게 점을 치게

감은사지와 느티나무

했다. 일관은 "해룡인 문무왕과 천신인 김유신이 덕을 같이하여 성을 지킬 보물을 내리고자 합니다. 왕께서 바닷길을 순행하신다면 반드시 보물을 얻게 될 것입니다"라고 말했다.

대나무로 만든 피리, 세상의 근심을 씻어주다

감은사에 유숙한 신문왕이 5월 7일 이견대(利見臺)에 거동하여 그 산을 살펴보았다. 산세는 거북의 머리 같고 그 위에 한 줄기 대나무가 있었는데, 낮이면 둘이 되고 밤이면 합하여 하나가 되었다. 신문왕은 이튿날 정오에 그 대나무가 합하여 하나가 되는 장면을 목격했다. 갑자기 천지가 진동하고 풍우가 이레 동안이나 지속되었다. 왕이 배를 타고 바다에 떠 있는 산에 들어갔을 때 해룡이 검은 옥띠를 받쳤다고 한다.

왕은 해룡에게 "이 산과 대나무가 갈라졌다가 합해지니 무슨 까닭인가?"라고 물었다. 해룡은 "한 손바닥을 치면 소리가 없으나 두 손으로 치면 소리가 나는 것과 같습니다. 대나무는 합한 연후에 소리가 나는데 그 소리로써 천하를 다스리소서! 만약 왕께서 이 대나무를 취하여 피리를 만들어 불면 천하가 화평할 것입니다. 왕의 부친은 바다의 용이 되시고, 유신공은 천신이 되어 두 성인이 마음을 합하여 이 보배를 전한 것입니다"라고 대답했다. 신문왕은 기뻐서 오색찬란한 비단과 금옥을 해룡에게 주고 대나무를 베어서 육지로 나왔다. 그러자 바다에 떠 있던 산과 해룡은 별안간 사라졌다고 한다.

이렇게 《삼국유사》의 만파식적은 신문왕이 해룡이 된 문무왕과 천신이 된 김유신이 내려준 화합을 상징하고 있다. 삼국통일을 완수한 문무왕과 김유신의 영혼이 깃든 대나무로 만든 만파식적은 신비로운 힘을 내포한 통합의 피리이다. 이런 점에서 만파식적은 무열왕계 왕권의 정당성을 강조하고 있다. 무열왕계의 적통인 신문왕은 삼국통일 이후에 고구려와 백제의 유민들을 위로할 뿐만 아니라 왕권을 강화하기 위한 국가적 제의가 필요했기 때문이다.

　신문왕은 동해의 대왕암, 이견대, 감은사 등에서 펼쳐진 국가적 제

이견대에서 대나무와 문무왕릉을 볼 수 있다

의에서 문무왕과 김유신이 보낸 화합의 상징물인 신비로운 대나무를 얻게 되었다. 문무왕과 김유신이 선물한 대나무로 만든 만파식적은 신문왕의 왕권을 강화하는 정당성으로 활용되었다. 만파식적의 신비로운 피리 소리로 천하를 다스릴 수 있었기 때문이다.

대나무의 신비로운 에너지

만파식적의 현장에는 모두 대나무가 살고 있다. 감은사지의 대나무는 쌍탑을 지나 금당 뒤편 산기슭에 무리지어 자란다. 만파식적을 선물 받은 신문왕릉 입구에도 대나무가 살고 있다. 그리고 아버지를 그리워한 신문왕이 동해의 문무왕릉을 바라보았던 이견대에도 대나무가 살고 있다. 이렇게 《삼국유사》에 등장하는 만파식적의 현장에는 대나무가 자라고 있는 공통점을 보여준다.

대나무의 생태를 자세히 관찰하면 성장 속도가 매우 빠르다. '우후죽순'이라는 고사성어가 이를 잘 대변하고 있다. 대나무는 80년에서 100년에 한 번 꽃을 피운다. 꽃을 피우면서 모든 에너지는 꽃과 열매로 전달되기 때문에 대나무 줄기는 말라죽는다. 그런데 땅 속의 뿌리는 그대로 살아 있어서 새로운 생명을 지피게 된다. 대나무가 신비로운 힘을 가진 것은 바로 이러한 대나무의 생태에서 연유하는지도 모른다.

신비로운 생태를 보여준 대나무로 만든 악기는 서정성이 매우 강하다. 대나무로 만든 피리와 대금은 거칠고 날카로운 심성을 중화하는 묘한 매력을 가지고 있다. 대나무는 만파식적의 재료로 적합할 뿐만 아니라 그 소리는 세상을 다스리는 척도가 되기에 충분하다. 대나무로 만든 피리 소리는 세상의 근심을 잊을 만큼 사람의 마음을 안온하게 해준다. 고전소설에도 피리를 불어서 적병을 물리치는 장면이 종종 등장한다. 따라서 대나무로 만든 피리 소리는 세상살이의 어려움을 완화시켜주는 마법의 에너지가 숨어 있는 듯하다.

동해의 용에게 옥띠와 대나무를 얻기 위해 배를 타고 바다로 들어간 신문왕 이야기에는 그 당시의 정치적 의미가 숨어 있다. 감은사로 떠오던 거북 모양의 산과 대나무가 낮에는 둘이 되었다가 밤에는 합쳐진다는 이야기는 신문왕에게 화합의 메시지를 전달하고 있다. 통일신라 신문왕의 시대적 과제가 고구려와 백제의 유민을 위로하면서 화합의 정치를 펼치는 것이기 때문이다. 따라서 동해의 용이 된 문무왕과 천신인 김유신이 신문왕에게 선물해준 만파식적은 통

신문왕릉 앞에도 대나무가 자란다

합의 의미를 강조하고 있다.

신문왕이 선물 받은 만파식적은 화합을 상징한다. 삼국통일 직후 어수선한 신라의 분위기를 강력한 왕권 강화를 통해서 백성들의 화합과 통합을 이룩하려는 정치적 행위가 만파식적의 신비로운 소리로 재탄생한 것이다. 이 때문에 대나무로 만든 만파식적은 세상의 모든 근심을 한 순간에 사라지게 하는 신비로운 마력을 보여준다. 아쉽게도 신비로운 대나무로 만든 만파식적은 월성의 천존고에 보관했지만 지금은 그 행방을 알 수 없다고 한다.

만파식적은 마음의 파도를 쉬게 하여 번뇌를 잠재우고 경건함과 평온함을 갖게 하는 범종 소리와 같다. 그래서 범종에 만파식적 형태의 음통(音筒)을 만들어놓았는지도 모른다. 신문왕의 만파식적은 세상의 모든 근심을 사라지게 하는 신비로운 대나무의 소리이자 자연과 하늘의 생명력을 보여주고 있다.

우리는 만파식적의 현장을 답사하면서 오랜 가뭄을 해갈할 수 있는 비를 내려달라고 감은사와 이견대 및 신문왕릉의 대나무에게 기원했다. 신비로운 생태를 보여준 대나무를 잡고 그 옛날 만파식적의 소망을 다시금 요청하는 신문왕의 심정을 간접적으로 느껴보았다. 우리의 간절한 소망이 대나무를 통해서 전달되었다면 분명 단비가 내릴 것이다. 무더운 여름 대나무의 시원한 바람 소리는 답답한 마음을 풀어주는 마력이 숨어 있기 때문이다.

충담사와
차나무

차밭

나도 차를 마실 인연이 있는가?

　신라 제35대 경덕왕은 24년 동안 나라를 다스렸다. 성덕왕의 셋째
아들로 출생한 김헌영은 효성왕의 동생이다. 김헌영은 아들이 없는
효성왕의 태제로 책봉된 뒤에 경덕왕으로 등극한다. 당시 귀족세력
의 부상을 견제하기 위해 경덕왕은 관제 정비와 개혁조치를 실시했
다. 경덕왕은 왕권을 강화하기 위해서 화엄사상을 통치 이데올로기
로 삼았다. 더욱이 경덕왕은 왕권 강화를 위해 부친인 성덕왕의 위
업을 기리는 '성덕대왕신종'을 만들기로 결정한다.
　삼월 삼짇날 경덕왕이 귀정문 문루 위에서 "누가 길에 나가 훌륭하
게 차린 스님 한 명을 데려올 수 있겠는가"라고 측근에게 말했다. 이
때 마침 풍채가 깨끗하게 생긴 스님을 측근들이 데려왔다. 경덕왕이

경덕왕릉

말하길 "내가 말한 훌륭하게 차린 스님이 아니다" 하면서 그를 물리쳤다.

다시 스님 한 명이 누비옷에 벚나무로 만든 통을 지고 남쪽에서 오고 있었다. 경덕왕이 그를 보고 기뻐서 문루 위로 맞이했다. 그 통 속을 들여다보니 차 달이는 도구가 들어 있었다. 경덕왕이 "너는 누구인가" 물으니 중이 "충담입니다" 대답했다. 경덕왕이 또 묻기를 "어디서 오는 길인가" 하니 "소승은 3월 삼짇날과 9월 9일이면 남산 삼화령 미륵세존께 차를 달여 올립니다. 지금도 차를 올리고 돌아오는 길입니다" 대답했다. 부처님께 차를 공양하는 풍습이 당시에도 유행했던 모양이다.

차는 신라에 들어와서 왕실과 귀족 사이에 널리 퍼졌다. 차나무는 불교와 깊은 관련을 보여준다. '선다일미(禪茶一味)'라는 화두를 통해서 참선과 차가 동일하다는 점에서도 알 수 있다. 그래서 경덕왕이 "나도 차 한 잔을 얻어 마실 연분이 있는가?" 물었다. 충담사가 차를 달여 바쳤는데 맛이 좋고 찻잔 속에서 이상한 향기가 코를 찌르는 듯했다.

차의 맛은 알싸하다. 《지허 스님의 차》에는 우리 풍토와 체질에 맞게 덖어서 만든 전통차를 우려내면 다갈색의 구수한 맛이 난다고 한다. 차는 인간의 내면을 차분하게 성찰하여 탐욕을 제거하도록 도와준다.

차나무(Camellia sinensis)에는 신비로운 탄생 이야기가 전해진다. 중국 선종의 시조는 달마선사다. 그가 앉아서 명상을 하면 졸음이 몰려오자 졸지 않으려고 눈꺼풀을 베어버렸다고 한다. 그 눈꺼풀이 땅에 떨어졌는데 그곳에서 탄생한 것이 차나무다. 찻잎 모양을 보면 사람의 눈꺼풀과 유사하다. 찻잎에는 잠을 깨우는 카페인 성분이 들어 있다. 차나무는 10월에서 11월에 하얀 꽃이 핀다. 특이하게도 차나무는 꽃과 열매가 서로 만날 수 있다. 차나무에 열매가 달릴 무렵, 새로운 꽃이 피기 때문이다.

우리나라에 자라는 차나무는 키가 작은 관목에 해당한다. 차나무는 산비탈을 좋아하며 바위틈이나 자갈밭에 곧고 튼튼한 뿌리를 내리고 살아간다. 다소 척박한 땅 깊숙한 곳에 뿌리내린 차나무는 고행하는 수도승처럼 절제된 삶을 보여준다. 차나무는 지상에 나온 몸체보다 3배 이상 긴 뿌리를 내려 땅의 기운을 받아들인다. 그래서 차나무는 옮기면 살기 어려워 한곳에만 뿌리내리고 살아가는 습성이 있다.

차나무의 꽃

잣나무, 기파랑의 고매한 정신

 《삼국유사》에 의하면 경덕왕이 말하기를 "일찍이 들으니 대사의 기파랑을 찬미하는 찬기파랑 사뇌가의 뜻이 매우 고상하다고 하는데 과연 그런가?" 하니 충담사가 "그렇습니다"라고 대답했다. 〈찬기파랑가〉는 충담사가 화랑 기파랑을 찬양하여 부른 노래다. 충담사는 화랑으로 추정되는 기파랑의 고매한 정신세계를 찬양하고 있다. 충담사가 지은 〈찬기파랑가〉는 다음과 같다.

 열치고
 나타난 달이
 흰구름 좇아 떠나가는 것 아닌가

찬기파랑가 비와 주변에 살고 있는 잣나무

새파란 냇물 속에
기랑의 모습이 있어라
일오 냇물의 조약돌
낭이 지니신
마음의 끝을 좇고져
아으, 잣가지 높아
서리 모르올 화반이여

〈찬기파랑가〉는 시어의 적절한 배치, 뛰어난 비유법, 탄탄한 구조, 주제의 명징성 등에서 가장 빼어난 향가 중 하나이다. 〈찬기파랑가〉에는 달, 서리, 잣가지 등이 기파랑을 은유하고 있다. '구름을 헤치고 나타난 달'이 바로 기파랑을 상징한다. 그 중에서도 잣가지는 기파랑의 드높은 정신세계를 보여준다. 늘푸른 잣나무는 찬서리마저 피해 갈 것 같은 정신적 지주로 부각되고 있다. 〈찬기파랑가〉에는 기파랑의 모습을 아름드리로 자라는 잣나무에 비유하고 있다.

잣나무(Pinus koraiensis)의 원산지는 우리나라이다. 늘푸른 잣나무는 키가 30미터까지 자라고 줄기가 한두 아름으로 자란다. 수형은 곧게 자라고 가지가 돌려나서 긴 삼각형의 안정된 모습을 보인다. 잣나무의 잎은 솔잎보다 굵으면서 세모진 바늘잎이 짧은 가지 끝에 5개씩 모여 달린다. 잎에는 3개의 능선이 있으며 뒷면에 숨을 쉴 수 있는 흰색 숨구멍이 있다. 잎은 3~4년 동안 붙어 있다가 떨어진다. 나무의 껍질은 흑갈색 또는 잿빛을 띠는 갈색이며 세로로 갈라지면서 비늘 조각처럼 얇게 벗겨진다. 임금을 향한 충성과 절개의 상징으로 송백(松柏)이 자주 언급되기도 한다.

경주 계림에는 충담사의 〈찬기파랑가〉를 새긴 비석이 있다. 비석 곁에는 세 그루의 잣나무가 자란다. 잣나무의 생육 상태는 별로 좋지 않다. 왜냐하면 활엽수가 풍부한 계림에 침엽수인 잣나무를 심었기 때문이다. 침엽수보다 활엽수가 햇빛 경쟁에 유리하기 때문에 잣나무의 생존 가능성은 그리 높지 않다. 기파랑의 고매한 기상을 보여줄 잣나무 관리가 필요한 실정이다.

안민가, 백성을 평안하게 하다

경덕왕은 위민의식에 바탕을 둔 이상적 유교정치를 수행하기 위한 제도 개혁을 실시했다. 747년 집사부의 수장을 시중으로 변경하고 국학에 제업박사와 조교를 두어 유교를 진흥시켰다. 757년부터 지방 군현과 중앙 관직의 명칭을 중국식으로 변경한다. 경덕왕의 개혁은 귀족세력을 제어하면서도 왕권을 강화하기 위해 한화정책을 실시한 것이다. 경덕왕 시대에는 오악과 삼산의 신령들이 때로는 대궐 마당에 나타나서 왕을 모시기도 했다. 국가적 제의 대상인 산악의 신들은 세상이 어지러울 때 출현하여 사회 불안을 가중시켰다.

그 당시 경덕왕이 "나를 위해서 〈안민가〉를 지어라" 하니 충담사가 임금의 명령을 받들어 당장 노래를 지어 바쳤다. 경덕왕이 이를 칭찬하면서 그를 왕사로 봉했지만 충담사는 공손히 사양했다. 충담사가 지은 〈안민가〉의 내용은 다음과 같다.

임금은 아비요

신하는 자애로운 어미라
백성은 어린아이로 여기실진대
백성이 사랑을 알리이다
구물거리며 사는 물생들
이를 먹여 다스리라
이 땅을 버리고 어디 갈 것이여 할지면
나라가 유지될 줄 알리다
아, 임금답게 신하답게 백성은 백성답게 한다면
나라는 태평하리이다

〈안민가〉는 오악삼산신의 출현으로 불안한 사회를 바로잡기 위한

경주 남산의 신선암 마애불

참여시이다. 경덕왕 때 어지러운 정치와 사회적 불안을 차단하기 위해 충담사가 〈안민가〉를 지었다. 〈안민가〉는 임금답게, 신하답게, 백성답게 행동하면 태평성대가 이루어진다고 한다. 이 작품은 백성의 안민과 나라의 태평을 기원하기 위해 창작되었다. 경덕왕 말년(765)에는 왕당파와 반왕당파의 정치적 갈등이 매우 심각했던 역사적 사실을 〈안민가〉를 통해서 이해할 수 있다.

경덕왕대의 경제사정은 천재지변으로 매우 어려운 처지에 놓였다. 《삼국유사》의 〈향덕사지할고공친 경덕왕대〉를 보면 웅천주의 거듭된 흉년으로 향덕의 부모가 굶어죽을 지경이었다. 자신의 다리를 베어 부모를 봉양했다는 향덕의 끔찍한 효성 이야기가 전한다. 안민과 태평은 백성들 삶이 궁핍에서 해방될 때 비로소 가능하다.

표훈대사, 아들을 얻으면 나라가 혼란하다

경덕왕은 옥경의 길이가 여덟 치였다. 그래서 아들이 없어 왕비를 폐하여 사량 부인이라 했다. 각간 의충의 딸인 만월부인(경수태후)을 후비로 삼았다. 경덕왕은 "짐이 후사를 얻지 못했으니 상제께 청하여 아들을 얻게 해주시오"라고 표훈대덕에게 부탁했다. 표훈이 천제께 고한 후 "딸을 얻을 수는 있지만 아들은 안 된다고 합니다"라고 왕에게 말했다. 경덕왕은 "딸을 아들로 바꾸어 태어나게 해 달라"고 소원했다.

그래서 표훈이 다시 천제에게 절박한 사정을 말했다. 천제는 "아들이 되면 나라가 위태로워진다"고 말했다. 표훈이 돌아갈 때 천제가 다시 불러 경계하여 말했다. "하늘과 사람의 사이는 어지럽게 못하지만 선사가 천기를 누설하니 이제는 마땅히 왕래하지 못하리라." 표훈이 돌아와 천제의 말씀을 깨우쳐주었다. 그런데 경덕왕은 "나라가 위태롭더라도 아들을 낳아 후사를 잇는다면 족할 것이다"라고 말했다.

세월이 흘러 왕후가 태자를 낳았으니 왕이 정말 기뻐했다. 왕이 붕하여 태자(8세)가 즉위했는데 그가 혜공왕이다. 왕의 나이가 어려서 태후가 섭정을 했지만 반란이 일어나 나라가 위태로워졌다. 여자가 남자로 변했기 때문에 태자는 왕이 되기 전에 여자처럼 비단주머니 차기를 좋아했다. 선덕과 김양상이 변란을 일으켜 혜공왕을 죽였다. 천명을 어기면 변란이 발생하여 나라가 망한다는 표훈의 말이 맞았다. 표훈 이후에는 성인이 신라에 태어나지 않았다고 한다.

《삼국유사》에는 혜공왕 때 나라에 불길한 조짐이 다양하게 나타난다. 대력 초년 강주 동쪽의 땅이 꺼져내려 연못이 되었다. 그곳에 잉어 5~6마리가 성장하면서 연못도 점점 커졌다. 2년에는 하늘의 개가 동루 앞에 떨어지면서 천지가 진동했다. 금포현 논의 벼가 이삭처럼 드리웠고 7월에는 북쪽 궁궐 뜨락에 별이 떨어져 땅속으로 들어갔다. 대궐 북쪽 뒷산 숲속에 연꽃 두 줄기가 솟아났으며 봉성사 밭에서도 연꽃이 나타났다. 호랑이가 금성에 들어와 뒤를 쫓았으나 간곳이 없었다. 각간 대공의 집 배나무 위의 참새가 무수히 모였다. 이러한 조짐은 당시 신라 사회의 불안한 민심을 반영하고 있다.

경문왕,
대나무를 베고
산수유를 심다

산수유의 붉은 열매

경문왕, 얼굴이 못난 공주와 결혼하다

〈임금님 귀는 당나귀 귀〉는 우리가 어릴 때부터 많이 들었던 전래
동화다. 이 이야기의 창작 현장은 경주 도림사 대나무 숲이다. 《삼국
유사》에는 '입도림'으로 도림사의 위치를 제시하고 있지만 아직까지
도림사의 위치를 확정하기 어렵다. 경주 배반네거리에서 보문관광
단지로 가는 도로 오른쪽에 폐사지가 있다. 구황동 모전석탑지로 불
리는 절터가 도림사지로 추정된다. 왜냐하면 절터에서 '도림'이라는
기와 명문이 발견되었기 때문이다.

구황동 모전석탑지에서 신라 제48대 경문왕(861~874) 이야기를 생
각해보았다. 응렴이 18세에 국선이 되었을 때 헌안대왕이 대궐에 불
러서 잔치를 베풀었다. 사방으로 국토를 유람한 응렴에게 어떤 것을

도림사로 추정되는 구황동 모전석탑

보았는지 물었다. 그때 응렴이 아름다운 행실을 지닌 세 사람을 보았다고 대답한다. 첫째는 윗자리에 있는 사람이 그 자리를 사양하고 아랫자리에 앉는 사람, 둘째는 부호한 가세에도 의복 차림이 검소한 사람, 셋째는 큰 세력을 지녔음에도 위세를 부리지 않는 사람 등을 이야기한다. 따라서 국선으로서 응렴은 군왕의 자질을 갖추고 있었다.

왕은 응렴의 인물됨에 감탄하면서 "짐이 딸 둘을 두었는데 그대와 혼인하도록 하겠네"라고 말했다. 응렴이 물러가 부모에게 이 사실을 전했다. 부모는 "얼굴이 못생긴 첫째공주보다 얼굴이 아름다운 둘째 공주와 결혼하면 행복할 것이다"라고 말했다. 그런데 낭의 무리 상수(上首) 범교사가 국선을 찾아가 물었다. 응렴은 둘째공주와 결혼하라는 부모의 결정을 전해주었다. 범교사는 첫째공주와 결혼해야

대나무 숲에 들어가면 수런거리는 소리가 들린다

세 가지 아름다움이 있을 것이라 말해준다. 결국 응렴은 첫째공주와 결혼한다.

결혼 후 석 달이 지나서 왕이 병석에 누워서 "짐은 손자가 없으니 맏사위 응렴이 왕위를 계승하라"라고 유언했다. 그 이튿날 응렴이 유조를 받들어 왕이 되었다. 이에 범교사가 왕에게 여쭈었다. "예전 말했던 세 가지 아름다움이 성취되었습니다. 첫째공주와 결혼하여 왕위에 올랐고, 연모했던 둘째공주도 쉽게 취할 수 있으며, 맏공주와 결혼하여 돌아가신 임금께서 기뻐하셨습니다." 왕이 범교사의 공을 인정하여 대덕의 벼슬을 내리고 황금을 주었다. 이렇게 경문왕에게 는 세상을 보는 지혜를 가르쳐준 범교사가 필요했던 것이다.

대나무 숲에서 '임금님 귀는 당나귀 귀'를 외치다

범교사와 같은 인재가 경문왕의 곁을 지켜주지 않으면 문제가 발 생하기 마련이다. 경문왕 침전에는 날마다 해가 저물면 무수한 뱀이 모여들었다. 궁인들이 놀라서 몰아내려 할 때 왕은 "뱀이 없으면 잠 을 편안히 자지 못하니 그만 두어라"고 말했다. 경문왕이 잠자리에 들면 뭇 뱀은 혀를 뽑아 가슴을 덮었다.

경문왕이 군왕에 오른 뒤 별안간 귀가 당나귀처럼 길어졌다. 자신 의 신체적 결함은 왕후와 궁인들도 몰랐지만 유독 복두장이만 알고 있었다. 복두장이는 평생 경문왕의 귀가 당나귀 귀처럼 크다는 사실 을 말하지 않았다. 하지만 복두장이는 죽음을 앞둔 무렵에 도림사 대나무 숲에 들어가 소리쳤다.

수백년 된 고목에서 꽃을 피운 산수유

"우리 임금님 귀는 당나귀 귀와 같다."

그 뒤로 바람이 불면 이런 소리가 났다.

"우리 임금의 귀는 당나귀 귀."

그 소리를 너무 싫어한 경문왕은 대나무를 베고 산수유나무를 심게 했다.

그랬더니 바람이 불면 "우리 임금의 귀는 길어"라는 소리가 들렸

산수유의 꽃

다.

복두장이는 오랫동안 간직했던 경문왕의 신체적 비밀을 도림사 대나무 숲속에서 외쳤다.

"우리 임금님 귀는 당나귀 귀!"

그 얼마나 가슴 후련한 소리였을까?

경문왕의 비밀을 알고 있는 복두장이의 행동에 초점을 맞출 필요가 있다. 복두장이는 경문왕의 신체적 결함을 알고 있기 때문이다. 경문왕의 감추고 싶은 비밀은 자신의 귀가 당나귀 귀처럼 큰 것이었다. 경문왕이 당나귀 귀처럼 큰 것도 감추고 싶은 신체적 결함이다. 이러한 신체적 결함은 누구나 감추고 싶은 비밀이다. 경문왕의 비밀을 알고 있는 사람은 복두장이뿐이다. 복두장이는 당나귀 귀를 감춘 경문왕의 비밀을 오랫동안 발설하지 않았다.

당나귀 귀를 가진 비밀을 알게 된 복두장이는 얼마나 힘들었을까? 복두장이는 비밀을 지켜야 한다는 당위성과 비밀을 털어놓고 싶은 현실적 욕망이 충돌하는 고민스런 나날을 보냈을 것이다. 그래서 도림사 대나무 숲속은 비밀을 말하지 못하는 괴로움을 풀어줄 수 있는 가장 좋은 장소이다. 서걱서걱하는 대나무 소리 때문에 비밀을 말해도 전혀 들리지 않기 때문이다. 우리도 비밀을 말하지 못하는 고민이 있을 때 대나무 숲속에 들어가 마음껏 외쳐보는 것도 좋을 것 같다.

산수유, 백성들의 작은 소리를 귀담아 들어라!

바람이 불면 대나무 숲속에서 서걱서걱하는 소리가 들려왔다. 경문왕은 대숲의 소리가 마치 자신을 조롱하는 것으로 인식했다. 그래서 도림사의 대나무 숲을 베고 산수유를 심게 되었다고 한다. 대나무 숲에 비하여 산수유나무는 서걱서걱하는 소리가 들리지 않기 때문이다. 당나귀 귀를 가진 경문왕은 대숲에 비하여 소리는 작지만 산수유나무의 소리를 들었을 것이다. 산수유나무는 백성들의 작은 소리를 귀담아 들어주지 않은 경문왕에 대한 원성을 상징하고 있다. 산수유나무의 수피는 매우 거친 생태적 특성을 보여주기 때문이다.

산수유(Cornus officinalis S. et Z.)는 중국의 중서부 지방이 고향이라고 알려져 있으나 우리나라 중부지방에서도 자생했다는 주장이 있다. 문헌으로는 신라 경문왕 때 대나무 숲을 베어버리고 산수유를 심었다는 《삼국유사》의 기록이 처음이다. 산수유는 이른 봄날 다른 어떤 나무보다 먼저 샛노란 꽃을 잔뜩 피운다. 손톱 크기 남짓한 작은 꽃들이 20~30개씩 모여 조그만 우산 모양을 만들면서 나뭇가지가 잘 보이지 않을 정도로 뒤덮는다. 전남 구례 계천리에는 수령 300~400년으로 추정되는 키 16미터, 뿌리목 둘레 440센티미터 산수유가 살고 있다.

경문왕 귀가 큰 것은 백성들의 작은 소리를 외면하지 말고 귀담아 들어달라는 백성의 소망을 반영하고 있는지도 모른다. 백성의 소리에 귀를 기울여야 올바른 정치를 할 수 있다. 자신의 비밀을 알고 있는 사람은 바로 측근인 복두장이뿐이다. 우리가 사는 세상에는 감추고 싶은 비밀이 많다. 그렇다고 자신의 비밀을 감춘다고 해서 영원히 감출 수는 없다. 누군가의 비밀을 알고 있으면 입이 근질근질하여 참을 수가 없기 때문이다.

헌화가,
수로부인에게 철쭉꽃을
바치며 부른 노래

바위 틈에 뿌리를 내린 진달래

벼랑에 핀 철쭉꽃에 반한 수로부인

신라 제33대 성덕왕은 신문왕의 둘째아들로 효소왕에 이어서 즉
위했다. 성덕왕대(702~737)는 정치적, 사회적 안정에 힘입어 통일신
라의 전성기를 열었다. 백성들에게 정전(丁田)을 지급하여 민생을
안정시키고 당나라 국학에 신라 귀족 자제들의 입학을 요청하기도
했다. 자연재해를 당한 백성들을 진휼하거나 곡식의 종자를 나누어
주는 등 유교적 이상에 맞는 구휼정책을 적극 시행했다. 성덕왕은
태종 무열왕을 위해 봉덕사를 창건하고 7일 동안 인왕도량을 베풀고
죄수를 사면했다.

《삼국유사》의 수로부인 이야기는 당시의 민심을 보여준다. 〈헌화
가〉는 신라 성덕왕 때 노옹이 부른 향가다. 경주에서 강릉으로 부임
하던 순정공과 수로부인이 동해에서 잠시 휴식을 취하고 있었다. 수
로부인이 동해 벼랑에 핀 철쭉꽃을 갖고 싶었지만 아무도 꺾어주지
못했다. 그때 소를 끌고 지나가던 노옹이 자신을 부끄러워하지 않는
다면 꽃을 꺾어서 바치겠다고 하면서 부른 노래가 〈헌화가〉다.

성덕왕 때 순정공이 강릉 태수로 부임하기 위해 길을 가다가 바닷
가에서 점심을 먹었다. 그 주변에는 절벽이 병풍처럼 둘러서 있는데
꼭대기에는 철쭉꽃이 만발했다. 순정공의 부인 수로가 "저 꽃을 꺾
어 바칠 자가 누구인고?"라고 말한다. 시종들은 "사람 발자국이 도달
할 수 없는 곳입니다"라고 하면서 모두 사양한다. 그런데 그 곁에 암
소를 몰고 지나가던 한 노옹이 부인의 말을 듣고 꽃을 꺾어 가지고
내려오면서 노래까지 지어 바쳤다. 그 노옹은 어떤 사람인지 알 수
없었지만 신라 향가 〈헌화가〉는 다음과 같다.

자줏빛 바위 가에
손에 잡은 암소 놓으시고
나를 부끄러워 아니하시면
꽃을 꺾어 바치오리다

〈헌화가〉는 절벽에 피어난 아름다운 철쭉꽃이 수로부인의 미색을
상징한다. 이 작품은 탐미적인 미녀 앞에서 소를 몰던 노옹이 애정
을 읊조린 서정시로 신라의 미의식을 나타내주고 있다. 꽃을 향한
수로부인의 정서와 수로부인을 향한 노옹의 정서가 미의 상징인 철
쭉꽃에 수렴되기 때문이다. 신라 태수는 진골이나 육두품에 속한 귀
족이 오를 수 있는 관직이다. 수로부인은 용모가 빼어날 뿐만 아니
라 신분상으로도 남이 쉽게 범접할 수 없는 귀족이다. 그래서 꽃을
받친 노옹의 정체는 선승이나 도교의 신으로 간주하기도 한다. 철쭉
꽃이 필 무렵에 소를 이용한 농사가 증가하기 때문에 노옹은 평범한
마을 주민으로 볼 수도 있다.

헌화가의 창작 현장은 동해안 어디일까?

수로부인에게 꽃을 꺾어서 바치며 〈헌화가〉를 부른 창작의 현장
은 어디일까? 경주에서 강릉으로 가는 동해안 길인 것은 분명하다.
동해안 바위 비탈 사이에 철쭉꽃이 핀 상황을 참고하면 대략적인 위
치를 가늠할 수 있다. 〈헌화가〉를 읽을 때마다 동해안 암벽에 피어
난 연분홍 철쭉꽃을 상상하곤 했지만 작품의 창작 현장이 어디인지

소나무 사이에서 아름다움을 뽐내는 진달래

는 항상 궁금했을 뿐이다.

강원도 삼척시 원덕읍 임원항에 조성한 수로부인 헌화공원은 〈헌화가〉의 맥락과 상당한 차이를 보여준다. 임원항 남화산 언덕에는 거대한 수로부인 조형물을 설치하고 철쭉을 심어놓았다. 그럼에도 〈헌화가〉의 분위기와는 너무도 달라서 생뚱맞다. 그곳에는 〈해가〉와 관련된 조형물도 설치해놓았지만 어색하기는 마찬가지다. 정확한 고증도 없이 〈헌화가〉와 〈해가〉의 내용을 수로부인 헌화공원에 조성한 까닭이 궁금할 따름이다.

강릉 태수로 부임하는 순정공이 동해가에서 점심을 먹었다는 것은 부임 행차의 안전을 기원하는 제의가 진행된 것으로 파악하기도 한다. 노옹은 산과 바다가 맞닿은 동해가에 살고 있던 농부일 가능성도 배제할 수 없다. 어릴 때부터 바위 벼랑을 오르내렸던 노옹이라면 철쭉꽃을 꺾어서 바칠 수 있었기 때문이다. 노옹은 자신의 사랑을 절벽 위에 핀 철쭉꽃을 꺾어서 바치는 것으로 표현하고 있다.

〈헌화가〉는 노옹이 우연히 만난 수로부인을 짝사랑한 노래이다. 소를 끌고 지나가던 노옹이 아름다운 수로부인의 의중을 파악하여 위험한 절벽에 올라 철쭉꽃을 꺾어서 바쳤던 것이다. 노옹이 자신의 처지도 잊어버릴 만큼 아름다운 수로부인을 짝사랑하면서 부른 노래가 〈헌화가〉다. 석벽 위에 만개한 철쭉꽃은 청초한 아름다움을 간직한 수로부인을 상징한다. 철쭉꽃은 아름다우면서도 풍요와 다산을 상징하는 생명력을 가지고 있다. 짝사랑하는 여인이 철쭉꽃을 소유하고자 하는 소망을 풀어주는 것이 노옹의 행복이라 생각했는지도 모른다.

수로부인이 받은 것은 철쭉꽃? 진달래꽃?

진달랫과에는 진달래와 철쭉이 있다. 거친 바람이 불어오는 동해안 바위 사이에 뿌리를 내린 철쭉은 생존 경쟁자가 많지 않은 곳에 자란다. 특히 철쭉은 산성토양에 적응하는 강인한 생명력을 보여준다. 비옥한 땅은 경쟁자들에게 모두 빼앗기고 생존의 극한 상황인 산꼭대기와 바위 사이에 척박하고 건조한 땅에서 철쭉이 살아간다. 이 때문에 동해안 암벽에 피어난 철쭉이 더욱 아름다운지 모른다.

철쭉(Rhododendron schlippenbachii Maxim)은 진달랫과 낙엽관목이다. 원산지는 아시아이고 우리나라 전역에서 자생한다. 철쭉의 키는 2~5m이고 연한 홍색의 꽃이 5월에 가지 끝에 핀다. 진달래(R. mucronulatum Turcz)에 비해서 꽃은 조금 늦게 잎과 동시에 핀다. 철쭉

진달래꽃(좌), 철쭉꽃(우)

꽃은 진달래보다 더욱 크고 잎은 도란형이므로 쉽게 구분된다.

　신라인들은 동해가 바위 사이에 핀 철쭉보다 진달래를 더 좋아했을 것이다. 진달래는 먹을 수도 있지만 철쭉은 그냥 감상할 수밖에 없었기 때문이다. 철쭉꽃에는 독성이 있어서 먹으면 구토나 배탈이 일어날 수 있다. 그래서 〈헌화가〉에 등장하는 노인이 수로부인에게 바친 꽃은 철쭉보다 진달래일 가능성도 있다. 마을사람들은 먹을 수 있는 진달래는 '참꽃'으로 부르고 먹지 못하는 철쭉은 '개꽃'이라고 부른다. 철쭉과 진달래 중에서 수로부인이 어떤 꽃을 받았는지 정확하게 알기는 어렵다.

해가, 용에게 납치된 수로부인을 구출하는 노래

　〈해가(海歌)〉는 순정공과 수로부인이 강릉에 부임하는 여정을 확장해 보여준다. 순정공과 수로부인은 다시 이틀 동안 길을 가다가 바닷가 임해정에서 점심을 먹었다. 별안간 용이 부인을 납치하여 바다로 들어갔다. 순정공이 안절부절 못하여 발을 굴렸으나 아무런 대책이 없었다. 그때 노인이 나타나서 "옛 사람의 말에 '뭇 입이 쇠를 녹인다' 하였더니 이제 바다 속에 사는 물건이 어찌 뭇 입을 두려워하지 않으리오. 마땅히 백성들을 모아 노래를 지어 부르면서 막대로 언덕을 치면 부인을 볼 수 있을 것입니다"라고 말했다.

　순정공이 그 말대로 했더니 용이 부인을 모시고 바다에서 나왔다. 순정공이 부인에게 바다 속의 일을 물었다. 수로부인은 "칠보 궁전에 음식이 달고 향기롭고 부드러워 인간의 화식과는 다릅니다"라고

수로부인을 구출하기 위해 부른 해가의 현장

말했다. 부인의 의복에서는 세상에서 맡아보지 못한 이상한 향기가 났다. 수로부인은 절세의 자태와 용모를 지녔으므로 깊은 산과 냇물을 지날 때마다 신물에게 납치를 당했다. 〈해가〉에 등장하는 용은 강릉 주변을 장악한 지방호족 세력으로 생각된다. 뭇 사람들이 〈해가〉를 주술적으로 불렀는데 그 가사는 다음과 같다.

거북아 거북아 수로부인을 내놓아라
남의 아내 훔쳐간 그 죄 얼마나 크랴
네가 만일 거역하고 내놓지 않는다면
그물로 너를 잡아 구워 먹으리라

서동요,
버드나무로
맺어진 사랑

궁남지의 능수버들

서동과 선화, 국경을 초월한 사랑 이야기

지구촌에서 국경을 맞대고 있는 나라들은 대체로 사이가 좋지 않
다. 국경선을 맞댄 나라들은 국제 정세와 내부적 상황에 의해 화친
과 대립을 반복했기 때문이다. 그렇다면 삼국시대 백제와 신라의 관
계는 어떠했을까? 《삼국유사》에는 서동과 선화공주의 사랑 이야기
인 〈서동요〉가 수록되어 있다. 〈서동요〉는 백제와 신라의 경계가 오
늘날의 국경선과는 상당히 달랐음을 보여준다. 백제 무왕과 신라 진
평왕의 셋째딸 선화공주의 사랑 이야기는 국경을 초월하고 있다.

〈서동요〉는 백제 총각이 신라 공주와 결혼한 이야기다. 국경과 신
분을 초월한 서동과 선화공주의 사랑 이야기는 민요의 집단적인 정
서로 이해하기도 한다. 〈서동요〉의 창작 현장은 부여의 궁남지에서

익산 사자사

익산의 미륵사지, 사자암으로 연결된다. 미륵사를 창건하기 위해 연못을 메운 지명법사가 주석했던 사자사가 지금의 미륵산 사자암이다.

아름드리 느티나무가 있는 사자암에 올라가면 익산 천도와 연관된 왕궁리 5층 석탑뿐만 아니라 무왕과 선화공주의 무덤이라 전해지는 쌍릉이 한눈에 들어온다. 미륵산 사자암에는 사천왕이 없지만 커다란 개가 암자를 지키는 데는 아무런 문제가 없다. 미륵산 사자암에서 우리는 역사와 설화, 사실과 허구를 넘나들면서 〈서동요〉의 창작 현장을 인문학적 상상력으로 이해하는 시간을 가졌다.

백제의 수도인 부여와 익산은 서동과 선화공주의 사랑 이야기의 현장이다. 부여의 궁남지는 서동이 출생하여 어린 시절을 보낸 공간이고 익산의 미륵사지는 무왕과 선화공주가 절집을 창건한 공간이다. 서동의 어머니는 궁남지에 숨은 용과 정을 통하여 서동을 낳았다고 한다. 서동은 기량이 넓어 측량하기 어렵고 마(薯)를 팔아 생계를 유지했다고 한다. 이 때문에 궁남지는 서동이 태어나 어린 시절을 보낸 생활공간이다. 그럼에도 서동은 자신의 꿈을 포기하지 않고 노력한 덕분에 백제 30대 무왕이 되었다.

궁남지에 심어진 버드나무

《삼국사기》에는 무왕 35년(634)에 궁성 남쪽에 못을 파고 20여 리에서 물을 끌어와 주위에 버드나무를 심고, 못 가운데는 중국 전설에 나오는 삼신산의 하나인 방장산을 모방한 섬을 만들었다고 한다. 버드나무는 연못의 물을 정화하는 능력이 탁월하여 궁남지에 심었던 것이다. 《일본서기(日本書紀)》에는 궁남지의 조경(造景) 기술이 일본 조경의 원류(源流)가 되었다고 한다.

버드나무(Salix koreensis)는 키가 10미터 이상 자란다. 우리나라에 서식하고 있는 버드나무 종류는 30여 종이 넘는다. 그 중에서도 키가 큰 왕버들, 능수버들과 수양버들이 궁남지에 살고 있다. 능수버들과 수양버들은 모양새가 비슷하지만 봄에 새로 나온 나뭇가지가 녹황색이면 능수버들이고 적갈색이면 수양버들이다. 버드나무는 새로운 가지만 늘어지고 작년 가지는 거의 늘어지지 않는다. 반면 수양버들과 능수버들은 3~4년 된 가지가 더 길게 늘어지는 것이 차이점이다. 가녀린 나뭇가지를 늘어뜨린 능수버들과 수양버들은 살랑

서동이 탄생한 궁남지의 버드나무

부는 바람에도 이리저리 흔들리며 연못에 비친 자신의 모습을 성찰하는 듯하다. 내면을 응시하는 버드나무는 궁남지에 생명력을 불어넣고 있다. 버드나무는 끊임없이 물을 정화하여 생명체를 키워내고 있기 때문이다.

궁남지에서 성장한 서동은 서라벌에 와서 먹을거리로 아이들의 환심을 샀을 것이다. 그래야만 의심을 받지 않고 서라벌의 사정을 살필 수 있었기 때문이다. 서동은 서라벌 아동들이 부르는 노래의 힘이 얼마나 대단한지 이해하고 있었다. 그래서 서동은 아동들에게 마를 주면서 "선화공주님은 남 몰래 시집가고, 서동 방을 밤이면 몰래 안고 간다"라는 노래를 부르도록 시켰다.

아이들의 노래는 거리마다 퍼지면서 대궐의 담까지도 쉽게 넘어갔다. 〈서동요〉의 위력이 얼마나 대단했던지 신라 왕실에서는 선화공주를 출궁하기로 결정했다. 그때 마침 선화공주를 기다리고 있던 서동이 사실대로 말한 뒤에 공주를 모시고 백제로 돌아와 백성들의 인심을 얻어서 왕위에 오르게 되었다. 이러한 서동과 선화공주의 사랑은 궁남지에 살고 있는 버드나무의 생태문화적 상징과 연결된다.

버드나무는 물을 좋아하여 개울이나 호숫가에서 잘 자란다. 4월에 어두운 자주색 꽃이 이삭 모양으로 수상 꽃차례를 이루며 달려 핀다. 부드러움과 연약함을 가진 버들은 가냘픈 여인의 사랑을 상징한다. 남녀 간의 사랑뿐만 아니라 불교에서 말하는 자비와도 연관이 있다. 관세음보살은 중생이 괴로울 때 구원을 청하면 자비로써 사람들을 구해준다. 그래서 흔히 옛 탱화에는 관음도가 많이 그려졌는데 그 중에서도 양류관음도와 수월관음도가 대표적이다. 모두 관세음보살이 버들가지를 들고 있거나 병에 버들가지를 꽂아두고 있다. 이는 버들가지가 실바람에 나부끼듯이 미천한 중생의 작은 소원도 귀 기울여 듣는 보살의 자비를 상징하고 있다.

선화공주는 미륵사를 창건했을까?

《삼국유사》에는 서동이 백제의 무왕으로 등극한 후 왕후였던 선 화공주가 미륵사를 창건했다고 한다. 백제 무왕과 왕비가 익산의 사 자사에 거동했을 때 용화산 연못에서 미륵 삼존이 나타나 절을 올렸 다. 이 때문에 선화공주는 미륵 삼존이 나타난 연못에 절집을 창건 하고자 소망했다. 그래서 지명법사의 신통력으로 하룻밤 사이에 연

익산 왕궁리 석탑(좌), 궁남지에 세워진 서동요비(우)

못을 메워 미륵사를 창건한 것이다. 익산의 미륵사지는 미륵불이 세상에 오기를 바라는 마음에서 건립되었다.

그런데 미륵사지 석탑 보수 공사 중에 사리 장엄이 발견되었다. 〈사리봉안기〉에는 "우리 백제 왕후는 좌평 사택적덕의 딸로서 오랜 세월 선인을 심으시고 금생에 뛰어난 과보를 받으셨다. 만민을 어루만져 기르시고 삼보의 동량이 되셨다. 그래서 깨끗한 재물을 희사하여 가람을 세우고 기해년 정월 29일 사리를 받들어 맞이하셨다"라고 적혀 있다. 이 기록은 세상을 깜짝 놀라게 했다. 무왕과 선화공주의 사랑 이야기가 허구가 될 수 있기 때문이다.

익산 미륵사는 선화공주가 아니라 좌평 '사택적덕'의 딸과 연관된 것은 분명하다. 그렇다고 백제 무왕과 선화공주의 사랑 이야기와 미

선화공주가 창건한 미륵사지의 왕버들

륵사의 창건이 무의미한 것은 아니다. 미륵사는 창건과 중수를 거듭 했기 때문에 선화공주가 창건하고 시차를 두고 좌평 '사택적덕'의 딸이 왕후가 되어 미륵사에 사리를 봉안했을 가능성도 남아 있기 때문이다. 미륵사의 창건주가 누구인지는 역사적으로 중요하지만 무왕과 선화공주의 사랑 이야기는 미륵하생을 염원한 백성들의 소망이 투영되어 있어서 문학적으로 중요하다.

더욱이 익산 미륵사지 연못의 버드나무는 미륵사 창건의 역사와 생태적 흔적을 환기시켜주기에 충분하다. 버드나무는 사자암의 지명법사가 하룻밤 사이에 연못을 메워 미륵사를 창건할 때도 그곳에 살고 있었다. 미륵사지의 동·서탑 앞의 네모난 연못에 버드나무가 살고 있다. 동탑 앞에는 왕버들 4그루, 능수버들 3그루가 살고 있고, 복원중인 서탑 앞에는 왕버들 6그루, 능수버들 한 그루가 살고 있다. 이렇게 미륵사지에서 버드나뭇과의 왕버들과 능수버들의 생태를 이해하는 것이 생태인문학의 기초적 방법이다.

서동과 선화공주의 결혼은 무왕 8년 전후로 고구려의 남하정책에 대한 백제와 신라가 공동 대응하는 정치적 목적이 숨어 있는지도 모른다. 익산에 미륵사를 창건하여 미륵불국토를 실현하는 것이 백제의 정치적 안정에 도움이 되었을 것이다. 무왕과 선화공주의 사랑 이야기는 오늘날 우리에게도 감동을 전해준다. 버드나무는 국경과 신분을 초월한 서동과 선화공주의 사랑을 상징하고 있다. 신라와 백제의 국경을 넘어선 서동과 선화공주는 궁남지와 미륵사지의 버드나무처럼 끊임없이 물을 정화하는 사랑의 생명력을 보여주고 있기 때문이다.

그런데 〈서동요〉의 공간은 궁남지에서 미륵사지로 확장되고 있지

익산 미륵사지에도 버드나무가 자란다

만 부여와 익산은 서동축제를 따로 개최하고 있다. 부여와 익산이
서동축제를 함께 개최하면 무왕과 선화공주의 사랑이 버드나무의
왕성한 생명력으로 퍼져나갈 것이다.

백제 궁궐의
회화나무가
울다

회화나무 아래서는 바람 소리가 들린다

무령왕릉의 발굴, 세상을 깜짝 놀라게 하다

공주와 부여에는 백제의 패망과 부흥의 흔적이 많이 남아 있다. 백제는 660년 멸망하기 전까지 찬란한 문화를 지속했던 고대왕국이다. 공주에서 부여로 천도한 백제는 금강의 생명수를 따라 이동했다. 공주 공산성과 부여 부소산성은 백제 왕도를 방어하기 위해 금강을 활용했지만 나·당연합군은 부여와 공주를 공격하는 지름길로 금강을 선택했다. 이 때문에 공주와 부여의 젖줄인 금강은 백제의 생명수이자 패망의 공간이기도 하다.

백제는 천혜의 요새인 공주 공산성에서 부활을 꿈꾸었다. 공산성은 백제 왕도를 방어하는 최후의 보루이다. 공산성에 궁궐을 지은 백제는 중국의 양나라와 무역과 외교를 통하여 부흥을 모색했다. 그 당시의 대외관계를 확인할 수 있는 유물이 무령왕릉에서 쏟아져 나왔다. 공주 송산리 고분군의 배수로를 정비하다가 우연히 발견된 무령왕릉은 세상을 깜짝 놀라게 했다. 그런데 도굴당하지 않은 처녀분인 무령왕릉의 유물을 쓸어담는 데 고작 6시간 걸렸다고 한다. 무령왕릉은 가장 위대한 발견임에도 가장 졸속으로 발굴한 고고학의 부끄러운 사례로 남아 있다.

금송, 무령왕릉의 관재로 사용되다

무령왕릉에는 무령왕과 왕비가 합장되어 있다. 석수가 무령왕과 왕비의 관을 지키고 있을 뿐만 아니라 무덤 주인을 확인할 수 있는 묘지석도 출토되었다. 그 중에서도 무령왕과 왕비의 시신을 안치한 관재는 낙우송과의 금송으로 만들어졌다. 1,300년 동안 어둠에 묻혀 있던 금송이 시간의 저편에서 우리 눈앞에 나타난 것이다. 금송은 세계의 다른 곳에는 없고 오직 일본 남부에서만 자라는 희귀 수종이다. 늘푸른 바늘잎나무로 키가 30미터, 지름이 두세 아름에 이르는 큰 나무로 자란다.

금송(Sciadopitys verticillata)은 일본 원산으로 아름드리로 자란다. 금송은 소나무를 닮은 우산 모양의 나무이다. 백제 무령왕이 일본에서 성장했기 때문에 금송으로 관재를 만들어 사후의 안식을 기원한 것으로 보인다. 무령왕릉의 관재로 사용된 금송은 공주박물관 입구에 두 그루가 심어져 있어서 방문객의 눈길을 끌기에 충분하다.

금강에 맞닿은 공산성은 숲으로 가득하다. 공산성에는 금서루, 만

공주박물관 앞에 살고 있는 금송(좌), 금송으로 만든 무령왕과 왕비의 관(우)

하루, 공북루 등의 출입문에는 아름드리 느티나무가 자라고 있다. 특히 금서루의 느티나무는 오랜 세월동안 공산성을 지켜온 수문장처럼 공주시와 금강을 내려다보는 파수꾼 같다. 공산성에는 느티나무와 참나뭇과의 졸참나무, 갈참나무가 풍부하다. 이러한 활엽수가 풍부한 공산성 둘레를 따라 산책하면서 백제의 부흥과 패망을 생각해 보았다. 나무이름표가 붙어 있는 공산성은 가족과 함께 산책하기에 적당하다.

공산성의 쌍수정은 1624년 이괄의 난을 피한 인조와 연관된 건물이다. 인조는 쌍수에 기대어 이괄의 난이 평정되기를 기원했다고 한다. 현재 쌍수정에는 느티나무와 팽나무가 아름드리로 자라고 있다. 그렇다면 인조의 곁을 지켜준 쌍수는 느티나무와 팽나무일 가능성이 높다. 쌍수정의 느티나무와 팽나무는 넓은 품으로 인조의 불안한

공주의 공산성

공산성의 느티나무

마음을 어루만져 주기에 충분하기 때문이다. 쌍수정 주변에는 말채
나무도 아름드리로 자라고 있다.

백제 패망의 다양한 조짐

백제는 공산성에 오래 머물지 않고 금강의 물줄기를 따라 부여로
다시 천도하게 된다. 부여 부소산성은 백제의 최후를 기억하고 있는
역사적 현장이다. 성왕 16년 부여로 천도하여 123년 동안 번영을 누
렸지만 나·당연합군의 공격으로 백제는 멸망하고 말았다. 백제 패망
을 비극적으로 대변하는 유적은 낙화암이다. 《백제고기》에는 부여
성 북쪽 모퉁이에 커다란 바위가 있는데 강물을 굽어보는 듯하다고

기록되어 있다. 낙화암은 의자왕의 후궁들이 강에 몸을 던졌던 장소이다. 부소산성의 낙화암은 백제가 패망한 원인을 상당히 과장하고 있는 유적이다.

《삼국유사》에는 백제의 멸망과 연관된 다양한 조짐이 등장한다. 659년 오회사에 붉은 말이 밤낮없이 절을 돌았고 흰 여우가 의자궁에 들어와 좌평의 책상 위에 앉았다. 태자궁의 암탉이 작은 새와 교미하고 사자(泗沘) 언덕에 큰 물고기가 나와 죽었다. 그해 9월에는 궁중의 회화나무가 사람 울음소리를 내었으며, 밤에 귀신이 궁의 남쪽 길 위에서 울었다. 콩과에 속하는 회화나무는 괴목(槐木)이라 부르기도 한다. 괴(槐)는 나무와 귀신을 합한 글자이다. 그래서 궁궐의 회화나무가 울음소리를 내었다는 것은 백제의 미래가 위태롭다는 점을 예견한 것이다. 당시의 백성들은 회화나무의 울음소리에 불안한 민심을 반영한 것으로 보인다.

이러한 백제 패망을 알려주는 조짐은 무엇을 상징하고 있을까? 붉은 말이 절집을 돌고 태자궁의 암탉이 새와 교미했다는 것은 비정상적인 상황을 보여준다. 큰 물고기가 죽었는데 백성들이 그것을 먹고 죽었다는 것도 불길한 징조이다. 여우가 의자궁 좌평의 책상에 앉았다는 것은 백제의 불안한 민심을 대변하고 있다. 좌평 책상에 여우가 앉았다는 것은 충신 성충을 버린 의자왕의 무능을 대변하고 있는지도 모른다.

또한 백제 수도의 우물과 사자수가 핏빛으로 변했다는 것은 백성들이 살 수 없는 땅으로 변했음을 보여준다. 물과 강은 백제의 수도를 유지하는 생명수이기 때문이다. 두꺼비가 나무 위로 올라가는 것은 대재앙이 올 징조다. 이렇게 이상한 조짐이 거듭되면서 백성들의 불안과 공포가 가중되었다. 더욱이 배와 노가 절집으로 들어오는 사건은 백제 패망을 예견한 것으로 보인다.

궁궐에서 회화나무가 울다

백제 패망과 연관된 이야기는 여기서 그치지 않는다. 귀신이 궁중에 들어와 크게 외치기를 "백제가 망한다. 백제가 망해"라고 하고는 땅 밑으로 숨어버렸다. 이상하게 여긴 왕이 그 땅을 사람에게 파라고 명하니 석 자쯤 되는 거북 한 마리가 나왔다. 거북의 등에는 "백제에 달린 달은 둥근 바퀴로 가득 찼고, 신라에 뜨는 달은 초생 빛이 분

부여의 정림사지 5층 석탑

명하다"라는 글이 적혀 있었다. 왕이 글귀의 뜻을 물었더니 "둥근달
은 가득 차서 이지러질 것이요, 초생달은 아직 차지 않았기 때문에
점차 찰 것입니다"라고 무당이 대답했다. 이러한 이야기는 백제가
패망할 수밖에 없다는 사실을 구체적으로 보여준다.

《삼국유사》에는 궁궐의 회화나무가 울었다는 기록은 있지만 공산
성과 부소산성에는 회화나무가 없다. 다만, 부여 정림사지 5층석탑
을 지나 유물전시관으로 들어가는 입구에서 가녀린 회화나무 한 그
루를 발견했을 뿐이다. 공산성과 부소산성에 회화나무가 없는 것은
그 나무가 백제 패망을 상징하고 있었기 때문으로 생각된다. 중국의
괴목(槐木)이 우리나라에서는 회화나무와 느티나무로 분화되었기
때문에 회화나무는 느티나무일 가능성도 있다.

회화나무는 조선시대 유학을 공부하는 선비들이 좋아했다. 선비
들은 회화나무의 가지퍼짐을 닮고 싶어서 자신이 거처하는 곳에 회
화나무를 즐겨 심었다. 그래서 부여의 궁궐터와 부소산성에는 회화
나무를 심어서 반면교사의 역사적 교훈으로 삼아야 한다. 더욱이 백
제 패망을 알려준 회화나무의 울음소리를 생태적으로 활용할 필요
가 있다. 민심이 곧 천심이고 천심이 곧 생명을 존중하는 소리이기
때문이다. 바람이 전해준 회화나무의 울음소리에 귀를 기울이면 민
심의 목소리를 대변하는 하늘의 소리를 들을 수 있을 것이다.

회화나무(Sophora japonica)는 중국이 고향이고 상서로운 나무로 생
각하여 중국인들도 매우 귀하게 여겼다. 회화나무를 문 앞에 심어두
면 잡귀신의 접근을 막아 그 집안이 내내 평안할 수 있다고 한다. 전
국 어디에서나 잘 자라는 회화나무는 키가 20미터 이상, 줄기가 네
댓 아름에 이른다. 줄기는 회갈색으로 세로로 깊게 갈라지고 어린

정림사지에 자라는 회화나무

가지가 녹색인 것이 특징이다. 잎은 아까시나무와 아주 비슷하게 생겼다. 8월에 나비 모양을 한 황백색 꽃이 새로 나온 가지 끝에서 원추 꽃차례를 이루며 달려 핀다. 백제 궁궐에 회화나무가 살고 있었던 것처럼 조선의 창덕궁에도 아름드리 회화나무가 살고 있다.

의자왕은 백제 패망의 원흉인가?

백제 의자왕은 어떤 인물인지 궁금하다. 의자왕은 호왕의 맏아들이다. 그는 웅맹하고 담력이 있으며 부모에게 효도하고 형제 간에 우애가 있었기 때문에 사람들은 의자왕을 해동의 증자라고 했다. 그런데 정관 15(641)년에 즉위한 의자왕은 주색에 빠져 음탕하여 정사가 거칠고 나라가 위태로웠다고 한다. 좌평 성충이 극진히 간했지만 듣지 않았다. 그럼에도 성충은 의자왕에게 글을 올렸다.

"신은 일찍이 시변을 보니 반드시 전쟁이 일어날 것 같습니다. 대개 군사를 쓰는 방법은 그 땅을 가려야 합니다. 상류를 점거하여 적을 맞이하면 보전할 수 있습니다. 만일 다른 나라 군사가 침입했을 때 육로는 탄현을 지나치게 하지 말고 수군은 기벌포까지 들어오지 못하게 하여 그 험하고 좁은 곳을 방어하는 것이 좋겠습니다."

나·당연합군이 백제를 침략했을 때 의자왕은 여러 신하들에게 방책을 물었다. 좌평 의직과 달솔 상영의 의견이 서로 달랐다. 이 때문에 왕은 올바른 결정을 할 수 없었다. 마침 귀양간 좌평 흥수에게 방책을 물어보았는데, 흥수는 좌평 성충의 말과 같았다.

그런데 대신들은 흥수의 말을 믿지 않고 당나라 군사가 백강에 들어와 흐름을 따라 내려오게 하면 배를 부리지 못할 것이요, 신라 군사는 탄현으로 오르게 하였다. 이러한 대신의 잘못된 방책 때문에 백제는 나·당연합군에게 패망한 것이다. 백제가 패망한 원인은 나·당연합군보다 신하들 간의 갈등에서 찾아야 한다. 충신 성충의 직언을 듣지 않았던 의자왕의 무능과 대신들의 갈등으로 백제는 패망할 수밖에 없었다. 정말로 의자왕이 무능했는지에 대한 논란은 여전하다.

나당연합군에게 패망한 백제의 운명은 처참할 수밖에 없었다. 소정방이 백제 의자왕과 대신 및 백성들 12,807명을 중국으로 잡아갔다. 아마도 중국 조선족의 뿌리는 백제 유민이 그 최초가 아닐까 한다. 백제 패망은 삼국통일의 과정으로 이해할 수도 있지만, 너무도 많은 백성들이 당나라의 노예로 끌려갔다는 점에서 아쉽기도 하다.

백제는 나당연합군의 공격으로 멸망했지만 그냥 순순히 물러서지 않았다. 백제의 부흥운동이 곧바로 일어났기 때문이다. 600여 년의 사직을 지속했던 백제의 역사적 전통이 부흥을 일으켰던 원동력이었다. 백제가 패망한 지 4년 동안 부흥운동이 강력하게 전개되었다. 백제의 운명이 다한 까닭을 의자왕에게 묻는 것은 너무도 가혹하다. 백제의 흥망성쇠도 생로병사를 거듭하는 생명체로 볼 수 있기 때문이다.

신충의 원가,
잣나무의
기상

잣나무에서 떨어진 잣송이

잣나무, 신충의 충절을 상징하다

신라 제34대 효성왕(737~742)은 성덕왕의 둘째아들 승경이다. 승경은 형인 중경이 일찍 죽어서 태자로 책봉되었다. 효성왕은 16세에 즉위하여 성덕왕 때부터 원만한 외교관계를 유지해온 당나라와 친밀하게 지냈다. 안타깝게도 효성왕은 재위 6년 만에 죽고 말았다. 효성왕의 유골은 화장되었지만, 그의 능으로 추정되는 유적이 최근에 황복사지 인근에서 발견되었다.

《삼국유사》에는 신충과 효성왕이 잣나무를 보며 맹세를 했던 이야기와 함께 〈원가(怨歌)〉가 등장한다. 신충이 지은 〈원가〉는 잣나무에 맹세한 약속이 깨어진 것을 원망하고 있다. 신충은 왕의 총애를 받아 높은 벼슬을 역임했다. 성덕왕 25년(726) 하정사로 당나라에 들어갔다가 733년 7월에 발해가 등주를 공격하는 사건이 발생하여 귀국했다. 당나라에서 신라와 교류를 담당했던 신충은 성덕왕의 친당 정책을 보좌했던 인물이다. 그는 효성왕 3년(739) 이찬으로 중시가 되어 왕을 보좌했고 경덕왕 때는 상대등으로 전제정치를 강화했다. 신충은 귀족세력의 압력으로 763년 관직에서 물러나 지리산 단속사로 숨어버렸다.

효성왕이 잠저에 있을 때 신충과 궁정 잣나무 밑에서 바둑을 두었다. 효성왕이 "저 잣나무를 두고 다음에 내가 경을 잊지 않겠다"라고 맹세했다. 그러자 신충은 일어나 효성왕에게 절했다. 몇 달 뒤에 왕이 즉위하여 공신들에게 상을 내렸으나 신충과의 약속을 잊어버린 것이다. 신충이 원망하여 노래를 지어 잣나무에 붙였더니 그 잣나무가 별안간 누렇게 말라버렸다고 한다. 효성왕이 괴이하여 조사하게 했더니 신하들이 그 노래를 가져다가 바쳤다. 왕이 깜짝 놀라 "국사에 골몰하여 옛 맹세를 거의 잊어버릴 뻔했구나"라고 말했다. 신충을 불러서 벼슬을 내렸더니 잣나무가 다시 살아났다고 한다.

신충이 지어서 잣나무에 붙였던 〈원가〉의 노래는 다음과 같다.

한창 무성한 잣나무가
가을이 되어도 이울지 않으니
너를 어찌 잊으랴 하신
우러르던 그 낯이 변하실 줄이야
달 그림자 고인 연못가
흐르는 물결에 모래가 일렁이듯
모습이야 바라보지만
세상 모든 것 여읜 처지여

신충의 〈원가〉는 10행 향가인데 두 구가 탈락되어 현재 8행만 남아 있다. 신라 향가의 작가 중에서 신충은 경력이 기록된 역사적 인물이다. 신충은 724년 책봉된 태자 승경과 임해전에서 바둑을 두었다. 태자가 궁궐 뜰에 있는 잣나무 아래에서 "다른 날 내가 경을 잊는다면 이 잣나무와 같으리라"고 말했다.

〈원가〉는 효성왕을 향한 원망을 담고 있는 노래이다. 신충은 효성왕과 경덕왕 때 시중과 상대등의 고위직을 역임한 충신이다. 효성왕 즉위 초에 지어진 〈원가〉는 신충의 정치적 불만을 표시한 노래다. 효성왕이 신충에게 관직을 내리지 못한 정치적 상황이 있었을 것이다. 당시 승경이 효성왕으로 등극하는 정치적 과정이 순탄하지 않았

잣나무, 신충의 지조를 상징하다

음을 보여준다. 승경이 효성왕이 되었을 때 외척세력이 발호한다. 효성왕의 외조부인 김순원이 권력의 핵심에 등장한 것이다. 김순원의 딸 소덕왕후가 낳은 승경이 효성왕으로 등극했기 때문이다.

이러한 정치적 상황에서 권력에서 소외된 신충이 〈원가〉를 지어 불만을 표시한다. 더욱이 〈원가〉를 지어서 잣나무에 붙였더니 그 잣나무가 고사했다는 이야기는 불길한 징조를 보여준다. 소덕왕후의 죽음으로 권력 기반이 약해진 김순원이 신충과 타협하여 그에게 이찬 품계를 내렸을 것이다. 박노준의 《옛사람 옛노래 향가와 속요》에 의하면 〈원가〉는 신충이 정계 핵심부에 진입하기까지 그가 겪었던 고뇌를 담아낸 향가이다. 신충의 정치적 고민이 담긴 〈원가〉는 잣나무 노래로 의연한 체념으로 마무리되고 있다.

월성과 월지에는 잣나무가 살고 있을까?

효성왕 때 신라의 궁궐은 어디였을까? 월성과 월지다. 경주 월성은 신라 천년의 왕궁이다. 월성에서 동쪽으로 바라보면 아름답게 꾸며진 월지가 보인다. 월성이 정궁이라면 월지는 일종이 별궁이다. 현재 왕궁이 사라진 자리에는 적막한 침묵만이 나뭇가지를 흔들며 옛 이야기를 전해준다. 왕궁은 신라 왕실의 화려한 건축물 대신에 무성한 숲 때문에 산책하기 좋다.

월성은 적을 방어하고 왕실의 위엄을 높이기 위해서 평지보다 높은 곳에 자리한다. 《삼국사기》에 따르면 파사왕 22년(101) 자연적 언덕에 반월형으로 흙과 돌을 섞어서 반월성을 쌓았는데 둘레가 1,023

보다. 월성을 한 바퀴 돌고나면 별궁이 있던 월지로 연결된다. 월지는 별궁으로 건축된 임해전의 정원이다. 임해전의 정원은 물이 들어오는 입수구의 모습이 아름답다.

안압지는 외국 사신의 접대나 국가의 중대한 행사가 열렸던 유흥공간이다. 월지가 조선대에 와서 안압지로 바뀐 것은 이곳에 기러기와 오리가 노닐었기 때문이다. 당시 별궁이 있었던 월지는 신라의 정원을 볼 수 있는 귀중한 생태공간이다. 《삼국사기》에는 674년(문무왕 14) "궁 안에 못을 파고 산을 만들어 화초를 심고 진기한 새와 기이한 짐승을 길렀다"고 한다.

월지에 임해전을 조성할 당시 심었던 나무들이 아직까지 살고 있을까. 아마도 월지에 심었던 기화요초(琪花瑤草)는 연꽃, 병꽃나무, 화살나무, 단풍나무, 배롱나무, 광대싸리 등이지 않을까 한다. 신선

잣나무의 잎과 열매

사상을 구현하기 위해 섬과 봉우리를 만들고 버드나무도 심었다. 효소왕 6년(697) "임해전에서 군신(群臣)에게 연회를 베풀었다"는 기록도 전한다. 이 때문에 월지에 잣나무가 살고 있는지 살펴볼 필요가 있다.

신충과 태자가 바둑을 두었던 월지의 임해전에는 잣나무가 자란다. 한국이 원산지인 잣나무는 신라송자, 오엽송, 홍송 등과 같이 다양한 이름을 가지고 있다. 신라송은 신라 때 잣의 종자가 중국에 들

동궁의 정원으로 사용된 월지

어가서 얻은 이름이다. 홍송은 잣나무의 목재가 붉어서 붙여진 이름이다. 해송자는 신라 사신이 당나라에 갈 때 잣을 가져다 팔았기 때문에 생겼다. 옛사람들은 소나무와 함께 임금을 향한 충성과 절개의 상징을 송백에 비유했다. 송백은 소나무와 잣나무 또는 소나무와 측백나무를 지칭하기도 하지만, 늘푸른 침엽수를 총칭하기도 한다.

경덕왕 14년(755)에 만들어진 〈신라민정문서〉에는 잣나무를 인공 조림한 최초의 기록이 등장한다. 세금부과를 위해 마을 실태를 조사한 문서에 잣나무가 등장하고 있기 때문이다. 잣나무는 쓰임이 많아 예부터 심고 가꾸었는데, 키가 20~30미터로 자라고 둘레는 두 아름이 넘게 자란다. 잣나무는 곧게 자라고 가지가 돌려나서 안정감을 준다. 잣나무의 잎은 솔잎보다 굵으면서 세모진 짧은 모양인데 한 쌍에 5개씩 모여 달린다. 그래서 잣나무를 오엽송이라 부르기도 한다. 잣나무 잎에는 세 개의 능선이 있으며 뒷면에는 흰색 숨구멍이 있다.

단속사, 신충이 은둔하기 위해 지은 절집

단속사는 신충이 지리산에 은둔하기 위해 창건했다. 당시 단속사에는 경덕왕의 영정과 솔거의 유마거사상도 있었다고 한다. 신충은 성덕왕, 효성왕, 경덕왕 등 3대에 활약했던 인물이다. 특히 경덕왕 16년에는 상대등이 되어 신하로서 최고위층에 올랐다. 신충은 당나라 제도를 수용하는 정책을 단행할 때 적극적으로 활약했다. 그리고 경덕왕 22년(763)에 상대등에서 물러난 후 지리산으로 들어가 단속사를 짓고 은둔한다. 세속의 근심을 끊어내기에 적당한 은둔처가 단속사이기 때문이다.

경덕왕 22년에 신충이 두 벗과 함께 서로 약속하고 남악으로 들어갔는데, 왕이 두 차례나 불러도 나오지 않았다. 신충은 머리를 깎고 사문이 되어 왕을 위하여 단속사를 창건했다. 단속사에 살면서 왕의 복을 기원하고자 하여 허락을 받았다. 단속사 남쪽에 '속휴'촌이 있는데 세속에서는 '소화리'라 한다. 그런데 〈별기〉에는 전혀 다른 이야기가 기록되어 있다. 경덕왕 때 직장 이순이 일찍이 "나이가 지명에 이르렀으니 모름지기 출가하여 절을 창건하리라" 하고 발원했다. 그는 50세에 조연사를 중창하여 단속사라 했다. 이순은 삭발하여 법명을 공굉장로라 칭하면서 단속사에 머물다가 입적했다. 《삼국유사》에는 《삼국사》와 〈별기〉의 기록을 제시하여 의심스러운 부분을 그대로 보여주고 있다.

일연스님이 찬한 시는 다음과 같다.

공명을 못다 누렸으되 귀밑이 먼저 세었구나
임금의 은총 많다 해도 백 년이 잠깐일세
세속을 격한 저 절 꿈에도 나타나니
나는 가서 향화 피워 우리 임금 복 빌리라

단속사 정당매는 아직도 살아 있는가?

지리산 옥녀봉 자락의 단속사는 속세와 인연을 끊어버리기에 적

당한 공간이다. 단속사는 선종 계통인 수선사와 관계가 깊다. 단속
사는 763년 신충이 건립했다고 전하지만 그가 관직에서 물러나기 이
전인 748년 이순에 의해서 창건되었다. 진골의 압력으로 관직에서
물러난 이순은 경덕왕에 대한 원망과 연정의 마음으로 단속사를 경
영했다.

마을에서 단속사로 가는 길에는 광제암문이 있다. 광제는 "널리
중생을 교화하여 구제한다"라는 의미이고, 암문은 바위로 된 문이

단속사지 정당매

다. 이 글씨는 최치원이 새긴 것으로 알려졌으나 최근 연구에 의하면 995년 어느 스님이 쓴 것이다. 여기서부터 단속사까지는 약 2킬로미터이다. 지리산 옥녀봉 아래 자리한 단속사는 폐허가 되었다. 임진왜란으로 폐사되었지만 동서로 3층 석탑이 옛날의 화려한 기억을 전해주고 있다.

산청군 단성면 운리의 단속사에는 유명한 스님들이 주석했다. 당나라 유학을 통해서 선(禪)을 신라에 전한 신행선사도 단속사에 주석했다. 신행선사는 헌덕왕 5년(813)에 입적하여 왕명으로 그의 비석이 만들어졌다. 고려 의종 3년(1158)에 왕사 탄연이 입적하여 왕명으로 대감국사비가 절집에 세워졌다.

단속사 옆에는 정당매와 비각이 있다. 고려말 통정 강회백(1357~1402)이 단속사에서 글을 읽으면서 매화나무를 심었다고 한다. 나중에 강회백의 벼슬이 정당문학에 올라서 그가 심은 매화나무를 '정당매'라고 부른다. 강회백은 남사마을 원정매를 심은 하즙(1303~1330)의 외손자다. 강회백의 정당매 수령은 600여 년이 넘는다. 왜냐하면 강회백이 1376년 이전에 매화나무를 심었기 때문이다. 아쉽게도 정당매는 생명을 다했지만 조선시대 남명은 〈단속사정당매〉에서 "절도 중도 쇠잔하니 산도 옛산이 아니구나"라고 읊었다.

제4장
나무를 품은 불교 이야기

달빛 봉황대

도리사,
한겨울에 핀
복사꽃과 자두꽃

자두나무의 꽃과 잎

도리사, 신라 초전 불교 성지

구미시 해평면 태조산에 자리한 도리사는 신라 최초의 불교 성지다. 고구려에서 온 아도화상(阿道和尙)이 불교 전파의 뜻을 품고 선산의 모례(毛禮)장자 집에 살면서 도리사를 창건했기 때문이다. 더욱이 1976년 아도화상 석상이 도리사에서 발견되어 역사 기록을 뒷받침하고 있다. 신흥 불교와 신라 전통문화가 충돌할 때 아도화상은 중앙이 아닌 지방에 도리사를 창건하여 백성들의 마음을 위로해주었다.

아도화상이 창건한 도리사로 들어가는 초입에는 '해동최초가람성지 태조산 도리사 일주문'이 새겨진 건물이 우뚝 서 있다. 일주문을 지나면 아름드리 느티나무 가로수가 터널을 이루고 있어서 방문객의 마음을 편안하게 해준다. 느티나무에 봄바람이 살랑 불어오면 세속의 찌든 심신은 봄눈 녹듯이 사라진다.

태조산 기슭에 자리한 도리사는 숲으로 가득하다. 봄날 도리사에는 아름드리 돌배나무가 화려한 꽃망울을 터뜨린다. 주차장에 살고 있는 돌배나무는 멀리서 보았을 땐 한 그루처럼 보이지만 자세히 보면 땅에서 배를 맞댄 채 두 줄기로 자란다. 돌배나무를 지나면 오랜 세월 도리사를 지켰을 팽나무가 당당한 모습으로 서 있다. 주차장에는 말채나무가 허물을 벗은 뱀 같은 피부를 보여준다. 그 곁에는 봄에 수액을 채취하는 고로쇠나무가 아름드리로 자라고 있다.

절집 입구의 계단에는 굴참나무, 팽나무, 말채나무가 아름드리로 방문객을 맞이한다. 계단의 외쪽에는 느티나무가 하늘을 향해 가지를 펼치고 있다. 그 곁에 소나무로 지은 정자가 있는데 기둥에는 송

진을 채취한 흔적이 그대로 남아 있다. 소나무는 죽어서도 가슴에
난 상처를 지울 수가 없었던 모양이다. 안내 표지판을 지나면 복사
나무가 따사로운 햇살에 겨워 꽃망울을 터뜨리고 있다. 복사꽃은 아
도화상의 도리사 창건과 인연이 깊다.

　신라에 불교가 전래된 경로에 대해서는 육로와 해로를 포함한 다
양한 견해가 존재하고 있다. 그 중에서도 가야 시대 해로를 통한 전
래보다 고구려를 통한 육로의 가능성에 주목해야 한다. 신라 내물왕
때 고구려 광개토대왕의 도움으로 왜를 물리쳤기 때문에 고구려의
영향이 크게 작용했을 것으로 짐작된다. 불교가 신라에 전파된 경로
는 고구려에서 계립령을 거쳐 지금의 구미 지역을 경유했던 것이 아
닌가 한다. 이 때문에 도리사는 정확한 절집의 창건 연대는 알 수 없
지만 신라 불교의 초전지로 유명하다.

도리사 3층 석탑(좌), 도리사 현판(우)

복사꽃과 자두꽃이 핀 곳에 도리사를 창건한 아도화상

신라 눌지왕 2년(418) 아도화상은 한겨울 태조산 자락에 복사꽃과 자두꽃이 핀 성스러운 곳에 도리사를 지었다. 이 때문에 복사나무와 자두나무가 도리사의 이름에 들어간 것이다. 도리사의 창건은 한겨울에 핀 복사꽃과 자두꽃의 신비로움을 통해서 정당성을 부여받고 있다. 아도화상이 창건한 도리사는 복사꽃과 자두꽃이 생태적으로 매우 중요하다. 도리사는 한겨울에 핀 복사꽃과 자두꽃을 통해서 험난한 세상사의 갈등을 풀어가는 지혜를 보여준다.

그렇다면 아도화상이 창건한 도리사를 상징하는 복사나무와 자두나무는 어디에 살고 있는지 궁금하다. 복사나무는 주차장으로 가는 길목이나 절집에서 자주 목격할 수 있다. 그렇지만 자두나무는 좀처럼 찾아볼 수 없다. 도리사에 복사꽃과 자두꽃이 있어야 아도화상의 초전 불교가 꽃피울 수 있기 때문이다.

도리(桃李)는 사랑하는 사람을 의미한다. 한국인이 가장 좋아하는 고전소설《춘향전》에는 이몽룡과 성춘향의 사랑과 결혼을 복사꽃과 자두꽃으로 천생연분을 상징하고 있다. 조선후기 판소리 후원자인 신재효는 자신이 사랑했던 제자 진채선을 위해서 단가 〈도리화가〉를 창작했다. 이러한 작품에 등장하는 복사꽃과 자두꽃은 천생연분이나 사랑하는 사람을 상징하기도 한다. 중국 사마천의《사기열전》〈이장군전〉에는 "복사나무와 자두나무는 말하지 않아도 아래에 저절로 길이 생긴다"는 글이 있다. 나무에 열린 복숭아와 자두가 너무 맛있어서 따먹는 사람들이 자연스럽게 길을 만들기 때문이다.

도리사의 본래 자리는 지금보다 아래쪽인 주차장 주변으로 추정된다. 현재의 도리사는 영조 5년(1729) 대인 스님이 아미타불을 개금하여 예전 금당암에 봉안한 것에서 비롯되었다. 극락전은 도리사의 중심 건물인데, 목조아미타여래좌상을 봉안하고 있다. 극락전 뒤편에 석가세존사리탑이 있는데 여기서 금동육각사리함과 석가모니의 진신사리 1과가 출토되었다. 석가모니 진신 사리는 적멸보궁에 다시 모셔놓았지만 금동육각사리함은 아도화상이 도리사에서 손가락을 가리켰던 직지사 성보박물관에 보관되어 있다.

극락전 앞마당에 자리한 조그마한 석탑은 화엄석탑으로 부르기도 한다. 고려시대에 만들어진 석탑은 특이한 형태로 벽돌을 쌓은 전탑이나 모전석탑과 유사하다. 석탑 주변에는 소나무들이 병풍처럼 바람을 막아준다. 극락전 옆 태조선원 앞에 보라색 꽃을 피운 수수꽃다리가 살고 있다. 고려 말 야은 길재 선생은 스님들의 수행 공간인

복사꽃이 핀 도리사

태조선원에서 글을 배웠다고 한다. 태조선원의 편액은 민족대표 33인 중의 한 명인 오세창 선생의 글씨다.

아도화상의 모습이 있는 계단에는 여름에 붉은 꽃을 피우는 배롱나무가 자란다. 그 곁에 연분홍 꽃을 피워내는 복사나무가 살고 있다. 아도화상 좌우에 심어놓은 자두나무는 화려한 꽃망울을 터뜨리고 있다. 자두나무는 도리사 창건의 신비로움을 더하기 위해 절집의 신도가 심었다고 한다. 복사꽃과 자두꽃이 피어나면 도리사는 아도화상의 신비로운 이야기로 충만해질 것이다.

도리사에는 아도화상이 앉아서 수양했던 좌선대가 유명하다. 소나무 숲은 좌선대를 아늑하게 감싸주고 있다. 좌선대에는 1639년 세워진 아도화상 사적비와 자운비가 자리한다. 그 곁에는 도리사에 논과 밭을 시주한 사람들을 기록한 비석도 함께 세워져 있다. 아도화

자두꽃이 핀 도리사

상이 도리사 서대에서 "황악산을 가리키며 저곳에 절집을 지으면 불교가 흥할 것이다"라고 했던 곳에 직지사가 창건되었다. 이 때문에 도리사와 직지사는 아도화상과 인연이 깊은 절집이다.

아도화상, 칡넝쿨을 따라오면 나를 만날 것이오!

아도화상은 신라 불교의 전파 과정을 주변부에서 보여준다.《삼국유사》에는 신라에 불교가 공인되기 전에 아도(阿道)가 일선군에서 불교를 전파하는 과정을 소상하게 전해주고 있다. 삼국 중에서 가장 늦게 불교가 공인된 나라는 신라다. 신라 지역에 불교가 처음 들어온 곳은 어디일까? 〈신라본기〉에는 제19대 눌지왕 시대에 묵호자가

도리사를 창건한 아도화상

고구려에서 일선군에 도착했다고 한다. 고을 사람 모례가 집에 토굴을 만들어 묵호자가 거주하도록 도와주었다. 고구려에서 온 아도화상은 선산 모례장자의 도움을 받아서 신라의 주변부에서 불교를 전파한 것이다.

구미시 도개면 도계리에는 아도화상이 몸을 의탁한 모례장자 집이 있다. 최근에 모례장자가 살았던 도개리에 신라불교 초전 기념관이 건립되었다. 도개면(桃開面)과 도개리(道開里)는 복사꽃이 피어서 도가 열렸다는 뜻을 담고 있다. 모례장자 집터에는 예전 우물인 모례정이 남아 있고 그 곁에 향나무가 자란다. 그런데 일연 스님의 "모량(毛郎) 집 매화나무에 먼저 피었도다"라는 시를 통해 볼 때 당시 모례장자 집에 매화나무가 살고 있었던 것으로 생각된다.

신라시대 아도화상은 모례장자 집에 살면서 어떤 생활을 했을까?

아도화상이 살았던 모례정

이런 궁금증을 해소할 수 있는 설화가 전승되고 있다. 구미 설화에 의하면 아도화상은 도개리 모례장자 집에 거주하면서 머슴살이를 했다. 그는 소와 양을 길러 모례장자를 부자로 만들어주었다고 한다. 이렇게 보살행을 실천했던 아도화상은 "나를 만나려면 당신 집으로 칡 순이 내려올 것이니, 그 넝쿨을 따라오면 나를 만날 수 있을 것이오"라는 말을 남기고 길을 떠났다. 얼마 후 한겨울에 칡 순이 모례 장자 집을 넘어왔다. 모례장자가 칡넝쿨을 따라가니 태조산 도리사 자리에 아도화상이 용맹정진하고 있었다고 한다. 도리사는 아도화상이 신라 최초 가람을 세울 수 있도록 모례장자에게 시주를 해달라고 부탁하여 창건되었다.

칡(Pueraria lobata (Willd.) Ohwi)은 생명력이 왕성한 덩굴식물이다. 칡은 숲속에 틈만 보이면 얼른 자리를 잡고 나선다. 콩과에 속하는

칡꽃, 아도화상이 있는 곳을 알려주다(좌), 아도화상이 수도한 좌선대와 자운비(우)

칡은 양지바른 곳에서 잘 자란다. 원뿔 모양의 꽃차례가 잎겨드랑이에서 나와 곧추서고 여름에 짧은 꽃자루가 달린 보랏빛 꽃이 핀다. 칡꽃의 향기는 가을날에도 은은하게 퍼진다. 주변의 모든 것을 칭칭 감고서 세상을 살아가는 칡의 욕망은 참으로 강하다. 그래서 칡 순을 따라가서 아도화상이 있는 장소를 알려줬다는 이야기는 언제 들어도 신비로울 따름이다.

이때 양나라가 사신에게 의복과 향을 보내주었다. 왕과 신하는 향의 쓰임새를 몰라 전국을 두루 다니며 물었다. 묵호자가 "이것은 '향(香)'인데 태우면 향기가 나서 정성이 거룩한 신에게 사무칠 것이요, 거룩한 신이란 삼보보다 더 나은 것이 없으니, 만일 이 향을 태워서 발원한다면 반드시 영험이 있으리라"고 말했다. 당시 왕녀가 위독하여 묵호자를 불러 분향하고 발원하게 했더니 그 병이 씻은 듯이 나았다. 왕이 기뻐서 묵호자에게 예물을 후하게 주었지만 얼마 후 어디로 갔는지 알 수 없었다고 한다.

신라 제21대 비처왕 때에 아도화상이 시자 3명과 함께 모례장자의 집을 찾아왔다. 그 모습이 예전의 묵호자와 비슷했다고 한다. 그는 수년 동안 살다가 병도 없이 죽었다. 함께 온 시자 3명은 그대로 모례장자 집에 살면서 불경과 계율을 강독했는데, 가끔 신봉하는 사람이 생겼다고 한다.

아도화상이 전파한 신라 불교는 변방인 구미 지역에서는 별다른 갈등이 없었다. 그런데 기득권이 강했던 중앙에서는 아도화상의 불교에 대한 반감이 매우 심했을 것이다. 신문화와 기득권이 충돌한 갈등의 시대에 아도화상의 처신을 주목해야 한다. 도리사 좌선대에 앉아서 고요한 솔바람 소리를 들으며 문화충돌을 슬기롭게 대처했던 아도화상의 지혜를 성찰해볼 필요가 있다. 아무리 시대가 변해도 세상살이의 다양한 갈등은 예나 지금이나 별로 다르지 않기 때문이다.

일연 스님, 아도화상의 기록을 비교하다

아도화상 〈비석〉에 의하면 아도화상은 고구려 사람이다. 아도는 위나라 아굴마(我崛摩)가 고구려 사신으로 왔을 때 모친 고도녕과 사통하여 낳은 아들이다. 어머니 고도녕은 5세인 아도를 출가시켜 16세 위나라로 들어가 부친을 만나게 한다. 그리고 현창화상 문하에서 공부한 아도화상은 19세 고구려 모친에게 돌아왔다.

고도녕은 "이 나라가 불법을 알지 못했으나 이제부터 삼천 여 달 후 계림에 거룩한 왕이 나와서 불교를 크게 일으킬 것이다. 그 서울에 7가람의 옛터가 있다. 첫째는 금교 동쪽 천경림이요, 둘째는 삼천 기요, 셋째는 용궁 남쪽이요, 넷째는 용궁 북쪽이요, 다섯째는 사천 미요, 여섯째는 신유림이요, 일곱째는 서청전이니 모두가 예전 부처님 절터였던 곳이다. 불교 전통이 오랫동안 유전되었던 곳에서 네가 위대한 불교를 전파하여 부처님을 예배하는 전통의 선두를 차지해야 한다"고 아도화상에게 말했다.

아도화상이 모친의 교훈을 받들어 미추왕 2년(263) 계림의 왕성 서쪽에 살았는데 지금의 엄장사이다. 아도화상이 대궐에서 불법을 행하였는데 사람들이 세속에서 못했던 것이라 의심하면서 그를 죽이려 했다. 그래서 아도화상은 속림 모록의 집에 3년 동안 숨어버렸다. 이때 성국공주가 병들어 사방에 칙령을 내려 의원을 찾았다. 아도화상이 대궐로 가서 병을 고쳐주었더니 왕이 기뻐하여 그의 소원을 물었다. 아도화상은 "천경림에 절을 세워 불교를 크게 일으켜 국가의 복을 받드는 것이 소원입니다"라고 말했다.

왕이 허락하여 공사에 착수했는데, 보통 집이나 다름없이 풍속이 질박하고 검소하여 띠를 엮어 지붕을 이었다. 아도화상이 그곳에 살면서 불교를 강연하니 가끔 천화(天花)가 떨어져 절집 이름을 '흥륜사'라 불렀다. 모록의 누이 사씨는 아도를 따라 비구니가 되었다. 또 삼천기에 절을 세워 '영흥사'라 했다. 얼마 후 미추왕이 세상을 떠나자 아도화상을 죽이려 했을 때 아도화상은 모록의 집에 무덤을 만들고 자결했다. 아도화상이 죽으면서 불교도 사라지게 되었다.

신라 제23대 법흥왕 13년(514)에 불교를 일으켰다. 미추왕 계미에서 252년의 세월이 흘렀으니 고도녕이 말한 삼천 여 달이 맞았다고 한다. 그런데 일연 스님은 〈신라본기〉와 〈아도비문〉이 어긋난 점을 고증하고 의논하고 있다. 일연은 고구려, 백제, 신라 등의 순서로 불교가 전파된 것으로 생각한다. 순도와 아도화상이 소수림왕(374) 때 고구려에 도착한 것은 분명하고 아도화상이 고구려를 떠나 신라에 온 것은 눌지왕 때로 보고 있다. 더욱이 아도화상과 묵호자는 외모가 비슷한 다른 사람이라고 주장한다. 묵호자는 이름이 아니고 아도화상은 위험한 여정을 하면서 이름을 숨기고 말하지 않았기 때문이다.

갈항사, 승전 스님이 칡덩굴로 얽은 절집

금오산 갈항사는 아도화상의 도리사처럼 지방에 창건되었다. 갈

덩굴식물인 칡과 그 꽃

항사(葛項寺)는 효소왕 1년(692) 당나라 유학을 다녀온 승전이 창건했다. 초기에 갈항사는 소규모로 창건되었다. 왜냐하면 절집 이름에 '칡덩굴'이 들어 있기 때문이다. 그 후에 경덕왕 17년(758) 영묘사 언적 스님과 남매였던 문황태후와 경신대왕이 삼층석탑 두 기를 조성하면서 일 금당 쌍탑 형식의 가람을 갖춘 것으로 보인다. 갈항사는 화엄경을 강의하려고 했던 승전의 꿈이 스며 있다.

《삼국유사》 의해편 '승전촉루'에 의하면 7세기 말 당나라에 유학했던 승전은 화엄학을 배우고 귀국했다. 그런데 성전은 경주에 자리를 잡지 못하고 금오산 자락으로 밀려나고 말았다. 신라의 왕도 경주에서 보면 금오산 자락은 변두리다. 갈항사에서 홀로 살았던 승전은 돌로 사람의 얼굴 모습을 80여 개 만들어놓고 그들에게 화엄학을 강의했다고 한다. 이러한 돌들을 '촉루'라 하는데 최근 그 일부가 발굴되었다. 이 때문에 갈항사지에서는 새로운 지식을 전수하고 싶은 승전의 마음을 헤아려보아야 한다.

금오산 갈항사지에는 사철나무, 단풍나무, 수수꽃다리, 석류 등이 석조여래좌상과 무언의 대화를 나누고 있다. 오래 전에 폐사된 갈항사지에는 석조여래좌상(보물 245호)을 제외하면 예전 도량의 모습이 상상되지 않는다. 그렇지만 승전이 깨달은 진리를 전수하려고 노력했던 교육열은 느낄 수 있다. 나도 대학에서 학생들을 가르치고 있기 때문에 승전의 교육열에 공감할 수밖에 없다. 교육은 우리나라가 세계적인 국가로 발전할 수 있었던 원동력이다. 이 땅의 수많은 참 스승 덕분에 우리가 좀더 행복하게 살고 있는지도 모른다. 우리는 누군가의 스승이고 또 누군가의 제자로 살아가기 때문이다.

갈항사의 동서 석탑(국보 99호)은 1916년 석탑을 보호한다는 명분으로 조선총독부 박물관으로 옮겨진 후 다시 국립중앙박물관으로 옮겨졌다. 당시 석탑을 박물관으로 옮길 때 두 탑의 기단부에서 나온 사리장치는 국립대구박물관에 전시되어 있다고 한다. 갈항사지 동탑 기단부에서 출토된 사리장치에는 "천보 14년(758) 신라 제38대 원성대왕 3남매가 이 탑을 건립했다"라는 이두문 54자의 명문이 새겨져 있다. 석탑은 원성왕이 즉위하기 전에 세우고 30년 후에 원성왕 재위 때 명문을 적은 사리장치를 넣었을 것으로 추정된다. 갈항사 동서 삼층석탑은 본래 자리로 되돌려놓아야 한다. 삼층석탑은 원래 자리에 있을 때 가장 빛나기 때문이다.

흥륜사,
천경림에서
이차돈이 순교하다

흥륜사지의 보리수, 찰피나무의 잎과 열매

천경림에 창건된 흥륜사는 어디일까?

경주 사정동의 흥륜사(興輪寺)는 옛 영광이 사라진 초라한 절집에
불과하다. 경주의 신성한 천경림(天鏡林)에 창건된 화려한 왕실 불교
의 위상을 상상할 수 없을 만큼 폐사되었기 때문이다. 그래도 흥륜
사는 신라 최초 왕실불교의 도량인 것은 분명하다. 신라의 고명한
스님과 불자들에게는 천하의 복된 땅이 바로 천경림의 흥륜사이다.

당시 천경림에는 어떤 나무들이 살고 있었을까? 신라는 경주의 신
성한 숲인 천경림을 특별히 보호했다. 그래서 천경림 속에 건축된
흥륜사는 신라 왕실 불교의 중심이다. 신성한 숲에 흥륜사를 창건한
것은 신라왕실의 간절한 염원이 반영된 것으로 생각된다.

그런데 아직까지 흥륜사의 정확한 위치를 찾지 못한 상태에서 논

이차돈이 순교한 천경림에 들어선 흥륜사

란이 계속되고 있다. 지금의 흥륜사는 선덕여왕 때 창건된 영묘사로 추정하기도 한다. 흥륜사 자리에서 영묘사가 새겨진 기와가 발견되었기 때문이다. 이러한 흥륜사의 정확한 위치를 확정하기 위해서는 학술적인 연구가 더 필요하다.

조선 초기에 전국을 방랑한 매월당 김시습(金時習)이 경주를 여행한 기행시집 《유금오록》에도 흥륜사와 영묘사의 모습이 드러난다. 흥륜사는 허물어진 전각 터에 마을이 들어서고 주변은 보리밭으로 변해버렸다. 그 보리밭에 커다란 석조(石槽)만이 외롭게 남아 있었다. 영묘사(靈妙寺)도 세월의 무게를 감당하지 못하여 폐사되었지만 나무로 만든 부도(浮屠)가 남아 있다고 한다. 적어도 김시습이 방문했을 때에는 흥륜사와 영묘사의 위치를 정확하게 구별한 것으로 보인다.

흥륜사지에서 이차돈의 순교를 생각하다

그렇다면 흥륜사의 정확한 위치는 어디일까? 최근에 경주공고에서 흥륜사를 지칭하는 흥(興)자가 새겨진 수키와 조각이 발견되어 세상의 이목을 집중시켰다. 그래서 이곳이 흥륜사 터라는 주장이 설득력을 얻고 있다. 새로 발견된 명문에 따르면 흥륜사는 본래 '대왕흥륜사'로 불려진 것으로 보인다. 더욱이 내물왕릉의 위치가 흥륜사 동쪽에 있다는《삼국유사》의 기록과도 일치한다.

이차돈의 희생으로 천경림에 창건된 흥륜사는 현재의 경주공고 일대인지도 모른다. 영묘사로 추정되는 그곳에는 절집에서 사용했던 석물이 화단에 놓여 있다. 석등이나 탑의 부재로 사용된 석물들의 조각솜씨는 매우 화려하고 정교하다. 하지만 교정의 장식물로 전락한 절집의 유물이 왠지 애처롭게 보인다. 학생들은 옛날 절터에 들어선 교정에 대해 어떤 생각을 하고 있을지 몹시도 궁금하다.

유물은 본래 자리에 있을 때 가장 아름답다. 그런데 흥륜사는 정확한 위치조차 제대로 찾지 못하고 있어서 안타깝다. 조선시대 매월당 김시습이 보았던 흥륜사지의 석조는 인조(仁祖) 16년(1638)에 경주부윤 이필영(李必榮)이 경주읍성의 금학헌에 옮겨 연꽃을 심었다고 한다. 절집에서 곡식을 씻기 위해 사용하던 석조를 화분으로 사용한 것이다. 그나마 연꽃을 심었기 때문에 그래도 불교의 상징은 유지한 듯하다. 흥륜사지에서 금학헌으로 옮겨진 석조는 지금 경주 박물관 뜰에 전시되어 있다.

경주박물관에 소장된 이차돈순교비

흥륜사에서 이차돈이 순교하다

　절집의 중심은 대체로 부처님을 모신 대웅전이다. 대웅전 앞 화단
에는 모란 2그루와 소나무 4그루가 키 작은 모습으로 자란다. 그 주
변에는 흰 꽃을 둥글게 뭉친 불두화가 새색시처럼 수줍은 얼굴을 살
포시 내밀고 있다. 대웅전 뒤쪽에는 커다란 기둥의 받침돌이 당시
절집의 위용을 온몸으로 보여준다. 더욱이 몸이 절반만 남은 부처님
곁의 수수꽃다리와 석류나무는 폐사된 절집의 아픔을 보듬고 있는
듯하다. 범종각 주변의 아름드리 벚나무는 매일 울리는 범종소리를
나이테에 갈무리하면서 성장하고 있다.
　여느 절집과 달리 흥륜사의 중심은 대웅전이 아니라 이차돈 순교
비가 차지하고 있다. 그만큼 신라의 불교 공인에 커다란 역할을 했
기 때문이다. 대웅전과 이차돈의 순교비는 서로 마주보고 있다. 이
차돈 순교비 주변에는 키 작은 반송 세 그루가 자란다. 반송 아래는
새 출발을 시작하는 어린 새싹이 엄마의 품안에서 양육되고 있다.
하지만 어린 새싹은 부모의 그늘에서 벗어나지 않으면 생명을 지켜
낼 수 있을지 의문이다.
　흥륜사에는 느티나무, 벚나무, 배롱나무, 은행나무, 잣나무, 칠엽
수, 측백나무 등과 같은 나무들이 절집을 풍요롭게 한다. 그 중에서
도 반송이 절집 마당보다 높은 곳에 살고 있는 까닭을 비구니 스님에
게 물어보았다. 그랬더니 뜻밖의 대답을 들었다. 절집의 지대가 낮
아서 습기가 차기 때문에 흙을 넣어 반송을 높게 만들었다고 한다.
아마도 예전 흥륜사 주변에 연못이 있었던 것으로 추측된다. 흥륜사
반송을 살리기 위한 비구니 스님들의 불살생 손길이 참으로 아름답

다.

 신라의 불교는 법흥왕 때 이차돈의 순교로 공인되었다. 《삼국유사》〈신라본기〉와 최치원의 〈봉암사지증대사비〉 및 고려 〈대각국사영통사비〉 등에 따르면 법흥왕 14년(527) 이차돈의 순교로 불교가 공인된 것이다. 물론 그 이전에 불교의 유입이 없었던 것은 아니다. 중국과 고구려를 통해서 간헐적으로 불교신앙이 유입된 것으로 짐작된다. 신라에 불교가 전파되면서 기존의 토착신앙을 지지하던 귀족세력과 마찰이 생길 수밖에 없었을 것이다. 때문에 이차돈의 순교는 고유한 토착신앙과 새로운 불교신앙의 대립에서 발생한 사건이다.

 법흥왕은 새로운 사상을 내포한 불교를 신라의 통치이념으로 삼아 국가 체계를 일신하려고 했다. 그런데 신라 귀족들의 반발이 생각보다 완강해 불교의 공인이 쉽지 않았다. 신라의 정치적 안정과 미래를 위해서 법흥왕의 정책에 힘을 실어줄 사람이 필요했다. 법흥왕의 측근이기도 한 이차돈은 누구보다 당시 불교 공인의 중요성을 인식하고 있었다. 그래서 그는 귀족 세력의 반발을 무마하고 신라의 사상적 통일을 위해서 순교의 길을 선택한다.

 이차돈이 죽음을 불사한 순교 이야기는 언제 들어도 신비롭다. 《삼국유사》에 따르면 이차돈이 불교 공인을 위해 순교할 때 흰 젖이 한 길이나 솟아올랐다고 한다. 갑자기 맑은 하늘이 어두워지고 땅이 진동하면서 꽃비가 떨어졌다. 그리고 샘이 갑자기 마르고 물고기가 서로 다투어 뛰었을 뿐만 아니라 나무가 꺾어지니 원숭이들이 떼지어 울었다고 한다. 이러한 이차돈의 고결한 순교 덕분에 비로소 신라에 불교가 공인된 것이다.

홍륜사는 신라 최초 왕실 불교의 사찰로, 법흥왕 때 창건을 시작했다. 이차돈의 순교로 창건된 홍륜사는 공사가 중단되는 우여곡절을 겪었다. 왕실의 후원을 받았지만 천경림에 절집을 짓는 대역사는 그리 간단하지 않았다. 진흥왕 5년(544) 2월에 대홍륜사가 준공되었다. 홍륜사는 처음 아도화상이 창건했는데 그 당시에는 조그마한 초가의 절집이었다. 그런데 이차돈의 순교로 불교를 공인한 후 신라 왕실 불교도량으로 홍륜사가 중창된 것이다.

경주를 가로지는 서천 주변의 천경림에 창건된 홍륜사는 이차돈의 순교정신을 담고 있다. 이차돈의 고결한 희생정신을 기리는 순교비는 경주 박물관에 소장되어 있다. 이차돈 순교비는 육각면의 기둥에 별도의 받침돌과 지붕돌이 존재한다. 비의 정면에는 이차돈의 순교 장면을 돋을새김하고 나머지 면에는 《삼국유사》에 기록된 순교와 관련된 명문이 적혀 있다. 비문은 당시 중국까지 알려진 신라의 명필 김생의 글씨로 유명하다. 따라서 이차돈 순교비는 혜공왕 2년(766) 이후에 건립된 것으로 추정된다.

《삼국유사》〈원종흥법(原宗興法) 염촉멸신(厭髑滅身)〉의 기사 말미에 일연 스님은 법흥왕과 이차돈을 위한 찬시를 남겨놓았다. 일연은 수많은 귀족의 비방과 반대의 여론을 극복하고 불교를 공인해 태평세월을 열었던 법흥왕을 칭송한다. 그 다음에는 불교 공인을 위한 이차돈 염촉의 희생정신을 칭송하고 있다.

대의 위한 희생만도 놀라운 일이거늘
하늘 꽃과 흰 젖 기적, 더욱 미쁘오이다
칼날이 한번 번쩍 그 몸이 죽으시매

절마다 쇠북소리 장안을 진동하네

이차돈의 희생 덕분에 비로소 신라에 불교 공인이 가능하게 되었다. 천경림에 흥륜사가 준공된 이후에 신라 왕실의 적극적 후원을 받았던 것으로 추정된다. 그래서 수많은 왕실 사람들이 승려가 되거나 불교에 귀의하는 일도 빈번했다. 특히 진흥왕은 수많은 불사의 창건과 법회의 개최 등을 통해서 불교사상의 중흥을 촉진한다. 만년에는 삭발하여 승복을 입고 스스로 법운(法雲)이라 불렀다고 한다. 왕비도 비구니가 되어 영흥사에서 살았다고 한다. 이렇게 신라 최초 가람 흥륜사는 이차돈의 순교로 찬란한 불교문화의 꽃을 피웠던 것이다.

신라 최초의 절집 흥륜사와 보리수

흥륜사지로 알려진 절집에는 다양한 나무가 살고 있다.

흥륜사에는 부처님이 수도하여 깨달음을 얻은 보리수가 눈길을 끈다. 신라 최초의 왕실불전에 보리수나무를 심어놓은 것은 지극히 당연하다. 보리수는 부처님의 깨달음을 상징적으로 보여주기 때문이다. 하지만 대웅전 오른쪽에서 무성한 잎사귀를 하늘로 피어내는 젊은 보리수는 부처와 아무런 관련이 없다. 인도 아열대지역의 보리수는 온대지역인 경주에서 자랄 수가 없다. 그래서 절집에서 흔히 부르는 보리수는 피나뭇과의 찰피나무를 말한다.

인도에 살고 있는 보리수 대용으로 절집에서는 찰피나무를 심어

놓았다. 찰피나무는 잎과 열매 모양이 인도의 보리수와 비슷하다. 찰피나무는 피나무보다 열매가 크고 단단해 염주를 만드는 재료로 애용되기도 한다. 인도 보리수의 잎은 부채꼴이고 잎자루 반대편에는 긴 꼬리가 뾰족하다. 그래서 흥륜사를 비롯한 한국의 절집에는 찰피나무를 심어놓고 보리수라고 부른다. 보리수는 비구니 스님들

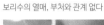
보리수의 열매, 부처와 관계 없다

인도 보드가야의 보리수 아래서 부처가 깨달음을 얻다

의 방 앞에도 한 그루 자란다. 깨달음을 상징하는 보리수 대신 찰피
나무를 심어서 부처의 가르침을 실천하려는 의지를 엿볼 수 있다.

부처님이 깨달음을 얻었던 인도의 보리수는 어디 있을까? 인도 비
하르주 보드가야의 마하보디 사원에는 거대한 보리수가 오랜 세월
동안 불법의 깨달음을 상징하고 있다. 보드가야는 부처가 탄생한 룸

비니, 최초의 설법지 사르나트의 녹야원, 열반지인 구시나가르 등과 함께 불교의 4대 성지 중에서도 가장 많은 순례자가 찾는 곳이다. 왜냐하면 석가족 태자 출신인 고타마 싯다르타가 이곳 보리수 아래서 무상정각(無上正覺)의 경지를 깨달았기 때문이다.

부처의 깨달음을 지켜본 마하보디 사원의 보리수는 그의 손자나무이다. 부처의 선정을 지켜본 보리수는 생명을 다하여 윤회를 거듭하는 중이기 때문이다. 비록 부처와 함께한 보리수는 생명을 다했지만 여전히 그 아들과 손자를 거치면서 질긴 생명을 이어가고 있다. 인도의 보리수는 단순한 나무가 아니다. 고통스런 세상에서 해탈한 부처님의 묘행무주(妙行無住)와 같은 깨달음을 상징한다.

피나무(Tilia amurensis)는 우리나라의 계곡과 산기슭에 자생한다. 키는 25m, 지름은 1m 정도로 아름드리로 자란다. 수피는 잿빛이고 1

보리수, 흥륜사지에서 꽃을 피우다

년 자란 가지는 노란색을 띠는 갈색이다. 피나무 잎은 손바닥만 한 크기에 가장자리에는 톱니가 있으며, 전체 모양은 완벽한 하트형이다. 초여름에 깔때기 모양의 꽃차례에 작은 꽃이 모여 피는데 향기가 아주 강하다. 꽃이 지면 헬리콥터의 날개를 닮은 포엽(苞葉)의 한가운데서 긴 열매 대궁이 나와 콩알 굵기만 한 열매가 열린다. 가운데에 단단한 씨앗이 들어 있는데 이것으로 스님들의 염주를 만들기도 한다. 그래서 피나무를 '염주나무'라고도 부른다.

신라 왕실은 양나라의 사신 심호(沈湖)가 가져온 사리와 진나라 사신 유사(劉思)와 명관(明觀) 스님이 가져온 불경을 흥륜사에 모셨다. 별처럼 벌여선 절집과 쌍쌍이 늘어선 탑들을 통해서 흥륜사의 위상을 짐작할 수 있다. 그곳에서 발굴된 '신라인의 미소'로 유명한 수키와는 당시의 위상을 보여준다. 흥륜사는 왕실불교의 맥을 고려시대까지 계승하여 금당, 탑, 중문, 강당 등과 같은 웅장한 건축물이 즐비했을 것으로 생각된다. 금당에는 아도, 이차돈, 원효, 의상, 표훈 등 신라 10성의 초상을 그린 벽화도 있었다고 한다.

불교를 공인한 법흥왕을 찾아서

신라 23대 법흥왕(法興王)은 선도산 서쪽자락의 소나무 숲속에 잠들어 있다. 경주로 들어가는 길목에서 다시 좁다란 농로를 따라가면 무성한 소나무 숲이 보인다. 한눈에 보아도 여느 소나무와 다른 기품이 느껴진다. 신라를 반석에 올려놓은 법흥왕을 만난다고 생각하니 벌써부터 설렌다.

소나무 숲에 가려진 법흥왕릉을 찾아가는 발길은 가볍고 경쾌하다. 주변의 계단식 논에서 왕릉의 위치를 가늠해보는 즐거움도 제법 쏠쏠하다. 봄비가 늦잠 자는 대지의 생명을 흔들어깨운 뒤라서 그런지 봄기운이 완연하다. 마침 논둔덕에서 나물 캐던 할머니의 얼굴에도 봄이 한창이다. 아름드리 소나무 두 그루가 신성한 곳임을 알려준다. 허리를 왼쪽으로 굽힌 소나무는 오랜 세월을 함께한 부부처럼 다정하다. 특히 허리가 굽은 소나무는 길손들의 시선을 끌기에 충분하다. 관광객을 위해 굽은 소나무를 벌목하지 않은 따뜻한 마음이 느껴진다. 덕분에 소나무는 절집을 지키는 사천왕처럼 법흥왕릉을 수호하고 있다.

신라의 토대를 만들었던 법흥왕릉을 찾는 발길은 생각보다 한적하다. 세상은 역사적 업적에 비례하여 사람들의 관심이 높아지는 것은 아니다. 소나무 숲에 자리한 법흥왕릉은 번잡하지 않아서 좋다. 푸른 솔바람의 청정한 기운을 받으며 오솔길을 천천히 걸으면 세상의 근심은 부질없다. 산골짝에서 내려오는 개울물 '졸졸졸'거리는 소리는 자연이 선사하는 최고의 음악이다.

법흥왕릉 앞에는 소나무가 장막을 친 커튼처럼 자연스럽다. 멋진 소나무에 포근히 안긴 법흥왕릉은 정갈하고 소박하다. 흙을 쌓아올린 봉분의 지름은 13미터, 높이 3미터로 규모가 비교적 작다. 신라를 반석 위에 올려놓은 왕릉이라고 믿기 어려울 지경이다. 위대한 업적을 남긴 법흥왕은 화려함보다 검소함을 선호했는지도 모른다. 그래서 세상의 풍파에 시달리거나 외로울 때 법흥왕릉을 찾으면 위안을 얻을 수 있다.

소나무 네 그루가 병풍처럼 감싸고 있는 왕릉의 뒤태는 색다른 풍경을 보여준다. 아름드리 소나무 사이로 보이는 봉긋한 봉분은 자연스러운 곡선미를 자아낸다. 더할 것도 뺄 것도 없는 아름다움의 극치이다. 왕릉의 뒤태가 이렇게 완벽한 것은 처음이다. 마음을 편안하게 감싸주는 자연스러운 곡선미에 감탄이 절로 난다.

　법흥왕은 지증왕과 연제부인 사이에서 출생한 아들로 본명은 김원종이다. 《삼국유사》에는 지증왕의 생식기가 커서 모량부 동로수 아래의 북만한 똥을 눈 재상댁 따님을 아내로 삼았다는 기록이 등장한다. 부모의 혈통을 물려받아서 그런지 법흥왕은 신장이 7척 정도로 몸집이 컸던 것으로 짐작된다. 이 사건은 지증왕이 경주의 귀족보다 모량부와 혼인동맹을 통해서 왕권을 강화하기 위한 전략인지도 모른다. 모량리 출신 어머니의 영향 덕분인지 법흥왕은 외가의 들판이 보이는 곳에 묻혔다.

신라 불교를 공인한 법흥왕릉

《삼국사기》에는 법흥왕의 성품이 관후하고 남을 사랑했다고 한다. 이것은 신라의 귀족 세력을 포용한 법흥왕의 소통 자질을 뚜렷이 보여준다. 법흥왕은 지증왕의 장남으로 출생했기 때문에 왕위계승에 힘을 뺄 필요가 없었다. 그럼에도 순조로운 왕위계승을 통해서 삼국통일의 기틀을 마련한 고단한 왕인지도 모른다. 법흥왕은 26년(514~540) 동안 재위하면서 528년에 이차돈의 순교와 함께 불교를 공인했다. 더욱이 신라 최초로 '건원(建元)'이라는 연호를 사용하여 자주권을 대내외에 천명한 왕이다.

《삼국유사》에 법흥왕의 능은 애공사 북쪽에 있다고 한다.《삼국사기》에도 법흥왕을 애공사 북봉에 장사지냈다는 기록이 전한다. 두 기록을 참고할 때 애공사를 찾으면 법흥왕릉을 찾을 수 있다. 그렇다면 애공사(哀公寺)의 위치는 어디일까? 안타깝게도 애공사는 폐사되었기 때문에 정확한 위치를 찾기 어렵다.《동경잡기》 2권 〈고적조〉에는 경주부의 서쪽 10리에 애공사지가 있다고 한다. 애공사는 선도산 서편 효현동 와산마을 입구의 절터로 추정하고 있다. 지금은 삼층석탑만 외롭게 선도산을 바라본다. 이렇게 법흥왕릉의 위치를 찾는 작업은 신라 역사의 수수께끼를 풀어내는 듯하다.

백률사,
이차돈의 머리가
떨어진 곳

백률사 가는 길에 만난 사면석불

굴불사지, 땅에서 솟아난 사면 석불

경주 시내를 조감할 수 있는 소금강산은 굴불사지와 백률사를 품고 있다. 소금강산은 야트막하면서도 아기자기한 멋을 풍긴다. 가을 햇살을 받으며 북천을 건너서 소금강산 주차장에 들어서면 기분이 좋아진다. 삭막한 주차장에도 식물이 살 수 있도록 친환경 박석을 깔아놓았기 때문이다. 주차장에서 굴불사지로 접어드는 입구에는 소나무, 굴참나무, 아까시나무 등이 장막을 치고 성과 속을 구분한다. 거친 피부에 날카로운 곰솔의 억센 잎은 세속의 욕망을 한 순간에 버리게 한다.

굴불사지로 조금만 걸어가면 왼쪽에 시선을 사로잡는 나무가 보인다. 나무세기 답사 때 젊은 느티나무와 상수리나무가 손을 맞잡고 우아한 블루스를 추고 있었다. 상수리나무가 남자라면 느티나무는 요염한 여자처럼 화려한 율동을 보여준다. 그 주변의 외로운 소나무는 부러운 듯 물끄러미 춤판을 쳐다볼 뿐이다. 가을날 풀벌레 소리가 사랑을 찾아서 헤매듯 느티나무와 상수리나무의 춤은 구애와도 같다. 절집 입구에서 나무들의 춤판이 벌어진 것을 보고 동네 사람들도 씽긋이 웃는다.

블루스를 추는 나무가 상생을 보여준다면 그 뒤의 굴참나무와 소나무는 상극을 보여준다. 굴참나무는 활엽수로 햇빛을 넓게 받아서 무성하게 자란다. 함께 뿌리를 맞댄 소나무는 굴참나무의 그늘에 가려서 생을 마감한 듯하다. 굴참나무보다 먼저 자리한 소나무는 햇빛을 받지 못하여 고사한 것이다. 참나뭇과에 속하는 굴참나무는 소금강산에서 극상림을 차지한 지 오래되었다. 고정생장을 하는 소나무는 소금강산을 장악한 굴참나무의 기세에 밀려서 힘겹게 살아갈 수밖에 없다.

굴불사지는 땅에서 솟아난 사면석불로 유명하다. 《삼국유사》에 따르면 신라 경덕왕이 백률사를 찾았을 때 땅속에서 염불소리가 들렸는데 그곳에서 사면석불이 나왔다고 한다. 사면석불 주변에는 굴참나무 6그루, 갈참나무, 소나무, 아까시나무 등이 석불을 아늑하게 감싼다. 굴참나무가 넓은 가지를 뻗어서 사면석불의 얼굴을 간질여 준다. 그 아래서 사면석불에게 절을 올리던 꼬마의 모습이 예사롭지 않다. 엄마가 사준 닌텐도 때문에 백팔 배로 약속을 지키려는 꼬마의 모습이 대견하다. '감기를 낫게 해달고 빌었다'며 당당히 말하는 꼬마의 얼굴이 참으로 맑아 보인다. 굴참나무는 사면석불에 기도하는 사람들의 소원을 들어주듯이 가을바람에 도토리를 '톡, 토톡' 떨어

백률사 오솔길에 대나무 숲이 수런거린다

뜨리고 있다.

이차돈의 머리가 떨어진 백률사

　이차돈이 순교한 뒤에 법흥왕이 구슬픈 눈물을 흘리며 애통하자, 귀족들은 머리에 땀을 흘리며 근심했다고 한다. 이차돈을 아끼던 동료 신하와 친구들은 피눈물을 흘리며 창자가 끊어지는 아픔을 겪었다. 남편의 죽음을 애통하게 생각한 아내는 북망산 서쪽의 좋은 터에 절을 짓고 자추사(刺楸寺)라 이름 지었다.

　자추사는 이차돈이 순교할 때 머리가 날아가서 떨어진 곳으로 추정된다. 경주 금강산에 있는 백률사가 바로 이차돈의 순교와 관련된

백률사

예전의 자추사이다. 당시 자추사를 창건할 때에는 가래나무와 호두나무가 살고 있었을 것이다. 왜냐하면 절집 이름에 이런 나무를 의미하는 추(楸)자가 들어 있기 때문이다. 가래나무와 호두나무는 생김새가 비슷하다. 가래나무는 우리나라 중북부에 자생하는 토종 나무이다. 중국에서 호두가 들어와 그 자리를 빼앗기기 전까지 가래는 영양가 높은 간식거리로 사랑을 받았다.

굴불사지에서 백률사로 가는 길은 두 갈래가 있다. 돌계단은 절집으로 가는 지름길이라면 포장도로는 구배길이다. 백률사는 커다란 팔자 모양의 위쪽에 자리하고 있어서 사람의 팔자를 고칠지도 모른다. 그래서 백률사로 갈 때는 돌계단으로 가는 게 좋다. 돌계단을 오르면 중앙에 늘씬한 소나무를 볼 수 있기 때문이다. 계단에 우뚝 솟은 소나무는 산신령의 지팡이처럼 멋있다. 흙이 쓸려내려간 만큼 잔

호두나무의 잎과 열매

뿌리는 땅속으로 향하고 솔가지는 하늘로 자라는 생명의 조화로운 모습을 보여준다. 뿌리가 드러난 소나무가 외로워 보여서 가만히 품에 안아보았다. 순간 포근한 느낌과 상쾌한 솔향기가 내 마음을 편안하게 감싸준다.

한 계단을 오르면 졸참나무, 또 한 계단을 오르면 작살나무가 수줍게 모습을 드러낸다. 어느새 돌계단과 포장길은 연결된다. 여기서 황토로 포장된 길을 따라가면 싱싱한 대나무가 반긴다. 무성한 대나무 터널을 통과해야 백률사의 진면목을 볼 수 있다. 대숲에 이는 바람소리와 푸른색 왕대의 모습은 답답한 가슴을 풀어주기에 충분하다. 어쩌면 대숲 덕분에 백률사는 늘 청정한 도량을 유지하는지도 모른다.

백률사에는 잣나무와 밤나무가 살고 있을까? 백률사 해우소에는 아름드리 소나무가 파라솔처럼 넓은 그늘을 만들어준다. 붉은 피부를 드러낸 미끈한 소나무는 푸른 대나무와 오묘한 색깔의 대비를 보인다. 백률사에는 팽나무와 느티나무 세 그루가 아름드리로 자란다. 이러한 느릅나뭇과의 나무들은 수백 년 동안 절집을 지켜온 주인이다. 백률사는 신라 불교의 공인을 위해 순교한 이차돈을 추모하려고 창건되었다.

백률사는 소박하면서도 자그마한 규모 덕분에 아늑하다. 굴참나무와 느티나무는 절집 마당에 자연 천막처럼 가지를 펼치고 있다. 특히 범종각의 마당에는 아름드리 느티나무와 굴참나무가 가을 햇살로 수묵화를 그려놓았다. 인적이 끊어진 조그마한 절집 마당에 낙엽만이 그림자 위로 뒹구는 모습이 쓸쓸하기도 하다. 나무가 수놓은 수묵화 외엔 아무것도 없는 절집 마당이 평화로 가득찬 느낌이다.

호두나무의 암꽃   굴참나무, 백률사의 바위를 품고 살아가다

더욱이 범종에는 이차돈의 순교 장면이 새겨져 있다. 범종 소리가
들릴 때마다 이차돈의 숭고한 희생정신이 전해질 것이다.

　절집에서 돌계단을 따라 내려오면 오른쪽에 바위를 붙잡고 있는
굴참나무가 대견스럽다. 젊은 굴참나무는 손과 발을 활용하여 커다
란 바위를 온몸으로 막고 있다. 그 모습이 상대방의 공격을 방어하
는 씨름선수의 자세처럼 당당하다. 굴참나무는 소금강산이 허물어
지지 않도록 혼신의 힘을 다하고 있는지도 모른다. 하나가 흔들리면
모든 것이 와장창 무너지는 일즉다(一卽多)의 화엄사상을 보여준다.
그래서 고통을 참아내면서 바위를 자신의 몸에 밀착시킨 굴참나무
는 깨달음을 위한 수행자의 모습이다.

분황사와
느티나무

단풍으로 물든 느티나무

분황사, 선덕여왕의 향기

선덕여왕의 등극과 더불어 경주에는 수많은 절집이 들어섰다. 그 중에서도 분황사는 선덕여왕 3년(634)에 가장 먼저 건립되었다. 선덕여왕의 숨결이 깃든 분황사(芬皇寺)는 향기로운 절집이다. 절집 이름에 '부드럽다, 온화하다, 향기롭다' 등을 뜻하는 한자 분(芬)이 들어 있기 때문이다. 여기에 임금을 의미하는 황(皇)과 결합하여 부드럽고 온화하며 향기로운 분황사는 선덕여왕 숨결이 곳곳에 배어 있다.

분황사는 선덕여왕의 권위를 상징적으로 보여준다. 진평왕의 딸인 선덕여왕은 당시의 정치적 역학관계 속에서 왕위에 올랐던 것이다. 선덕여왕의 탄생은 신라의 귀족 세력과 적절히 타협한 결과라고 해도 매우 이례적 사건이다. 그래서 선덕여왕은 수많은 정치적 압박을 받았을 것으로 짐작된다. 이러한 정치적 압력과 내부적 비판을 잠재우기 위해 선덕여왕은 분황사를 창건한다.

분황사에 도착하면 오른쪽의 당간지주가 날렵한 몸매를 자랑한다. 당간은 절집 행사를 알리는 깃발을 고정하는 유물이다. 화강암을 다듬어 세운 당간지주 사이에는 귀여운 거북이 땅에 납작 엎드리고 있다. 당간지주 사이의 간격 유지에 힘쓰는 거북을 볼 때마다 입가에 잔잔한 미소가 번진다. 거북은 당간지주의 적당한 거리가 얼마나 중요한지 깨우쳐주는 듯하다. 인간관계에서도 적정한 거리와 균형을 유지해야만 서로가 행복해진다. 행복은 적절한 거리 유지에서 비롯되기 때문이다.

당간지주는 당간을 고정하는 구멍이 세 곳에 뚫려 있다. 그 중에서도 당간지주 가운데 구멍을 통해 바라본 분황사는 원형의 색다른 모

습이다. 당간지주의 구멍 속으로 쏟아져들어온 빛은 원효의 원융회
통의 경지를 엿보는 듯하다. 하늘로 향하는 당간지주의 돌기둥을 따
라가면 푸른 하늘에 뭉게구름이 떠간다. 당간지주의 회색 돌기둥과
맞닿은 분황사의 하늘은 맑은 호수같이 잔잔하다.

분황사에는 어떤 나무가 살고 있을까?

　분황사에는 당시 유명한 고승 원효와 자장이 주석했다. 왕족출신
자장은 634년 당나라에서 대장경의 일부와 불전을 장식하는 물건을
가지고 귀국한다. 그래서 선덕여왕은 자장 스님을 새로 창건한 분황
사에 머물도록 요청한다.
　신라 7대 가람 중 하나였던 분황사는 예전의 화려한 영광이 사라
진 초라한 절집에 불과하다. 몽골의 침략과 임진왜란으로 절집이 완
전히 소실되었기 때문이다. 이제 선덕여왕의 향기는 자취를 감추고
말았다. 그렇지만 폐허 속에서도 석조유물은 아직까지도 그 숨결과
향기를 전해주고 있다. 분황사에는 모전석탑, 화쟁국사비편, 삼룡변
어정 등이 예전 절집의 위상을 이야기로 들려준다. 이 때문에 생태
문화적 시각에서 분황사를 새롭게 조명해야 한다.
　당간지주에서 바라본 분황사는 숲으로 가득하다. 분황사에는 아
름드리 느티나무가 성과 속을 구분한다. 절집에는 느티나무, 은행나
무, 모감주나무, 작살나무, 소나무 등의 다양한 나무가 살고 있다. 특
히 스님이 거처하는 요사채에는 아름드리 은행나무와 느티나무가
푸른 젊음을 뽐내고 있다. 그 주변은 백송, 산딸나무, 화살나무, 개나

리, 석류, 목련, 동백, 이팝나무, 가죽나무, 피나무 등이 어울려 살아
간다. 백송은 매우 귀하기 때문에 기념식수로 심은 듯하다.

약사여래불을 모신 보광전에는 감나무가 주황색 감을 주렁주렁
매달고 있다. 약사불은 왼손 약사발 뚜껑에 기록된 간기에 의해 영
조 50년(1774)에 조성되었다. 보광전 앞에는 자갈을 깔아놓은 마당
이다. 그 주변은 모감주나무, 골담초, 물푸레나무, 작살나무, 층층나
무, 참빗살나무, 뽕나무 등이 동산을 이루고 있다. 좁은 생태공간에
서도 적절한 거리를 유지하고 서로 의지하며 살아간다. 하지만 분황
사에는 정작 향나무가 없어서 아쉽다. 향나무가 있다면 선덕여왕의
향기를 맡을 수 있을 텐데……

그렇다고 해서 분황사에 향기가 없는 것은 아니다. 모감주나무, 피
나무, 참빗살나무 등이 향기를 품고 있다. 모감주나무는 열매로 염

분황사 석탑을 에워싼 느티나무 숲

주를 만들기도 하지만 깨달음의 향기를 전하기 위해 심어둔 것으로 보인다. 피나무는 절집에서 흔히 '보리수'로 부른다. 노박덩굴과의 참빗살나무는 예쁜 단풍 옷으로 갈아입느라 분주하다. 이러한 나무들의 향기와 고운 단풍은 선덕여왕의 이미지와 잘 어울리는 것 같다.

분황사 모전석탑을 지키는 느티나무 숲

분황사로 들어가는 입구는 가정집 대문처럼 소박하다. 예전에 사용하던 입구를 폐쇄하고 최근에는 주차장과 인접한 담장을 뚫어 대문으로 사용하고 있다. 분황사 출입문은 편의상 만들어놓은 듯하다.

느티나무의 가을 풍경

발굴조사가 끝나면 원래대로 출입할 수 있을 것이다. 절집에 들어서면 오른쪽에 범종각이 낯선 방문객의 발길을 유도한다. 절집의 규모와 어울리지 않는 범종각이 참으로 낯설어 보인다. 심지어 관광객이 돈을 시주하고 타종하고 있는 게 아닌가. 관광객이 타종하는 소리는 세상의 만물을 깨우기보다는 단순한 놀이로 전락한 느낌이다.

범종소리는 사람들의 마음을 편안하게 해야 한다. 세상의 근심과 걱정을 잠시 내려놓을 수 있는 깨달음의 종소리가 필요하다. 하지만 분황사 범종소리는 그 어디에서도 진리의 빛을 전하는 은은함을 찾아볼 수 없다. 범종소리는 바쁜 발걸음을 멈추고 하늘을 바라볼 수 있는 여유를 주지 못한다. 더욱이 분황사의 옛 숨결을 느끼고 싶었는데 종소리는 그마저도 방해하고 있는지도 모른다.

분황사의 중심은 바로 모전석탑이다. 분황사의 화려한 모습은 외

느티나무의 꽃과 여린 잎

세의 침략으로 모두 파괴되었다. 그나마 다행인 것은 돌을 벽돌처럼 다듬은 모전석탑이 눈길을 끈다. 분황사의 역사와 숨결을 느낄 만한 곳은 목탑양식을 계승한 모전석탑이 유일하다. 다만, 본래 9층탑으로 추정되고 있지만 현재는 3층까지만 존재하여 안타까울 따름이다.

유교가 뿌리 내린 조선시대 분황사는 어떤 모습일지 궁금해진다. 방외인 김시습이 분황사를 방문했던 조선 초기에는 모전석탑의 높이가 어느 정도 유지되었다. 그의 기행시집 《유금오록》의 〈분황사 석탑〉을 보면 당시의 절집은 완전히 파괴되기 전의 모습을 보여준다.

돌탑은 그야말로 드높기도 해
쳐다보나 올가가긴 어렵다오
층층이 봄풀이 자라났구요
켜마다 이끼 꽃이 아롱져 있네

돌탑이 드높다는 표현으로 보아 현재의 3층보다 더 높았을 것으로 짐작된다. 돌탑의 층층마다 봄풀이 자라고 이끼 꽃이 피어나고 있었다고 한다. 김시습이 분황사를 방문했을 당시에는 모전석탑이 제대로 관리되지 못한 것으로 보인다. 일제강점기 1915년에 찍은 사진을 보면 허물어진 모전석탑에 풀이 우거진 모습이 그대로 담겨 있다.

모전석탑의 기단부는 크기가 다른 막돌로 쌓았는데 높이는 1미터, 길이는 13미터이다. 기단에는 화강암으로 조각한 사자와 물개 두 마리씩 설치해두었다. 동해 방향에는 물개, 내륙 방향에는 사자의 조각상을 배치했다. 모전석탑은 1층의 네 방향에 감실을 만들어놓았는데 그 입구의 양쪽에는 인왕상을 설치해놓았다. 불법을 수호하는 인왕상은 막강한 힘을 느끼게 할 만큼 생동감이 넘친다. 1915년 2층과 3층 사이의 석함에 봉안된 사리 장엄구에서는 병 모양의 그릇, 은합, 금은제 가위, 실패와 바늘, 침통 등의 유물이 출토되었다.

이러한 모전석탑에는 14그루의 느티나무가 손을 맞잡고 탑을 감싸준다. 느티나무는 사계절 내내 철따라 옷을 갈아입으며 모전석탑과 함께 한다. 분황사의 백미는 느티나무가 모전석탑을 감싸안은 모습을 최고로 친다. 느티나무는 새 생명의 싹을 피워내는 봄, 싱그러운 그늘을 만들어주는 여름, 단풍으로 위로하는 가을, 앙상한 가지의 속내를 드러낸 겨울 등과 같이 계절의 변화를 보여준다. 그 중에서도 단풍이 곱게 물든 청명한 가을날 느티나무 아래서 모전석탑을 바라볼 때 가장 아름답다.

모전 석탑 곁에 있는 삼룡 변어정은 신라의 신성한 우물이다. 신라 사람들이 사용한 우물의 원형이 그대로 남아 있다. 우물의 겉은 팔각이고 내부는 원형이다. 이러한 아름다운 우물은 실용적 기능만을 담당했던 것은 아니다. 분황사의 변어정에는 세 마리의 호국룡이 살고 있었다. 그런데 원성왕 11년(795)에 당나라 사신이 이 우물 속에 사는 용을 물고기로 변하게 한 뒤에 가져가버렸다. 이 사실을 알게 된 원성왕이 사람을 보내 용을 다시 찾아와 우물에 넣었다고 한다. 그래서 이 우물을 삼룡 변어정이라고 부른다.

도천수대비가, 딸의 눈을 뜨게 해주세요!

분황사의 좌전 북쪽 벽에 있었던 천수대비 그림은 영험하기로 소문이 자자했다. 경덕왕 때 희명의 딸이 갑자기 눈이 멀었다. 희명은 딸을 안고 분황사 천수대비 앞에서 도천수대비가를 부르면서 간절하게 눈을 뜨게 해달라고 빌었다.

무릎이 헐도록
두 손바닥 모아
천수관음 앞에
빌고 빌어 두노라
일천 개 손 일천 개 눈
하나를 놓아 하나를 덜어
둘 없는 내라
한 개사 적이 헐어주시려는가
아, 나에게 끼치신다면
어디에 쓸 자비라고 큰고

마침내 희명의 딸은 다시 광명을 찾게 되었다. 천개의 손을 가진 천수대비의 신통력과 딸의 눈을 뜨게 하려는 어머니의 간절함 덕분에 신비로운 치유의 감동을 보여준다. 이렇게 새로운 빛을 얻은 어머니의 마음은 곧 선덕여왕의 숨결과 연관되어 있는지도 모른다. 경덕왕 14년(755)에는 분황사에 약사여래입상을 봉안한다. 그리고 분황사에는 솔거가 그린 관음보살상 벽화가 존재했지만 지금은 볼 수 없어 안타깝다.

황룡사지, 무한한 상상력을 자극하다

분황사 당간지주에서 바라본 황룡사지는 황량하지만 무한한 상상
력이 펼쳐지는 공간이다. 황룡사지에는 예전의 웅장함을 주춧돌로
표시해 놓았다. 그곳에는 아름드리 감나무가 황량한 벌판에 우뚝 서
있다. 넓은 공간에 감나무 세 그루가 없었다면 얼마나 쓸쓸했을까?
아마도 감나무는 무너진 절터에 살던 사람이 심었을 것이다. 감나무
는 예전에 사람이 살았던 흔적을 대변하고 있는 셈이다.
황룡사 9층 목탑은 선덕여왕 5년(636)에 건립되었다. 황룡사는 9

황룡사지를 물들이는 저녁 노을

층 목탑이 완공되면서 비로소 대찰의 모습을 갖추게 된다. 선덕여왕
의 숨결과 향기는 황룡사 9층 목탑에도 고스란히 스며 있을 것이다.
아쉽게도 고려 고종 25년(1238) 몽골의 침략으로 소실되어 화려한
목탑은 볼 수 없다. 그나마 건물의 주춧돌이나 탑과 불상을 받쳤던
심초석이 남아 있어서 얼마나 다행인지 모른다. 심초석에 누워서 하
늘을 바라보면 세상의 모든 근심이 사라진다. 특히 해질 무렵 황룡
사지의 하늘에는 사무치도록 그리운 별이 반짝이기도 한다.

신라 최대 규모인 황룡사는 동서 288미터, 남북 281미터다. 가람배
치는 남쪽에서 남문, 중문, 목탑, 금당, 강당 등이 중심선상에 자리한
다. 중금당 좌우에는 동서 금당이 위치한 일탑 삼금당의 독특한 양
식이다. 더욱이 남문 3칸, 중문 5칸, 목탑 7칸, 금당 9칸, 강당 11칸 등
과 같이 내부로 들어갈수록 칸수를 늘려 부처님의 세계로 들어가는
느낌을 준다. 이러한 황룡사에서 신라왕과 외국의 사신들이 불사와
예배에 참여하기도 했다.

사실 황룡사는 진흥왕 14년(553)에 창건되었다. 불교가 공인된 후
에 진흥왕은 반월성 동쪽에 새 궁궐을 짓고자 했으나 황룡이 나타났
던 까닭에 절을 지었다고 한다. 늪지를 매립해 황룡사 창건한 흔적
은 울타리 옆의 연못에서 찾을 수 있다. 지금도 연못에는 갈대가 무
성하게 자란다. 진흥왕 30년(569)에 1차 공사가 완료되었지만 절집
의 주요 건물은 미완성이었다. 진흥왕 35년(574)에는 금동장륙상을
봉안한다.

선덕여왕 12년(634)에 자장 스님의 권유로 9층 목탑을 건축하기로
했다. 백제의 장인 아비지를 초청해 2년 동안 거대한 목탑을 완성한
다. 더욱이 《삼국유사》에 따르면 신라 35대 경덕왕 13년(754)에 황룡

사의 범종을 주조한다. 황룡사에 걸었던 범종은 에밀레종으로 유명한 성덕대왕신종보다 4배나 크다고 한다. 비로소 황룡사는 명실상부한 동양 최대의 절집으로 거듭나게 되었다.

이러한 신라의 보물은 모두 사라지고 주춧돌로 황량한 공간을 메우고 있다. 높고 화려한 건축물이 사라진 넓은 절터에는 바람만이 휑하니 불어온다. 그래도 황룡사지는 고개를 들어 밤하늘을 올려보기에 가장 좋다. 봄철의 북두칠성과 카시오페아, 큰개자리의 시리우스, 여름철의 전갈자리와 궁수자리, 가을철의 페가수스, 겨울철의 큰개자리와 오리온 등의 별자리가 밤하늘을 수놓고 있다. 더욱이 독수리자리의 알타이르와 거문고자리의 베가는 칠월 칠석에 만나는 견우와 직녀로 유명하다.

조선시대 저술된 《동경잡기》와 김시습의 기행시집 《유금오록》에 따르면 황룡사에 장륙상이 홀로 언덕에 남아 있다고 한다. 적어도 몽골의 침략에도 장륙상은 황룡사에 존재했을 텐데 지금은 그 흔적도 없다. 예전 금당 자리에는 거대한 석가여래삼존상 좌우에 십대제자상과 신장상 두 구가 있었다. 그 흔적은 심초석을 통해서 불상과 조각상의 위상을 짐작하기에 충분하다. 특히 삼존불의 받침돌로 사용된 심초석은 아무런 말없이 석가여래삼존상을 상상하게 만들고 있다.

황룡사지는 생울타리 덕분에 황량함과 충만함이 교차하고 있다. 늦가을 무서리가 내리면 잔디 색깔도 옷을 갈아입는다. 한겨울의 차가운 바람이 제법 옷깃을 여미게 한다. 신라 애장왕 때 정수 스님이 황룡사로 돌아오던 길에 추위와 굶주림으로 죽어가던 여인과 아기를 자신의 체온으로 살려준 이야기는 정말 애잔하게 다가온다. 죽어가던 생명을 살렸을 뿐만 아니라 추위에 떨고 있던 가난한 여인과 아기를 위해 자신의 옷을 벗어준 정수 스님 덕분에 황룡사는 사랑으로 충만했던 현장이기도 하다.

최근에는 황룡사지를 복원한다는 말이 심심치 않게 들려온다. 황룡사지의 황량한 들판을 지나가는 바람에게 말을 걸어본다. 그 바람에 세상의 묵은 감정과 외로움을 훌훌 털어내고 싶다. 황룡사지에서 프랑스 작가 폴 발레리의 〈해변의 묘지〉에 나오는 시구를 떠올리며 흐트러진 마음을 다잡아본다.

나는 바람이 되고 싶다.
황룡사지에서 바람을 맞고 싶다.
바람이 분다.
살아야겠다.

황룡사지는 힘들고 지친 사람들에게 마음을 비우게 하고 때로는 삶의 위안을 주는 생불의 현장인지도 모른다. 아무것도 없는 황량한 절집에서 가장 중요한 생각의 전환이 가능하기 때문이다. 자신의 마음속에 빈 공간을 남겨두는 것이 불국토로 가는 지름길이 아닐까 한다. 황룡사지는 무한한 상상의 나래를 펼칠 수 있는 보이지 않는 불국토이다.

포산 승려에게
향나무를
바치다

도성암의 전경

비슬산, 일연 스님이 오랫동안 수도한 곳

포산(包山)은 대구 달성군 비슬산(琵瑟山)의 옛 이름이다. 비슬산은 다양한 이름이 존재한다. 산의 정상부가 높이 솟아서 '소슬산'이라고 부른다. 조선시대 편찬한 《신증동국여지승람》과 《달성군지》에는 비슬산을 '포산(苞山)'으로 기록하고 있다. '포산'은 수목이 덮여 있는 산이라 뜻이다. 《유가사사적》에는 산의 모양이 거문고와 같아서 '비슬산'이라 불렀다고 한다. 유가사는 신라 유가종의 총본산으로 신라 홍덕왕 2년에 창건되었다. 1,084미터인 비슬산에는 유가사, 대견사, 용연사, 용천사 등의 고찰이 자리하고 있다.

비슬산은 일연 스님과 인연이 매우 깊은 장소다. 경북 경산에서 출생한 일연은 비슬산에서 무려 35년간 머물렀기 때문이다. 일연 스님이 비슬산에 머문 시기는 청년기(22~44세) 22년과 노년기(59~72세) 13년이다. 비슬산은 일연 생애에서 청년기의 수행과 노년기의 《삼국유사》 편찬에 매우 중요한 공간이다. 가지산문 선승인 일연 스님은 22세 선불과 급제한 후 비슬산 보당암에 주석했다. 불제자로서의 삶을 비슬산에서 시작했다는 것은 대단한 인연이 아닐 수 없다.

노년기에 일연은 다시 비슬산에 주석한다. 포항 오어사에서 비슬산 인홍사로 옮겨와 주석한 일연 스님의 감회는 남달랐을 것이다. 인홍사는 본래 인홍사였는데, 스님이 주석하면서 충렬왕이 사액하여 인홍사로 변경되었다. 당시 인홍사는 관음신앙의 공덕과 다라니신앙의 신비적 요소를 표방했다. 전란으로 지친 민중들에게 신앙적 활로를 찾기 위한 현세 구원적인 관음신앙을 강조했기 때문이다. 더욱이 《삼국유사》 편찬을 위한 준비 작업으로 역대연표도 인홍사에서 간행했다.

인홍사는 《삼국유사》 편찬의 중요한 산실이었지만 지금은 그 흔적을 찾아보기 어려울 만큼 폐허가 되었다. 이숭인(1349~1392)의 《도은집》에는 인홍사에서 공부했던 추억을 떠올리고 있다. 일연 스님이 주석한 후 인홍사는 거찰의 모습을 유지했던 것으로 생각되지만 임진왜란 이후 절집이 폐사되었다. 인홍사에는 석탑 2기가 있었는데 1기는 경북대 야외박물관으로 옮겨놓았다. 그리고 남평 문씨 세거지인 수봉정사 앞에 조그마한 석탑 1기가 세월의 무게를 감당하지 못하고 외롭게 서 있다.

한편 일연 스님은 비슬산 용천사를 중수하여 불일사로 개칭했다. 용천사는 청도군 각북면 오산리에 있다. 용천사는 가창 댐을 지나 헐티재를 넘어 청도로 가는 길에 자리한다. 신라 문무왕 10년(670) 의상대사가 화엄경을 널리 전수하기 위해 화엄십찰의 하나로 옥천사를 창건했다. 그 후에 일연이 고려 원종 8년(1267) 옥천사를 중창하여 불일사로 변경했다. 불일사는 47개 암자와 천 명의 승려가 수도하는 거찰이었다. 나중에 불일사는 다시 용천사로 이름이 변경되었지만 예전의 화려한 모습을 찾을 길이 없다.

용천사는 1631년 중창된 대웅전이 가장 오래된 건물이다. 용천사에는 아름드리 느티나무가 오랜 세월 동안 절집의 풍경을 말해주는 듯하다. 땅으로 처진 배롱나무도 세월의 흔적을 온몸으로 보여준다. 용천사에는 맑은 물이 떨어지는 소리가 제일 아름답다. 옥천사에서 용천사로 절집 이름이 변경되었지만 맑은 물이 솟아나는 것은 마찬가지다. 그래서 용천사는 화엄경을 통한 해탈보다 맑은 물을 마시면서 심신을 수양했던 민초들의 발걸음이 잦았다고 한다.

비슬산은 다양한 신앙이 공존했던 지역이다. 일연 스님은 비슬산의 신앙적 영향을 많이 받았을 것이다. 특히 젊은 시절 스님은 비슬산 보당암을 비롯하여 무주암, 문묘암에 주석하면서 불법 수양에 전념했다. 〈일연비문〉에 의하면 1236년 가을 비슬산에서 몽고 병란을 피하기 위해 일연은 '아라파적나'라는 '문수오자축'을 염송하다가 문수보살의 감응을 받아 무주암에서 이듬해 묘문암에 주석하다가 깨달았다. 일연은 비슬산의 여러 절집에 주석하면서 세상에 은둔한 관기와 도성의 아름다운 우정 이야기를 들었을 것이다. 실제로 관기와 도성 이야기는《삼국유사》〈포산이성〉에만 기록되어 있기 때문이다.

비슬산에서 관기와 도성이 수도하다

신라시대 포산에는 관기와 도성이 살고 있었다. 두 승려는 어떤 사람인지는 알 수 없지만 포산에 숨어 살았다고 한다. 관기는 남쪽 고개의 암자에 살았고 도성은 북쪽 바위 구멍에 자리를 잡았다. 이들은 10여 리쯤 떨어져 있었지만 구름을 헤치고 달을 노래하면서 매양 서로 왕래했다. 도성이 관기를 청하면 산중의 나무들이 모두 남쪽으로 구부려서 환영하는 것 같았다. 관기가 도성을 맞을 때도 역시 나무가 모두 북쪽으로 쓰러졌다. 이런 일이 여러 해 반복되었다.

《삼국유사》〈포산이성〉은 수행을 통한 깨달음을 보여준다. 관기와 도성은 비슬산에 숨어 살면서 서로의 안부를 묻고 자주 왕래했다. 깨달음의 길을 걷는 도반이기도 한 관기와 도성은 서로의 그리움을 주고받으며 살았다. 심지어 비슬산 나무들도 관기와 도성의 마

도성암에서 본 비슬산 관기봉

음을 헤아리고 있었던 것이다. 어떤 일을 하더라도 자신의 마음을 알아주는 진정한 도반이 있다는 것이 얼마나 중요한지 잘 보여주는 이야기다. 억새와 칡이 두 스님의 왕래에 방해가 되어 비슬산에서 사라졌으나 세월이 흐른 지금은 다시 살아났다고 한다.

비슬산에 숨어 살았던 관기와 도성의 이야기를 통해서 불제자는 어떤 수행을 해야 하는지 구체적으로 보여준다. 도성은 자기 집 뒤의 높은 바위 위에 언제나 조용히 앉아 있었는데 하루는 바위틈으로 몸이 뛰쳐나가 전신이 공중으로 올라가버렸다. 혹은 대구 수창군에 와서 죽었다고 한다. 그 후에 관기도 도성을 따라 죽었다고 한다. 비슬산에는 두 스님이 살았던 절집 이름과 유적이 남아 있다. 도성암의 높이는 두어 길이나 되는데 뒷날 사람들이 돌구멍 밑에 절을 세웠다고 한다.

관기와 도성의 우정을 보여준 비

비슬산 유가사에는 산신을 모신 국사당이 있다. 아름드리 소나무 사이에 자리한 국사당에는 오랜 세월의 흔적이 역력하다. 유가사는 새로운 건물을 짓는 중창이 한창이다. 봄날에 조용한 산사를 생각했다면 크게 실망할 것이다. 그래서 유가사에서 도성암으로 올라가는 길을 따라 천천히 걸었다. 비슬산에 숨어서 수행한 관기와 도성 이야기의 현장을 확인해보고 싶었기 때문이다.

도성암 입구에는 아름드리 고로쇠나무가 연한 잎사귀와 꽃을 피우고 있었다. 도성암 마당에는 나이가 많은 커다란 느티나무가 자란다. 비슬산 도성암에 숨어서 수도했던 스님을 기념하기 위해 느티나무의 이름을 도성나무로 지었다. 도성암 대웅보전 뒤로 보이는 화강암 바위가 도통바위이다. 도성암 도통바위에서 관기봉을 보면 아름다운 도반이 생각난다. 달성군 현풍 비슬산 기슭에서 끊임없는 수도 정진

유가사의 국사당

향나무의 기상

끝에 선정(禪定)에 든 관기와 도성의 아름다운 우정은 참으로 멋지다.

일연 스님은 일찍이 비슬산에 오랫동안 살면서 관기와 도성의 아름다운 행적에 관해서 쓴 글이 있었다. 그래서 《삼국유사》를 편찬할 때 이 글을 함께 실었다고 한다. 일연 스님이 쓴 시는 다음과 같다.

붉고 푸른 풀로 배를 채웠고
입은 옷은 나뭇잎, 길쌈한 베 아니더라
솔바람 차게 불고 바위는 험한데
해 저문 숲속으로 나뭇짐 돌아오네
한밤중 달빛 향해 도사리고 앉으매
반신은 시원하게 바람 부는 대로 날도다
해진 거적자리에 가로누워 단잠 들자니
꿈속에도 티끌세상 갈 바 있으랴
두 암자 빈 터에는 구름도 이제 가고
사슴은 오르건만 인적은 드무네

포산 주민들이 향나무를 바치다

태평흥국 7년(982)에 성범이 '만일미타도량'을 열고 50년 동안 도를 닦아 특별한 조짐들이 자주 발생했다. 이때 현풍의 신도 20명이 해마다 계를 조직하여 향나무를 주워서 절에 바쳤다. 비슬산에 들어가 향나무를 캐서 쪼개고 씻어서 발에 널어두었는데 그 나무가 밤이 되면 촛불처럼 광명을 뿜었다고 한다. 그래서 고을 사람들이 향을 바

향나무, 신비로운 향기

치는 무리에게 시주를 하고 광명이 나타난 해를 축하한 것이다.

포산 신도들이 비슬산에서 향나무를 캐서 절집에 공양했다. 향나무는 절집의 신성한 의식에 꼭 필요한 물건이다. 처음에는 수많은 사람이 모이는 종교의식에서 냄새 제거를 위해서 향을 태웠다. 그런데 향나무 향은 부정을 없애고 정신을 맑게 하는 효과가 있을 뿐만 아니라 종교 의식에서는 천지신명과 연결하는 통로 역할을 수행한다.

향나무(Juniperus chinensis)는 늘푸른 바늘잎 큰 나무로서 키가 20m 이상으로 자라고 굵기가 한 아름이 넘는다. 잎은 어릴 때는 짧고 끝이 날카로운 바늘잎이 대부분이며 손바닥에 가시가 박힐 정도로 단단하다. 그러나 10여 년이 지나면 바늘잎 이외에 찌르지 않는 비늘잎이 함께 생긴다. 향나무의 심재를 불에 태우면 더 진한 향기가 나므로 제사 때 향료로 널리 사용된다. 향나무의 종류에는 침향과 매향이 있다. 세계적으로 최고급 향은 침향(沈香)이다. 동남아시아의 아열대 지방이 원산인 침향나무를 베어서 땅속에 묻고 썩혀서 수지만 얻거나 줄기에 상처를 내어 흘러내린 수지를 수집한다. 이 수지를 침향이라 한다.

이는 두 성인의 영감이요, 혹은 산신의 도움이라고 한다. 산신의 이름은 정성천왕인데, 일찍이 가섭불 시대에 부처님 부탁을 받아 발원 맹세하고 산중에서 천 명의 수도자가 출현하기를 기다려 남은 과보를 받게 되었다. 현재 비슬산에는 아홉 성인이 남긴 행적이 있으나 자세한 내용은 알 수 없다. 그 아홉 명은 관기, 도성, 반사, 첩사, 도의, 자양, 성범, 금물녀, 백우사 등이다.

일연 스님이 찬미하는 시는 다음과 같다.

달밤에 거닐어 산수를 즐기던
두 분 늙은이의 풍류 생활은 몇 백 년이었던가?
이내 낀 골짜기의 고목들은
흔들흔들 찬 그림자 아직도 날 맞는 양

반(搬)자의 음은 반(般)이니 우리말로 비나무이고, 첩자의 음은 첩(牒)이니 우리말로 갈나무이다. 이는 두 스님이 오랫동안 바위 너덜에 숨어 살면서 인간세상과 사귀지 않고 모두 나뭇잎을 엮어서 추위와 더위를 넘기며 비를 막고 앞을 가렸을 뿐이다. 이 때문에 반사와 첩사는 나무 이름으로 호를 지었다. 일찍이 들으매 금강산에도 이런 이야기가 있으니 이로써 옛날 은둔생활을 한 인사들의 숨은 취미를 알 수 있으나 본받기는 어려운 일이다.

낭지 스님과
보현수

석류

보현수는 무슨 나무일까?

《삼국유사》〈낭지승운(朗智乘雲) 보현수(普賢樹)〉에는 어떤 나무
가 등장하는지 궁금하다. 더욱이 불교와 연관된 보현수는 어떤 나무
일까? 보현수는 특정한 나무를 말하기보다는 불교적 윤색을 거친 나
무로 생각된다. 보현수는 낭지 스님이 지통에게 절한 곳에 있는 나
무이름이다. 현재 울주군 청량면 율리 진통골 영축마을 당산나무가
보현수일 가능성이 높다.

보현보살은 부처님의 행원(行願)을 대변한다. 이 보살은 문수보살
과 함께 석가모니불을 좌우에서 함께한다. 문수보살이 여래의 왼편
에서 여러 부처님의 지덕(智德)과 체덕(體德)을 맡는다면 보현보살
은 여래의 오른편에서 이덕(理德)과 정덕(定德)과 행덕(行德)을 맡는
다. 문수보살과 함께 일체보살의 으뜸이 되어서 언제나 여래께서 중
생을 제도하는 일을 돕고 널리 선양한다. 중생들의 목숨을 길게 하
는 덕을 가졌으므로 보현연명보살 또는 연명보살이라고도 부른다.

보현보살은 관음보살이나 지장보살처럼 신앙으로는 널리 유행하
지는 못했다. 《화엄경》에 의하면 보현보살은 비로자나불 아래에서
보살행을 닦았던 보살의 대표이다. 특히 고려 광종 때 균여(均如)는
〈보현십원가(普賢十願歌)〉를 지어 불교 대중화를 꾀하였다. 《보현행
원품(普賢行願品)》은 우리나라에서 가장 많이 유포된 경전인데, 보
현보살을 보려고 하는 중생들에게 보현삼매(普賢三昧)에 몰입할 것
을 요청한다. 보현보살을 본존으로 하고 제법실상(諸法實相)의 이치
를 깨달아 죄장(罪障)을 참회하는 이 삼매는 《법화경》의 유행과 함께
우리나라 천태종 법화신앙계 종파에서 널리 유행하였다.

삽량주 아곡현 영추산 암자에 이상한 스님이 있었는데, 그곳에 오랫동안 살았다고 한다. 그럼에도 주민들은 스님의 존재를 알지 못했고 스님도 자신의 이름을 말하지 않았다. 스님은 항상 〈법화경〉을 강설하여 신통한 힘을 가지고 있었다. 용삭 초년에 이량공 노비였던 지통(智通)이 살고 있었다. 지통이 7세에 출가할 때 까마귀가 "영추산으로 가서 낭지(朗智)에게 귀의하여 제자가 되어라"라고 말했다. 지통은 까마귀 말대로 산골짜기 나무 밑에 쉬고 있었다. 갑자기 어떤 이인(異人)이 나타나서 "나는 보현대사인데 너에게 계품을 주려고 왔노라"고 한 뒤에 계품을 주고 숨어버렸다.

지통은 신심이 넓어지고 원만하여 길에서 만난 스님에게 "낭지 스님은 어디에 계시는지요?"라고 물었다. 스님은 "무슨 까닭으로 낭지를 묻는가?"고 말했다. 지통이 신령스런 까마귀의 가르침을 말해주었다고 한다. 스님은 빙그레 웃으며 "내가 낭지인데 이 불당 앞에도 까마귀가 와서 말하기를 '성아(聖兒)가 스님께 귀의하려고 올 것이니 맞이하라' 하였기에 나와서 맞이하는 것이다"라고 말했다. 낭지가 지통의 손을 잡고 "신령한 까마귀가 너(지통)를 놀라게 하여 나에게 귀의하게 하고 '나에게 너를 맞이하라' 하였으니 이것이 무슨 상서일까. 아마 신령의 음조 탓인가 보다"라고 말했다.

세속에서는 "이곳 산주가 변재천녀(辯才天女)"라고 한다. 지통이 그 말을 듣고 울면서 사례하고 낭지에게 절했다. 그리고 불계를 내릴 때 지통이 "나는 동구 나무 아래서 보현대사께 정계를 받았습니다"라고 말했다. 낭지 스님은 "너는 친히 보현대사에게 정계를 받았도다. 나는 태어난 후부터 부지런히 지성을 만나려 했지만 이루지 못했다. 너는 나보다 먼저 정계를 받았으니 내가 너에게 미치지 못한 것이다"라고 탄식했다.

낭지는 지통에게 절하고 그 나무 이름을 "보현수"라고 불렀다. 지통은 "낭지께 이곳에 머문 지 오래 되었지요"라고 물었다. 낭지 스님은 "법흥왕 정미년에 처음 머물렀으니 이제 몇 해인 줄 모르오"라고 대답했다. 지통은 이 산에 도착했을 때는 문무왕 즉위 원년이기에 135년이 되었다. 이후 지통은 의상대사의 문도로 다양한 활약을 한다.

이러한 〈낭지승운 보현수〉의 내용을 통해 신라 중기 불교에 대한 단면을 읽어낼 수 있다. 원효대사가 반고사(磻高寺)에 머물 때 낭지 스님을 찾아갔다. 낭지 스님이 원효대사에게 명하여 〈초장관문〉과 〈안신사림론〉을 짓도록 요청했다. 원효대사는 글을 지은 후에 은사 문선에게 글을 받들어 주달했는데 그 권미에 게(偈)를 붙여 평가했다.

서곡의 사미들은/ 머리를 조아리며 절하고
동악의 고덕은/ 높은 바위 앞에 있도다
가는 티끌 불어다가/ 영추산에 보탰으니
작은 물방울에 바람 불어/ 용소에 날리도다

낭지 스님이 석류나무를 바치다

지통과 원효는 모두 대성이다. 두 성인이 함께 낭지를 스승으로 섬겼으니 그 도가 높았음을 알 수 있다. 낭지 스님은 일찍이 구름을 타

석류나무

고 중국 청량산에 가서 불도들과 청강하고 잠시 사이에 돌아왔다. 중국 스님들은 "그가 이웃에 살고 있는 스님"이라고 했지만 낭지가 머문 곳을 알지 못했다. 어느 날 승도에게 "이곳에 상주하는 이를 제외하고 별원에서 온 승려는 자기가 주석하는 곳의 꽃과 나무를 도량에 바쳐라"라는 명령이 내려졌다.

낭지는 다음날 산중의 이상한 나무 한 가지를 꺾어바쳤다. 그랬더니 중국 스님이 "이 나무는 범어로서 '달제가'라 하고 여기에서는 '혁(赫)'이라 한다. 다만 서축과 해동 두 영추산에만 있는 것이요, 그 산은 모두 제십 법운지 보살이 살고 있는 곳이다. 이 사람은 반드시 성자일 것이다"라고 말했다. 그의 행색을 살펴보고 낭지가 해동 영추산에 머무는 것을 알았다고 한다. 이 때문에 낭지 스님의 이름이 중외에 알려지게 되었다. 사람들이 그 암자를 '혁목암(赫木菴)'이라 불렀다.

낭지 스님이 받친 나무는 범어로 '달제가(怛提伽)'라고 한다. 달제가는 '석류나무'로 추정된다. 신라해류로 불리는 석류나무는 기온이 따뜻한 남쪽 지방이나 울산 지역에 많이 자라고 있다. 석류나무(Punica granatum)는 이란이 원산지인데 중국을 통해 들어왔다. 이란의 옛 이름이 페르시아이고 중국식으로 표기하면 안석국(安石國)이라 하여 흔히 석류를 '안석류'라고 한다.

석류나무는 아름다운 꽃과 독특한 열매 때문에 수많은 시가(詩歌)의 소재가 되었다. 신라시대 당초문(唐草紋)에 석류 문양이 포함된 것으로 보아 7세기 이전에 석류가 수입된 것으로 추정된다. 석류나무는 따뜻한 곳을 좋아하여 남부지방에서 키가 5미터 정도까지 자란다. 가지가 많이 나고 잎은 마주나기로 달리며 잎자루가 짧다. 꽃은

석류가 탐스럽게 열리다

5~6월에 가지 끝의 짧은 꽃자루에 1~5개씩 피는데 대부분 암꽃과 수꽃이 함께 핀다. 열매는 얇은 칸막이가 된 여섯 개의 작은 방으로 나뉘고 그 안에 수많은 씨앗을 품고 있다.

〈영추사기〉에는 낭지가 일찍이 "이 암자 터는 곧 가엽불(迦葉佛) 절터인데, 땅을 파서 등강 두 개를 얻었다. 원성왕 때 대덕 연회(緣會)가 이 산중에 주석하면서 낭지의 전(傳)을 지어 세상에 유행되었다"라고 적혀 있다. 〈화엄경〉을 상고하건대 "제 십은 법운지"는 낭지 법사가 구름을 탄 곳이다. 대개 "불타가 세 손가락을 꼽고, 원효가 백 개의 몸을 나누기도 했다"는 것과 같다.

일연 스님이 찬하였다.

생각건대 바위틈에/ 백 년 동안 숨었으니
일찍이 높은 이름/ 인간에선 몰랐다네
산새가 부질없이/ 말 많음을 금치 못해
무단히 구름 타고/ 오감을 알렸도다

〈낭지승운 보현수〉는 신라 중대의 《법화경》과 관련되어 있다. 일연이 〈낭지승운 보현수〉로 제목을 정한 것은 신라 하대의 원성왕 때 국사 대덕 연회가 이곳에 머물면서 쓴 〈낭지전〉을 기반으로 여러 가지 사실을 덧붙였기 때문이다. 〈낭지승운 보현수〉의 전반부는 낭지가 영축산에서 《법화경》을 강설하다가 지통을 제자로 맞고 원효와 인연이 있었다는 내용이다.

낭지 스님이 정착한 시기는 527(법흥왕 14)년에서 676년까지 150년간이다. 지통 스님이 영축산에 온 시기는 문무왕이 즉위한 661년이다. 낭지는 《법화경》으로 보현행을 선택한 것이다. 지통과 원효가 낭지 스님에게 수학했을 때는 젊은 사미 시절이었다. 사미는 출가하여 사미계를 받고 구족계를 받기 위해 수행하고 있는 어린 남자 중을 부르는 호칭이다. 낭지가 강의한 《법화경》의 영향으로 교학 기반을 세운 지통은 후일 의상의 문하에 들어가 《화엄경》 강의를 듣고 〈추동기〉를 저술한다.

동화사,
오동나무 꽃이
상스럽게 피다

동화사에 핀 오동나무 꽃

팔공산은 예부터 '중악', '부악', '공산' 등과 같이 다양하게 불렸다. 중악과 부악은 신라 오악에 속하는 매우 중요한 이름이다. 신라 말 후백제의 견훤이 서라벌을 공략할 때 고려 태조 왕건이 군사를 거느리고 급히 팔공산으로 들어왔다. 팔공산의 지리를 제대로 파악하지 못한 왕건은 매복한 견훤에게 역습을 당하여 목숨이 위태로웠다. 당시 신숭겸을 비롯한 8명의 장수가 전사한 역사적 사건에서 '팔공산'의 이름이 유래한 것으로 보인다.

팔공산에는 고려대장경 판본을 소장했던 부인사를 비롯하여 동화사, 파계사, 송림사 등과 비로암, 부도암, 양진암 등의 암자가 법등을 밝히고 있다. 팔공산은 갓바위, 염불암 등에도 약사불이 조성되어 있어서 약사여래신앙의 본산이기도 하다. 그 중에서도 동화사는 모악산 금산사, 속리산 법주사와 함께 법상종을 대표한다.

오동나무 꽃이 핀 곳에 들어선 동화사

동화사(桐華寺)의 창건 설화는 두 가지가 전해진다. 〈동화사사적기〉에는 신라 소지왕 15년(493) 극달화상이 창건했다고 한다. 절집을 창건할 당시의 이름은 유가사였다. 그 후에 신라 흥덕왕 7년(832) 심지왕사가 중창하면서 오동꽃이 상서롭게 피어 동화사라 고쳐 불렀다. 신라 불교가 공인되기 전에 극달화상이 법상종 계통의 절집을 창건했는지 의문스럽다. 그럼에도 아도화상이 도리사를 창건한 사례를 인정한다면 극달화상이 동화사를 창건했을 가능성도 남아 있다. 절집의 창건주는 정확하게 알 수 없지만, 오동꽃이 상서롭게 피

오동나무의 꽃

어난 곳에 동화사를 창건한 것은 분명하다.

팔공산 동화사 봉황문 좌우에는 오동나무와 마애불좌상(보물 제243호)이 있다. 오동나무는 일주문 개울 건너편에 아름드리로 자란다. 마애불좌상은 높은 자리에서 동화사 방문객을 엷은 미소로 바라본다. 신록이 푸르른 오월에 일주문을 들어서면 오동나무와 마애불좌상 사이로 청정한 바람이 불어온다. 속세의 근심은 마애불좌상에서 일주문을 거쳐 오동나무에 핀 꽃을 바라보는 순간 사라지기 마련이다. 이제 심호흡을 크게 하고 천천히 걸어가면 개울물 소리가 귀를 편안하게 해준다.

아치형 해탈교를 건너가면 소나무와 느티나무가 손을 맞잡고 방문객을 맞이한다. 오른쪽의 아름드리 느티나무는 세월의 흔적을 고스란히 보여준다. 동화사를 중창했던 인악대사의 느티나무로 명명

팔공산 동화사 봉황문

되었지만 기둥에는 수술의 흔적이 커다랗게 남아 있다. 동화사 당간 지주 곁에 있는 인악대사의 비석 받침돌은 거북이 아니라 봉황으로 조각되어 있다. 동화사가 오동꽃과 연관된 절집임을 보여주는 조형물이다. 당간지주 주변에도 화려한 오동꽃이 피어나 방문객의 발걸음을 붙잡는다.

옹호문을 들어서면 왼쪽에 용트림하는 소나무가 있고 봉서루 오른쪽에는 아름드리 느티나무가 자란다. 봉서루 현판은 봉황이 알을 품은 절집의 지세와 궁합이 잘 맞는다. 봉서루 뒷면에는 영남치영아문(嶺南緇營牙門)이라는 현판이 걸려 있는데, 동화사가 임진왜란 때 경상도 승군의 지휘소였음을 보여준다. 봉서루 느티나무 사이로 범종루의 하얀 목어를 보면 '연목구어(緣木求魚)'가 생각난다. 나무에서 물고기를 찾는 것은 불가능하지만 동화사에서는 상상의 나래를 펼쳐보는 것도 좋다.

동화사의 중심은 대웅전이다. 대웅전에는 석가모니, 아미타불, 약사여래 등의 삼존불을 봉안하고 있다. 그 위에는 세 마리 용과 여섯 마리의 봉황이 화려하게 조각되어 있다. 봉황은 오동나무에만 깃들기 때문에 오동꽃이라는 절 이름과 잘 어울린다. 대웅전 오른쪽의 영산전 입구 무위문(無爲門) 앞에는 고개 숙인 소나무가 살고 있다. 영산전에는 매화나무 두 그루가 자란다. 그 마당에는 제법 허리둘레가 큰 목련이 담장 너머 대웅전을 바라본다. 영산전에 하얀 목련꽃이 피어나면 영산회상의 환상적 아름다움을 느낄 수 있다.

대웅전 왼쪽 심검당에는 모란이 화려한 꽃망울을 터뜨리고 있다. 그 뒤편에 자리한 칠성각에는 벚나무와 오동나무 두 그루가 살고 있다. 그 중에서도 아름드리 오동나무는 심지대사의 나무로 명명되었

오동나무에 앉은 봉황과 연관된 봉황루

다. 동화사를 창건한 심지대사를 기념하는 오동나무이다. 칠성각의 오동나무는 가장 늦게 연보라색 꽃이 핀다. 동화사를 여러 차례 방문했지만 오동꽃은 처음 보았다. 동화사는 창건주와 연관된 심지대사의 오동꽃이 피었을 때가 가장 아름답다.

오동나무(Paulownia coreana Uyeki)는 키가 10미터를 넘고 줄기둘레는 한두 아름에 이른다. 현삼과의 오동나무는 우리나라 초본과 목본을 합쳐 84종이나 있지만, 오동나무를 제외하면 나머지는 모두 풀이다. 그런데 동화사와 관련된 꽃이 오동인지 벽오동인지 정확하게 알 수 없다. '한겨울에 꽃이 피었다'는 점을 상기해보면 오동꽃이 분명하다. 왜냐하면 오동꽃이 벽오동에 비하여 크고 화려하기 때문이다. 연보라색 오동꽃은 동화사 창건의 신비로운 이야기를 상징한다.

빨리 자라는 오동나무의 전략은 커다란 잎에 있다. 보통은 오각형에 지름이 20~30센티미터지만 생장이 왕성한 어릴 때는 잎 지름이 거의 1미터에 육박하는 경우도 있다. 오동나무 종류는 오동나무, 벽오동, 개오동 등이 있다. 오동나무는 현삼과에 속한다면 개오동은 능소화과에 속한다. 그리고 벽오동은 벽오동과에 속한다. 오동나무 세 그루는 각각 서로 다른 부모를 가지고 있다. 오동나무에는 오동과 참오동이 있는데 구별하기가 쉽지 않다. 꽃 안쪽에 줄무늬가 있으면 참오동이고 줄무늬가 없으면 오동이다.

심지, 불골간자를 동화사에 모시다

《삼국유사》에는 신라 헌덕왕의 아들 심지가 갖은 수행을 겪은 후

불골간자를 모실 절터를 찾기 위해 간자가 떨어진 곳에 동화사를 창건했다고 적고 있다. 심지는 원광, 진표, 영심 등으로 이어져온 신라 점찰법맥을 계승한 승려이다. 점찰법은 선악을 적어 넣은 189개의 간자를 만들어놓고 그것을 던져서 나오는 괘를 보며 잘못을 뉘우치고 참회하여 깨닫는 방법이다. 동화사는 창건될 때부터 점찰에 의해 터를 지정받는 점찰법의 근본도량이다. 《삼국유사》에는 심지가 진표의 제자 영심에게 점찰간자를 전수받는 과정을 기록하고 있다.

심지는 천성이 평화롭고 슬기로워서 효도와 공경을 실천했다. 15세 출가하여 스승을 좇아 불도를 부지런히 닦아 중악에 머물렀다. 그때 속리산 영심이 진표율사의 불골간자를 전해 받아 과정법회를 베푼다는 말을 듣고 찾아갔다고 한다. 늦게 도착하여 법회에 참여하지 못한 심지는 땅에 앉아 뜰에 머리를 부딪치면서 예참했다. 하늘에서 비와 눈이 내렸지만 심지가 수도하는 곳에만 내리지 않았다고 한다. 신이한 장면을 본 사람들이 심지를 마루로 인도했으나 그는 사양하면서 수도를 계속했다. 이러한 심지의 모습은 진표가 선계산에서 수행하는 것과 같아서 지장보살이 내려와 심지를 위로해주었다.

심지가 팔공산으로 돌아갈 때 간자 두 개가 옷깃 속에 있었다. 다시 돌아가 영심에게 말했더니 "간자가 함 속에 있는데 어떻게 여기에 있단 말인가?" 하고 점검해보니 간자가 없어진 것이다. 영심이 이상하게 여겨 심지가 준 간자를 싸서 다시 간직했다. 심지가 수행하고 돌아갈 때 똑같은 일이 반복되었다. 영심이 간자를 심지에게 주면서 "부처의 뜻이 그대에 있으니 그대는 잘 받들어 행하라"고 말했다. 심지가 간자를 받들고 돌아오니 산신이 산기슭까지 나와 인도하며 정계를 받았다.

심지는 산신과 함께 높은 데 올라가서 간자를 던져 점을 치기로 했다. 산신이 산봉우리에 올라 서쪽을 향하여 던졌더니 간자가 바람에 날아갔다. 이때 산신은 다음과 같은 노래를 지어 불렀다.

"바위가 멀리 물러가니/ 이 땅이 평탄하고/ 지는 잎이 흩어지자/ 주위가 명랑하도다/ 진불의 뼈로 만든/ 간자를 찾았으니/ 깨끗한 이곳에/ 정성을 이루련다."

노래 부른 후 간자가 떨어진 곳에 불당을 세워 봉안했다. 동화사 첨당 북쪽에 작은 우물이 있는 곳이라고 한다.

간자가 떨어진 곳에 동화사를 창건했는데 지금은 금당선원이 자리하고 있다. 금당선원에는 극락전과 수마제전이 있으며 마당에는 커다란 반송과 금송, 매화나무, 주목, 불두화 등이 살고 있다. 극락전

심지가 던진 간자가 떨어진 동화사 금당선원

좌우에는 3층 석탑이 자리한다. 극낙전과 수마제전 사이에는 아름드리 보리수가 살고 있다. 절집에서는 피나무를 보리수라 부른다. 잎과 열매가 보리수의 잎과 열매와 비슷하기 때문이다. 금당선원의 수도승들은 보리수 주위를 돌면서 심지왕사의 깨달음을 염원하고 있다.

운문사와 배나무,
보양 스님과
이무기의 이야기

이목을 상징하는 돌배나무

일연 스님이 주석한 운문사

  청도 운문사는 사계절 아름답지만 초겨울의 호젓함을 즐기는 것
도 좋다. 운문사로 가는 길에는 운문 댐이 먼저 반겨준다. 갈수기인
겨울에는 운문 댐의 수량이 줄어들면서 수몰된 마을의 흔적이 하나
씩 드러난다. 운문 댐 건설로 인해 이주한 실향민의 애환도 함께 되
살아나는 것 같다. 고향을 상실한 아픔이 어떤 것인지는 떠나보지

않은 사람은 모를 것이다. 우리에게 고향이 얼마나 중요한지 운문사로 가면서 새삼 되새겨보는 계기가 되었다.

초겨울로 접어드는 운문사는 인적이 끊어진 자연풍경을 그대로 보여준다. 운문사 초입에는 아름드리 소나무와 전나무가 온통 푸른색이다. 자연의 변화에 민감한 느티나무와 단풍나무는 바람에 자신을 맡기고 아무런 미련도 없다는 듯이 나뭇잎을 멀리 보내고 있다. 청정한 운문사 계곡의 맑은 물이 산사의 풍경을 더욱 아름답게 만들

우산처럼 펼쳐진 처진소나무(왼쪽), 운문사의 처진소나무(오른쪽)

작갑사에 중창된 운문사

어준다. 소나무 숲 사이로 천천히 걸어서 운문사로 가는 발걸음은 자신의 내면을 성찰하는 깨달음의 길이기도 하다.

신라시대에 창건된 호거산(虎踞山) 운문사(雲門寺)는 원광, 보양, 일연, 보감 등과 인연이 깊은 절집이다. 운문사는 청도에 존재했던 5갑사의 하나인 대작갑사에서 유래했다. 고려 왕건(937년)은 보양의 도움으로 청도를 평정했기 때문에 그가 주석하던 대작갑사에 '운문사'의 현판과 전지를 하사했다. 고려 충렬왕 때 일연은 운문사에 주석(1277~1281)하면서 《삼국유사》를 편찬했다. 이런 인연으로 운문사 동쪽에 일연선사 행적비가 있었으나 지금은 그 흔적도 찾을 수 없어서 아쉬울 따름이다.

　운문사 담장을 따라 벚나무가 초겨울 추위를 온몸으로 견디고 있다. 벚나무를 따라 걷다가 절집에 들어서면 오른쪽의 푸른 소나무가 눈에 띈다. 수령 400년이 넘은 운문사 처진 소나무(천연기념물 180호)는 만세루 옆에 넓은 자리를 차지하고 앉아 있다. 처진 소나무는 만세루 곁에서 다양한 불교행사를 지켜본 절집의 큰 어른이다. 어쩌면 운문사 스님들의 설법과 독경을 앉아서 듣다가 그만 나뭇가지가 처진 것인지도 모른다. 처진 소나무는 푸르지만 그 속으로 들어가면 피부는 붉은색 기운이 가득하다. 소나무는 만세루 곁에서 현실과 이상의 경계를 푸른색 솔잎과 붉은색 피부를 통해서 보여주고 있다.

배나무, 보양과 이무기의 신비로운 이야기

운문사는 《삼국유사》에 수록된 보양과 이무기의 신비로운 이야기 현장이다. 보양과 이무기 이야기는 민간신앙의 대상인 이무기가 불법의 수호자로 포섭되는 과정을 구체적으로 보여준다. 보양 스님과 이무기 이야기의 핵심적 증거물은 배나무이다.

청도에 가뭄이 들어 비를 잘못 내린 이무기를 처벌하기 위해 옥황상제가 보낸 사자가 보양에게 이무기가 어디 있는지 물었다. 그때 보양은 이무기가 배나무에 있다고 말했다. 그러자 사자가 배나무에 번개를 쳐서 배나무는 말라죽었다. 그 후에 보양이 배나무를 어루만지자 배나무는 다시 살아났다고 한다. 이러한 보양과 이무기의 신비로운 이야기는 일연이 운문사에 주석할 때 들었을 가능성이 매우 높다.

그렇다면 운문사에는 과연 배나무가 어디에 살고 있을까? 이런 호기심을 가지고 운문사 경내를 살펴보았다. 대웅보전에는 모과나무가 누런 모과를 달고 있다. 대웅보전 앞의 삼층석탑 두 기는 9세기 통일신라 양식을 보여준다. 법신불인 비로자나불은 모든 곳에 광명을 두루 비춰주고 있다. 대웅보전 옆 계곡 물소리가 마음을 차분하게 한다. 신축한 대웅보전에서 응진전 사이에는 아름드리 벚나무가 세상의 풍파를 견뎌온 거친 피부를 보여준다. 발걸음을 응진전 뒤로 옮기자 돌배나무가 당당히 서서 파란 하늘을 바라보고 있다. 이 돌배나무가 보양 스님과 이무기의 신비로운 이야기를 상징한다.

배나무(Pyrus pyrtifolia var. culta)는 키가 13m까지 자라며 사과나무보다 크고 더 곧게 뻗는다. 잎은 둥글거나 넓은 타원형이며 가죽질이고 아래쪽이 약간 쐐기처럼 생겼는데 꽃이 필 때 같이 핀다. 흰색으로 핀 꽃은 5개로 이루어진 암술대의 아래가 서로 떨어져 있다. 장미과에 속하는 배나무에는 여러 종이 있다. 그 중에서도 돌배나무 (Pyrus pyrifolia (Burm.) Nakai)는 산속 어디에서나 잘 자란다. 돌배나무는 산짐승들이 먹을 수 있는 과육을 만들어 먹이고 그 대신에 자신의 씨앗을 멀리 옮기는 전략을 사용한다. 산속에서 아름드리로 자란 돌배나무는 속살이 너무 곱고 치밀하여 글자를 새기는 목판(木板) 재료로 그만이다. 돌배나무는 고려 때 팔만대장경을 만드는 장인들의 눈에도 일찌감치 각인되었다.

보양 스님과 운문사 창건의 비밀

우리에게 낯선 보양과 운문사 중건에 대해서 《삼국유사》의 내용을 살펴볼 필요가 있다. 보양이 중국에서 불법을 공부하고 돌아와 서해에 이르렀다. 그 때 용이 스님을 궁중으로 맞이하여 경을 외우게 하고 금라가사 한 벌을 주고 아들 이무기를 보내 시자를 삼도록 했다. 당시는 삼국이 소란하여 불법에 귀의할 임금이 없었다고 한다. 그래서 용이 "그대가 내 아들과 함께 본국 작갑으로 돌아가 절을 창건한다면 적을 피할 수도 있고, 몇 해를 지나지 않아 반드시 불법을 지켜줄 만한 어진 임금이 나와 삼국을 평정하리라"고 말했다.

보양은 귀국하여 호거산 골짜기를 찾았는데 홀연 한 노승이 '원광'이라 말하면서 인궤(印櫃) 하나를 주면서 사라졌다. 그래서 보양이 장차 폐사된 절집을 재건하려고 북령에 올라 사방을 바라보았더니,

뜨락에 오층 황탑을 발견하고 내려왔으나 그 자취가 없었다. 다시 북령에 올라가 바라보니 까치가 땅을 쪼기에 "작갑으로 가라"는 용의 말을 기억하고 그 땅을 팠더니, 과연 무수한 전(磚)이 남아 있었다. 보양은 이곳이 가람 터임을 알고 절을 창건하여 '작갑사'라 이름 지었다. 이렇게 운문사는 작갑사에서 유래한 것이다.

세월이 흘러 보양과 이무기 이야기의 상징물인 배나무는 땅에 쓰러져 죽었다. 어떤 사람이 배나무로 방망이를 만들어 법당과 식당에

이목소, 이목이 살았던 개울

간직했는데, 그 자루에 글이 새겨져 있었다고 한다. 보양이 당나라에 들어갔다가 돌아와 먼저 추화의 봉성사에 머물렀다. 왕건이 청도군에 이르렀을 때 산적이 교만 방자하고 귀순하지 않았다. 왕건은 보양 스님에게 산적을 칠 방도를 물었다고 한다. 보양의 신통한 계책으로 산적을 물리쳤기 때문에 왕건은 절집에 벼를 보내 공양했다고 한다.

운문사 계곡에는 《삼국유사》의 보양과 이무기 이야기 현장인 '이

이목소의 갈참나무와 겨우살이

목소'가 있다. 이목소에는 맑고 푸른 물이 넘실거린다. 운문사의 이무기는 이목소에 살면서 보양의 부탁을 수행하는 민간신앙의 대상이다. 보양과 이무기의 신비로운 이야기는 물과 연관된 용 신앙이 불교와 습합되고 있는 과정을 보여준다.

운문사는 보양과 이무기의 신비로운 이야기를 간직하고 있다. 이 때문에 운문사에서는 '이목소'와 '돌배나무'를 확인해보는 것이 필요하다. 운문사를 찾는 사람들은 다양하지만 보양과 이무기의 신비로운 이야기 현장에서 돌배나무와 이목소를 찾아보는 즐거움을 누려보기 바란다. 보양과 이무기 이야기는 운문사를 신비로운 절집으로 만들고 있기 때문이다.

원광법사, 세속오계를 전하다

원광법사는 589년 36세의 나이로 중국 진나라에 유학한다. 중국에 유학하는 동안 유교, 불교, 도가 등을 포함한 다양한 학문을 공부했다. 더욱이 전도와 교화로 이름을 날린 원광법사 행적은 중국의 《당속고승전》에도 기록될 만큼 유명하다. 중국에서 11년 동안 공부한 원광법사는 600년에 신라로 귀국한다. 당시 원광법사는 신라 진평왕뿐만 아니라 백성들에게도 커다란 환영을 받았을 것으로 짐작된다.

진평왕 30년(608)에 원광법사는 청도 운문사 가슬갑사에 주석하면서 불법 교육에 힘을 쏟았다. 그때 신라의 화랑 귀산과 추항이 원광법사를 찾아온다. 그들은 원광법사에게 종신토록 지켜야 할 도리를 물었다. 이때 원광법사가 삼국통일 주역인 화랑들에게 대답한 것이 세속오계다.

원광법사의 세속오계는 신라 화랑도의 생활지침과 철학이다. 더욱이 세속오계는 신라 화랑들의 정신적 규범과 도덕적 기반을 제시한 것이다. 세속오계에는 사군이충(事君以忠), 사친이효(事親以孝), 교우이신(交友以信), 임전무퇴(臨戰無退), 살생유택(殺生有擇) 등이 있다. 그 중에서도 '사친이효'는 원광법사 부도 주변에 살고 있는 감나무와 연관되어 있다. 감나무의 홍시는 부모에 대한 효성을 상징한다. 이 때문에 원광법사 부도에 감나무가 살고 있는지도 모른다.

원광법사의 행적은 《삼국유사》 의해(義解)편에 비교적 자세하게 등장한다. 일연 스님은 원광이 신라 최초로 불법의 의리를 깨달아서 터득한 승려로 인식하고 있다. 원광법사는 637년 황룡사에서 입적하여 명활산에 장사지냈다. 그리고 원광법사가 젊은 날 수도했던 금곡사지에 부도탑을 모셔둔 것으로 보인다. 경주 안강읍 두류리 삼기산(三岐山)에 금곡사지(金谷寺址)가 있다. 부도는 스님의 유골이나 사리를 모셔두는 일종의 무덤을 말한다.

금곡사지의 중심은 원광법사 부도탑이 차지하고 있다. 비록 전란으로 부도탑이 훼손되었지만 일부라도 남아 있는 것이 얼마나 다행인지 모른다. 금곡사지 원광법사의 부도탑을 찾는 것이 수도인지도 모른다. 예전의 아담한 대웅전을 헐어버리고 그 자리에 웅장한 약사전이 들어섰다. 새로 만든 약사전은 방문객의 시선을 붙잡기에는 조금 허전하다. 웅장한 약사전이 원광법사 부도탑을 더욱 왜소하게 만들었기 때문이다.

낙산사,
신비로운
대나무와 소나무

죽순의 생명력

동해안 관음도량인 낙산사

　강원도 양양군 낙산사 입구에는 홍예문이 우리의 시선을 사로잡는다. 홍예문 주변에 화강암으로 쌓은 돌이 절집과 세속을 구별하고 있다. 낙산사는 홍예문을 통과해야만 신성한 절집으로 들어갈 수 있기 때문이다. 무지개 모양인 홍예문은 1467년 세조가 낙산사를 방문한 기념으로 조성되었다. 홍예문에 사용된 돌은 26개인데, 당시 강원도 고을의 숫자를 의미한다. 홍예문을 통과했다고 해서 낙산사 풍경을 한눈에 조망할 수 있는 것도 아니다. 낙산사는 여느 절집과 달리 전각들 위치를 한눈에 파악할 수 없도록 가람배치가 되어 있다.

　동해 절벽 위에 자리한 양양의 낙산사는 《삼국유사》와 깊은 인연을 보여준다. 일연 스님은 경북 경산에서 출생하여 9세 전남 광주의 무량사에서 학업을 시작했다. 당시에는 불교를 포함한 일반적인 공부를 했던 것으로 짐작된다. 그런데 무슨 인연인지 1219년 14세에는 멀고도 먼 강원도 양양군 둔전리 진전사에서 출가하여 '회연'이라는 법명을 받았다. 아마도 가지산문에서 출가한 것으로 생각된다. 일연은 22세 선불과 급제하여 비슬산 보당암으로 떠날 때까지 젊은 시절을 진전사에서 보냈다. 이 때문에 일연은 진전사와 가까운 오봉산 낙산사에 자주 들렀을 것으로 생각된다.

　《삼국유사》 탑상편에는 낙산사의 두 성인으로 의상과 원효를 소개하고 있다. 두 스님은 신라 불교를 대표할 뿐만 아니라 한국 불교를 대표하는 인물이다. 낙산사 창건과 인연이 깊은 의상과 낙산사를 찾은 원효 이야기는 관음보살과 연관된 생태문화적 신비로 가득하다. 또한 낙산사는 굴산조사 범일이 만났던 정취보살과 세규사의 승려 조신도 인연이 닿았던 절집으로 유명하다. 낙산사는 의상과 대나무, 원효와 소나무를 통해서 관음보살의 생태문화적 상상력을 신비롭게 보여준다.

의상 대사, 대나무가 솟아난 곳에 낙산사를 짓다

낙산의 본래 이름은 오봉산이었으나 의상 대사가 관음보살을 친견한 후 이름이 변경되었다. 당나라에서 돌아온 의상법사는 관세음보살의 진신이 동해 굴 속에 머문다는 말을 듣고 '낙산'이라 이름을 지었다고 한다. 이는 대자대비한 관음보살의 진신이 항상 머물던 곳을 이르는 '보타낙가(Potalaka)'라는 산스크리트어에서 유래한 말이다.

의상법사는 이곳에서 재계한 지 이레 만에 앉았던 자리를 새벽 바닷물에 띄웠더니 용궁의 팔부시중이 그를 굴속으로 인도했다. 그곳에서 예를 올렸더니 수정 염주 한 꾸러미를 주었다고 한다. 의상법사가 수정 염주를 받아서 나올 때 동해 용이 여의보주 한 알을 주었다.

의상이 다시 재계한 지 이레 만에 관음보살의 참 모습이 나타나면서 "앉은 자리 위 산 꼭대기에 대나무 한 쌍이 솟아날 터이니 그곳에 전각을 지으라"고 일러주었다. 의상이 석굴을 나오니 과연 대나무가 땅에서 솟아났다고 한다. 그곳에 금당을 짓고 불상을 만들어 모시니 원만한 얼굴과 체질이 마치 하늘에서 내려온 것만 같았다. 그 대나무는 없어졌지만 진정 관음보살 진신이 머물던 곳임을 알았다고 한다. 의상법사는 그 절을 '낙산사'라 하고 보물을 성전에 간직하고 길을 떠났다. 낙산사는 원통보전에 관세음보살을 주불로 봉안하고 있다.

 낙산사는 의상과 인연이 깊은 절집이다. 해수관음보살부터 의상대, 홍련암 등에는 관음보살을 친견한 의상의 흔적이 절집에 남아있기 때문이다. 더욱이 의상법사는 관음보살의 뜻을 존중하여 대나무가 솟아난 곳에 낙산사를 창건했다. 의상법사에게 낙산사를 창건할 자리를 알려준 신비로운 대나무는 어디에 살고 있을까? 낙산사를 창건한 의상법사와 대나무에 초점을 두고 절집을 둘러 볼 필요가 있다.

 낙산사는 홍예문에서 사천왕문, 빈일루, 7층석탑, 원통보전, 해수관음보살, 보타전, 의상대, 홍련암 등으로 답사하는 게 좋다. 낙산사의 중심은 관음보살을 모신 원통보전이다. 홍예문에서 원통보전으로 가는 길에는 소나무가 좌우로 줄지어 살고 있다. 그곳에는 노무

낙산사의 원통보전과 탑

현 전 대통령이 식수한 반송도 푸른색으로 자란다. 반송 맞은편에는 봄날 하얀 배꽃을 피우는 낙산배 시조목이 살고 있다. 일본에서 개량된 배나무를 주지 스님이 1915년 홍예문 안에 심었다고 한다. 수령 100살이 넘은 낙산배는 나뭇가지를 펼치고 따사로운 햇살을 쬐고 있다.

조신 이야기는 낙산사 원통보전 관음보살과 연관되어 있다. 옛날 명주 내리군에 세규사 농장이 있었는데, 조신 스님을 보내어 농장을 관리했다. 조신이 농장에 도착하여 태수 김흔 공의 딸을 사모하게 되었다. 조신은 여러 번 낙산사 관음보살 앞에 가서 남몰래 사랑이 성공하도록 빌었다. 그런데 그 여인은 벌써 배필이 생겼다. 조신은 다시 관음당 앞에서 관세음보살을 원망하면서 날이 저물도록 슬피 울다가 잠깐 졸았다. 그 꿈에 김씨의 딸이 기쁜 얼굴로 들어와 말했는데 사실은 죽은 귀신이었다. 조신이 꿈을 통해 욕망의 무상함을 깨우친 설화의 현장이 낙산사 원통보전이다.

사천왕문 입구에는 아름드리 왕벚나무가 세월의 흔적을 보듬고 살아간다. 뿌리를 드러낸 왕벚나무는 한국전쟁 당시 불탄 원통보전을 중수할 때 이근형 장군이 심었다고 한다. 그 분은 고인이 되었지만 왕벚나무는 아름드리로 성장하여 방문객을 맞이하고 있다. 따뜻한 봄날 사천왕문 앞의 왕벚나무가 꽃망울을 터뜨리면 원통보전으로 가는 발걸음이 한결 가벼워질 것이다.

동해의 일출을 맞이한다는 뜻을 담은 빈일루는 2005년 화재로 소실된 유구와 조선후기 화가 김홍도의 〈낙산사도〉를 참고해 건립되었다. 누각의 일부 기둥은 화마를 견딘 느티나무를 손질하여 재활용했다고 한다. 빈일루 앞 좌우에는 벚나무 두 그루가 아름드리로 살고 있다. 오랜 세월 빈일루를 지켜왔던 벚나무는 생명이 얼마 남지 않은 것 같다. 그래서 벚나무 자손목을 그 곁에 심어둔 모습이 생사의 경계를 허물어버리고 있다. 이밖에도 절집에서 보리수로 부르는 피나무 두 그루, 느티나무, 담장 사이에는 굴참나무가 살고 있다.

원통보전 앞에는 7층 석탑이 소담스럽게 서 있다. 본래 3층이었지만 세조 13년(1467)에 7층으로 조성되었다고 한다. 이 석탑에는 의상이 받은 수정 염주와 여의보주가 봉안되어 있다. 관음보살을 모신 원통보전 수미단의 용이 참배하는 중생을 물끄러미 바라본다. 원통보전에서 오른쪽으로 돌면 해수관음보살로 가는 오솔길이 나온다. 그곳에는 아름드리 느티나무가 해수관음보살을 찾아가는 중생들의 절박한 심정을 넓은 품으로 감싸준다.

해수관음보살을 만나기 전에 따뜻한 차 한 잔이 그리워진다. 설선당에서 차 한 잔을 마시는 여유를 누렸다. 원통보전 앞 설선당에서 마시는 연잎차는 봄날의 근심을 풀어주기에 충분하다. 연잎차의 알싸한 향기에 취하여 황차도 마셨다. 일상에서 차를 즐기고 있지만 낙산사에서 차 공양을 받을 줄은 미처 생각하지 못했다. 이 모든 것이 세상사의 인연이 아니겠는가?

해수관음보살상으로 가는 길에 만난 골담초는 참으로 청초한 모습이다. 골담초는 부석사를 창건한 의상 스님의 지팡이라는 전설이 전해지고 있다. 오른쪽에 낮은 울타리처럼 심어놓은 골담초를 따라 천천히 걷다보면 어느새 해수관음보살상을 만날 수 있다. 동해를 바라보는 해수관음보살상은 방문객을 따사로운 품으로 안아준다.

의상대에서 홍련암으로 가는 길에는 대나뭇과의 이대가 무리지어 바닷가의 세찬 바람을 막아준다. 홍련암 입구에서 의상대를 바라보

관음신앙의 성지 낙산사 홍련암

면 바람에 흔들리는 푸른 이대 위에 의상대가 늠름하게 서 있는 모습이다. 대나무는 의상스님이 낙산사를 창건한 유래와 연관되어 있어서 신비로움을 더해준다. 이 때문에 낙산사에는 의상스님과 대나무가 가장 소중한 인연을 보여주고 있는 생태적 주인공이다.

만해 선생이 세운 의상대의 소나무

보타전 오른쪽 소나무의 기상이 멋지다. 보타전으로 기울어진 소나무는 가냘픈 몸매를 하늘로 솟구치고 있다. 원효의 관음송을 낙산

사에서 찾는다면 보타전 소나무가 아닐까 생각한다. 보타낙과 지장
전 사이에는 아름드리 벚나무가 다섯 겹의 꽃잎을 바람에 흩날리고
있다. 보타낙 앞의 연못에는 6그루의 매화나무가 줄지어 서 있다. 해
우소 주변에 활짝 핀 귀룽나무는 연한 꽃향기로 사람의 발걸음을 사
로잡는다.

　만해 한용운 선생이 세운 의상대에는 소나무가 세 그루 살고 있다.
그 중에서도 앞의 것과 달리 뒤의 소나무는 상층이 구불구불하여 세
파에 시달린 흔적이 역력하다. 동해의 거친 바람을 피하기 위해 그
만 그렇게 됐는지 모른다. 의상대 왼쪽에는 아름드리 소나무가 우뚝
서 있다. 동해의 파도소리와 바람소리를 들으면서 소나무는 나이테

속에 세월의 흐름을 새겨넣었다. 소나무는 가지퍼짐이 좋아 마치 우산을 펼치고 있는 것 같다. 소나무 밑둥치는 검지만 위로 갈수록 붉은색이다. 그 위에 푸른 솔잎이 달려있는 모양새가 눈길을 끈다. 의상대 뒤에 살고 있는 소나무는 해수관음보살이 우뚝 서 있는 방향과 홍련암으로 가지를 펼치고 있다. 관음보살의 설법을 듣기 위해 그렇게 슬그머니 가지를 틀었는지 모른다.

연화당 가는 길에서 본 의상대는 바위 끝에 소나무 한 그루가 뿌리를 튼튼히 박고 몸은 굽었지만 동해의 파도소리를 듣고 있다. 의상대에서 연화당을 거쳐 홍련암 가는 길에는 해당화 열매가 가득 달려 있다. 여름에 붉게 핀 해당화는 주황색 열매로 가을을 맞이한다.

홍련암은 동해와 가장 가까운 곳에 자리한 절집이다. 의상 스님이 관음보살을 친견한 장소일 뿐만 아니라 수정 염주와 여의주를 받은 곳이 홍련암이다. 동해의 푸른 물결을 닮은 청기와로 홍련암의 지붕을 덮어놓았다. 동해안 석굴 위에 건축된 홍련암은 바다와 소통할 수 있도록 마루에 조그마한 구멍을 뚫어놓은 것이 특이하다. 홍련암에 봉안된 관음보살은 좌우의 쌍룡이 지키고 있다. 우리는 홍련암에 들어가 관음보살을 한참 동안 지켜보았다. 작은 체구에 위풍당당한 관음보살이 동해의 거친 파도소리보다 힘들게 살아온 중생들의 소망을 엷은 미소로 위로해주는 듯했다.

원효 대사의 신발이 놓여 있던 소나무

낙산사는 원효 대사와도 인연이 깊다. 원효가 낙산사를 찾아가다

남쪽 교외의 논에서 벼를 추수하는 여인에게 농담으로 그 벼를 달라고 말했다. 그랬더니 여인도 벼가 흉년이 들었다고 농담으로 대답했다. 또 다리 밑까지 와서는 여인이 월경 옷을 빨고 있는 것을 보고 물을 청했다. 더러운 물을 떠서 주기에 원효는 그것을 버리고 다시 냇물을 떠서 마셨다. 그때 들판에 선 소나무 위에 파랑새 한 마리가 "제호화상은 단념하라" 하고는 사라졌다. 그 소나무 밑에는 신발 한 짝이 있었다. 원효가 절에 도착했을 때 관음상 밑에 앞서 본 신발 한 짝이 있었다고 한다. 그래서 앞서 만났던 여인이 바로 관음보살의 진신임을 알게 되었다. 사람들은 이 소나무를 관음송이라 불렀다. 원효가 신성한 굴에 들어가 다시 관음의 진신을 보려고 했으나 풍랑이 일어나 들어가지 못했다고 한다.

원효 대사와 소나무에 초점을 두고 낙산사의 생태문화를 살펴볼 필요가 있다. 원효 대사와 인연이 있는 관음송은 어떤 소나무일까? 안타깝게도 양양 지역의 거듭된 산불로 낙산사가 커다란 피해를 입었다. 그 당시 낙산사는 화재로 수많은 전각과 아름드리 소나무가 화마를 피하지 못했다. 이 때문에 낙산사에는 원효 대사와 연연이 있는 관음송을 찾을 수 없을지도 모른다. 그래도 낙산사 소나무를 통해서 원효의 관음송을 상상해보는 것도 생태문화를 이해하는 방법이 아닐까 한다.

이렇게 낙산사의 대나무와 소나무는 두 스님의 행동을 상징적으로 보여준다. 낙산사와 연관된 의상의 대나무와 원효의 소나무는 불교의 신이체험과 생태문화적 상상력의 원동력이다. 원효 대사와 낙산사의 인연은 의상 대사와 관련 속에서 이해할 필요가 있다. 낙산사는 어떤 중생의 소원도 성취할 수 있도록 도와줄 뿐만 아니라 현실의 고통을 해결하기 위해 때와 장소에 따라 다른 모습으로 나타나는 관음보살의 성지이다. 이 때문에 당시 낙산사는 백성들 기도처로 매우 사랑을 받았을 것으로 생각된다. 더욱이 의상의 대나무와 원효의 소나무 이야기는 민중들의 관심을 유발하기에 충분하다.

범일, 낙산사에 정취보살을 모시다

굴산조사 범일이 태화(827~835) 연간 당나라에 들어가 명주 개국사에 갔더니 왼쪽 귀가 떨어진 중이 여러 중들이 앉은 말석에 있었

굴산사지 승탑(좌), 범일 국사와 인연이 있는 굴산사지 당간지주(우)

다. 그가 조사에게 "저도 신라 사람입니다. 집이 명주 익령현 덕기방에 있는데 후일 스님이 귀국하시면 저의 집을 지어주소서"라고 말했다. 범일은 염관에게 불법을 공부하고 회창 7년 정묘(847)에 귀국하여 굴산사를 창건했다. 현재 굴산사지에는 당간지주가 들판에 우뚝 서 있다. 당시 굴산사가 얼마나 큰 절집이었는지 당간지주의 규모가 잘 보여준다.

대중 12년 무인(858) 2월 15일 밤 꿈에 "전일 명주 개국사에 있을 때 스님과 약조가 있어 이미 승낙까지 받았는데 어찌 지체하십니까?"라고 전에 본 중이 말했다. 범일이 놀라 깨어나 사람을 데리고 익령현에서 그의 집을 찾았다. 낙산 밑 마을에 사는 여인에게 마을 이름을 물으니 '덕기'라고 했다. 이 여인에게는 8살 아들이 있었는데 마을 돌다리에 놀면서 어머니께 "나하고 노는 아이 중에 금빛 나는 아이가 있어요"라고 말했다.

어머니가 범일에게 이 말을 전했더니 범일이 그녀의 아들과 놀던 다리 밑의 물속에서 돌부처 하나를 찾았다. 그 부처의 왼쪽 귀가 떨어진 것이 전에 본 중과 같았다. 정취보살 석상을 모시기 위해 점치는 패쪽을 만들어 찾았더니 낙산 위쪽이 아주 좋았다. 그래서 범일이 전각 세 칸을 지어 그 불상을 모셨다고 한다.

그 뒤 100여 년이 지나 들불이 산까지 옮아왔으나 두 성전만 화재를 면하고 나머지는 모두 타버렸다. 여기서 말하는 두 성전은 의상과 원효를 말한다. 이 때문에 낙산사는 의상 대사의 대나무와 원효 대사의 소나무가 생태문화적 상상력 측면에서 매우 중요하다.

원효 대사,
밤나무 아래서
출생하다

밤꽃

밤나무 아래서 탄생한 원효

원효의 출생은 부처님과 같이 신비로운 이야기로 가득하다. 《삼국유사》에 따르면 원효(元曉)의 성은 설씨이다. 조부는 잉피공(적대공)이고 부친은 담날내말(談捺乃末)이다. 지금의 적대연(赤大淵) 옆에 잉피공의 사당이 있다고 한다.

원효는 압량군 남쪽 불지촌의 율곡 사라나무 밑에서 태어났다. 그래서 마을 이름을 불지촌 또는 발지촌이라 한다. 원효 집이 본래 골짜기 서남쪽에 있었는데, 임신한 모친이 골짜기 밤나무 밑을 지나다가 갑자기 해산하게 되었다. 부친 옷을 밤나무에 걸고 그 안에서 원효가 출생했다. 그 나무를 '사라수'라고 하고, 사라수 열매를 '사라율'이라 한다. 따라서 원효 출생담은 사라수에서 탄생한 부처의 이야기와 동일하다.

밤나무(Castanea crenata var. dulcis)는 참나뭇과에 속하는 낙엽교목으로 키가 15~20m까지 자란다. 수피는 세로로 갈라지고 잎은 긴 달걀 모양으로 어긋난다. 밤나무는 2,000여 년 전 중국 승려가 한국을 왕래할 때 들여온 것으로 추정된다. 밤나무는 주로 열매를 취하기 위해 널리 심는다. 조상의 근본을 잊지 않는 나무로 여겨 밤을 제상(祭床)에 올린다고 한다. 밤을 땅에 심으면 밤에서 싹이 나와 자랄 때까지 껍질이 어린 나무 뿌리에 붙어 있기 때문이다.

고전에 기록된 사라율 이야기도 흥미롭다. 절에서 일하는 종에게 저녁 식사용으로 밤 두 개씩을 주었다고 한다. 그 종이 관청에 송사하여 관리가 밤을 자세히 살펴보니 한 개가 바리때에 가득 찰 정도로 컸다. 그래서 관리는 밤을 한 개씩 주라고 판결한 것에서 율곡이 유

래한 것이다. 원효는 스님이 된 후 그 집을 희사하여 초개사로 삼았다. 밤나무 옆에 세운 절은 '사라사'라고 했다. 원효 행장에는 불지촌이 압량 땅을 나눈 지금의 자인현에 속한다.

원효 대사가 출생한 곳에는 사라사, 살던 집터에는 초개사를 각각 지었다고 한다. 원효가 출생하고 살았던 사라사와 초개사의 정확한

위치는 알 수 없지만 현재의 제석사로 추정하기도 한다. 경산 자인
제석사는 계정 숲과 인접하고 있다. 제석사의 일주문에는 아름드리
팽나무가 방문객을 맞이한다. 허리가 굽은 팽나무 줄기가 일주문처
럼 늘어져 있다. 제석사에는 원효 대사의 탄생을 8폭 그림으로 그려
놓았다. 삼성각 앞에는 아름드리 느릅나무가 있는데 그 앞에 원효가

살았던 터전을 기념하는 유허비도 세워놓았다.

원효, 계율에 얽매이지 않고 백성을 교화하다

　원효의 어릴 적 이름은 서당(誓幢) 또는 신당(新幢)이다. 진평왕 39
년(617) 하늘에서 별이 떨어져 모친의 품속으로 들어오는 꿈을 꾸고
태기가 있었고 해산할 때 오색 구름이 땅을 덮었다. 여러 지방으로
다니며 불교를 전파했던 원효의 업적은《당전》과〈행장〉에 수록되어
있지만 일연 스님은《향전》에 기록된 특이한 사적만 소개하고 있다.
　원효가 거리에서 외치기를 "자루 없는 도끼를 누가 빌려줄 것인
가? 하늘 받칠 기둥을 찍을 터인데"라고 했다. 사람들이 그 뜻을 알
지 못했다. 무열왕이 그 뜻을 알아차리고 "그 법사가 귀한 집 딸을 얻
어 착한 아들을 낳으려고 하는 것이다. 나라에 큰 인물이 있는 것보

삼국유사에 수록된 원효 이야기

다 더 큰 복이 어디 있으
랴'라고 말했다.

이때 요석궁 공주가
있었는데 궁중 관리를
시켜 원효를 찾아오라고
명했다. 원효는 남산에
서 내려와 문천교에서
일부러 물에 빠졌는데
옷을 말리기 위해 대궐
로 들어갔다. 대궐에 묵
게 되었는데 공주가 태
기가 있어 설총을 낳았
다. 설총은 나면서 명민

원효 스님이 주석했던 고선사지 3층 석탑

하여 경서와 역사를 두루 통달하니 신라의 현인이 되었다. 원효가 살
던 구멍 절(穴寺) 옆에 설총의 집터가 있다고 한다.

원효는 계율을 범하여 설총을 낳은 이후 속인 복색을 입고 자칭 소
성거사(小姓居士) 라고 불렀다. 그는 광대가 사용하는 모양이 이상한
큰 박으로 《화엄경(華嚴經)》의 "일체 거리낄 것이 없는 사람은 죽고
사는 관념에서 초월한다(一切無碍人 一道出生死)"라는 말에서 '무애(
無碍)'로 이름 짓고 노래를 지어 세상에 퍼뜨렸다. 원효는 노래와 춤
으로 백성을 교화시켰다. 자칭 '원효'라고 부른 것은 '부처님의 광명
이 처음으로 번쩍인다'는 뜻이다. 원효는 우리말이니 사람들은 모두
'첫새벽'이라 불렀다.

원효, 분황사에서 화쟁사상을 펼치다

 원효 스님은 분황사에 머물면서 《화엄경소》, 《금강명경소》 등과
같은 수많은 저술활동을 지속했다. 원효가 열반한 뒤에는 그의 아들
설총이 아버지 소상을 만들어 봉안했다고 한다. 원효의 소상은 적어
도 일연 스님이 《삼국유사》를 저술할 때까지만 해도 분황사에 존재
했던 것으로 보인다.

분황사 화쟁국사 비석 받침대 곁의 느티나무

원효 스님은 648년 황룡사에서 출가하여 부처님의 가르침이 담긴 경전 연구에 몰두하였다. 그는 '자기 자신의 내면에서 진리를 찾아야 한다'는 깨달음 덕분에 당나라 유학을 포기했다. 더욱이 불교를 전파하기 위해 기존의 권위를 과감하게 파계한다. 대신에 《금강삼매경론》의 주석서를 지어 황룡사에서 설법하고 《대승기신론소》를 저술했다.

화엄경의 이치를 누구나 이해할 수 있도록 원효 스님이 무애가(無 㝵歌)를 지었다. 무애가는 모든 것에 거리낌이 없어야 생사의 편안함을 얻는다는 진리를 담고 있다. 원효는 왕실 중심의 귀족화된 신라 불교를 백성 중심의 민중불교로 변화시켰다. 더욱이 불교의 종파주의를 회통시키는 노력을 게을리하지 않았다. 원효 스님은 불교이론에 얽매이지 않고 실천의 중요성을 몸소 보여준 '화쟁사상'의 통섭을 강조한다.

분황사에는 고려시대 만들어진 원효 스님의 화쟁국사비석도 있었다. 숙종 6년(1101) 8월 원효 스님에게 '대성화쟁국사' 시호를 내리고 비석을 건립했다. 원효(617~686)는 동아시아 문명권의 위대한 학자이다. 조선시대 김시습은 분황사를 방문하여 평소 존경하던 원효 스님을 위해 무쟁비를 지었다. 현재 남아 있는 비석받침돌에 새겨진 "차신라화쟁국사지비적(此新羅和諍國師之碑蹟)"이라는 글씨는 조선후기 금석학자 추사 김정희의 글씨이다.

이러한 화쟁국사비석 받침돌에는 아름드리 느티나무 2그루와 회화나무가 그늘을 만들어준다. 세 그루의 나무는 원효 스님, 매월당 김시습, 추사 김정희 등을 상징하고 있는지도 모른다. 원효 스님의 자유로운 행보는 세상의 쓸데없는 권위를 허무는 소중한 가르침이다. 이 때문에 분황사에는 선덕여왕의 향기와 함께 원효 스님의 깨달음이 오랜 향기로 전해지고 있다.

분황사로 가서 《화엄경소》를 편찬했는데 제40 회향품에 이르러 마침내 붓을 놓았다. 원효는 자신의 몸을 100개의 형상으로 갈랐는데 모두들 원효가 도통할 첫 자리가 잡혔다고 했다. 또 용의 권유로 길에서 임금의 조서를 받아 《삼매경소》를 짓더니 붓과 벼루를 소의 뿔 위에 놓아두었기 때문에 책 이름을 각승(角乘)이라 했다. 본래 두 가지 깨달음으로 시작했다는 오묘한 뜻을 나타낸 것이요, 대안법사가 와서 종이를 발랐으니 역시 그의 속을 알아 협력해주었다.

일연 스님이 찬미하는 시는 다음과 같다.

삼매경에 주석 달아 그 책 이름 각승이라
호로병 들고 춤추면서 거리거리 쏘다니네
달 밝은 요석궁에서 봄 잠이 깊었는데
절문 닫고 생각하니 걸어온 길 허망도 하여라

진표의 침단목과
무덤에 자라는
소나무

속리산 정이품 소나무

진표, 법주사를 중창하다

속리산에는 불법이 머무는 법주사가 있다. 법주사 입구에는 오리숲이 펼쳐진다. 수정교를 지나면 '호서제일가람'이라 씌어진 일주문과 금강문이 자리한다. 법주사는 전형적인 '일탑일금당'식 가람배치를 보인다. 불법을 구하기 위해 멀고 먼 천축으로 갔던 의신조사가경전을 흰 나귀에 싣고 돌아와 속리산 법주사를 창건해 봉안했다. 혜공왕 12년(776) 진표율사가 '미륵불을 건립하라'는 미륵보살의 계시를 받아 청동미륵불인 금신장육상을 조성하면서 절집을 중창한다.

법주사는 금산사, 동화사와 함께 법상종의 도량이다. 법주사가 대찰로서 규모를 갖춘 것은 진표율사와 그의 제자들이 미륵신앙의 중심도량으로 발전시켰기 때문이다. 진표율사가 보살의 감응을 기다리며 온몸을 돌에 두들겨가며 정진을 했을 때 지장보살이 나타났다. 그래도 진표율사는 계속 정진하여 미륵보살의 수기를 받았다. 수기를 받은 진표율사는 금산사에서 미륵신앙을 꽃피운 뒤에 속리산으로 들어왔다고 한다.

속리산 법주사 가는 길에 수령 600년 정이품송(천연기념물 제103호)이 우리를 반긴다. 세조와 인연이 깊은 정이품송은 세월의 풍파에 힘겨운 모습을 보이고 있다. 정이품송에는 세조가 법주사로 행차할 때 타고 가던 연이 걸리지 않도록 나뭇가지를 살짝 들어주었다는이야기가 전한다. 그리고 세조가 한양으로 돌아갈 때 갑자기 비가내렸는데 이 소나무 아래서 무사히 비를 피했다고 한다. 이러한 인연으로 세조가 소나무에게 정이품 벼슬을 내렸다고 전한다.

미타가 진표에게 준 침단목

《삼국유사》에는 침단목과 관련된 이야기가 자주 등장한다. 침단목은 불교와 깊이 연관되어 있는데 만불산의 침단목과 미타가 진표에게 준 침단목이 그것이다. 만불산의 침단목은 당 황제가 불교를 존중하여 경덕왕이 오색찬란한 방석에 침단목을 아로새겨 가산을 만들었다는 이야기에 등장한다. 미타가 진표에게 선물해준 침단목은 철저한 수행에 대한 보상으로 등장한다. 향기가 아주 좋은 침단목은 귀족들이 탐내던 향나무의 일종이다.

진표는 백제 유민으로 완산주(전주) 만경현 사람이다. 그 아버지는 진내말이고 어머니는 길보랑이다. 12세 금산사 숭제법사를 찾아가 출가했다. 스승은 "내가 일찍이 당나라에 들어가 선도삼장께 수업한 후 오대산으로 들어가 문수보살에게 오계를 받았노라"라고 일러주었다. 진표는 "부지런히 닦으면 얼마 만에 계를 얻겠습니까?"라고 여쭈었다. 숭제법사는 "정신이 지극하면 한 해를 지나지 않는다"라고 대답했다.

진표가 스승의 말씀을 듣고 선계산 불사의암에서 망신참회(亡身懺悔)로 계를 얻었다. 당초 7일 동안 기한을 잡았지만 오륜이 돌에 부딪쳐 무릎과 팔이 부서져 피가 석벽에 뿌려졌다. 그럼에도 다시 망신참회를 실시하여 지장보살을 만나 정계(淨戒)를 받았다. 이때 진표 나이가 23세였다. 하지만 진표는 미륵의 헌신을 받지 못했기 때문에 중지하지 않았다.

영산사로 옮겨 부지런히 용맹 정진했을 때 미타(彌陀)가 헌신하여 〈점찰경〉과 증과간자 189개를 주었다. 미타가 말하기를 "그 중 제8

간자에는 새로 얻는 묘계를 깨우쳐준 것이요, 제9간자에는 더 얻은 구제를 깨우쳐준 것이다. 이들 간자는 내 손가락 뼈로 만든 것이요, 나머지는 침단목으로 만든 것이다. 모든 번뇌를 깨우쳐주는 것이니! 너는 이것으로써 불법을 세상에 전하여 사람을 건네주는 진벌로 삼으라"고 말했다.

진표는 금산사를 오가면서 해마다 강단을 열고 법시를 확장하였다. 그 골석은 발연사에 간직되어 있다. 법을 얻은 승려는 모두 산문의 조가 되었다. 영심은 간자를 속리산에 전하여 그 전통을 계승했다. 결국 진표는 참(懺)으로써 간자를 얻고 법으로써 부처를 보았다는 것이 사실이다.

미타가 진표에게 준 제8, 제9 간자를 제외하면 나머지는 침단목으로 만들었다. 침향나무는 팥꽃나뭇과의 늘푸른 나무로 열대지역에

침향나무의 잎과 열매

소나무의 암꽃

살고 있다. 침향나무는 인도, 태국, 미얀마, 베트남 등에서 아름드리로 자란다. 6~20미터까지 자라고 잎은 어긋나며 꽃은 연한 주황색이다. 침향나무는 상처를 입거나 자체의 생리적인 변화로 인해 목질부에 부분적으로 나무진이 쌓인다. 침향의 본질인 수지는 나무에 들어있는 테르펜과 프라본이라는 화합물이 서로 반응하여 만들어진다. 침향은 썩지 않은 상태로 오랫동안 보존될 수 있는 물질이다. 그래서 불로 태우면 그윽한 향기가 날 뿐만 아니라 뛰어난 약효를 가지고 있다.

진표의 무덤에 자란 푸른 소나무

《관동풍악발연수석기》에는 진표의 유골에서 소나무가 태어난 이야기로 유명하다. 진표율사는 전주 벽골군 도라산촌 대정리 사람이다. 부친에게 12세 출가의 뜻을 밝히고 금수산 순제법사에게 머리를 깎았다. 순제법사가 사미계법을 주고 《공양차제비법》과 《점찰선악업보경》을 가르쳤다. 순제법사는 "네가 이 계법을 지니고 미륵불, 지장불 앞에 나아가 참회를 간절히 구하고 계법을 받아 세상에 유전시켜라"라고 말했다.

진표율사는 명산을 두루 구경하다가 27세에 식량을 가지고 부안현 변산 불사의방에 들어가 쌀 5홉으로 하루 식비를 삼고 한 홉으로 쥐를 주었다. 진표는 영검함을 느끼며 더욱 정진하여 천안을 얻어 도솔천의 여러 중들이 모여드는 광경을 보았다. 이에 지장과 어머니가 진표의 머리를 쓰다듬으면서 말했다. "잘했다. 대장부가 이와 같은 계를 구할 때 신명을 아끼지 않고 참회를 간절히 구하여 성공하였다."

이때 속리산 대덕 영심이 융종, 불타 등과 더불어 진표를 찾아와 도움을 청한다. "우리들은 천리를 멀다 않고 제법을 구하러 왔습니다. 원컨대 법문을 가르쳐 주소서." 진표는 묵묵히 답하지 않았다. 세 사람이 복숭아나무 위에 올랐다가 땅에 거꾸로 떨어져 몹시 참회했다. 진표가 그제야 교를 전수하여 관정하고 가사와 바리때 및 《공양차제비법》과 《점찰선악업보경》과 사슬 189개를 주고 또 미륵 참사슬 구자, 팔자를 주면서 경계했다. "구자는 법이요 팔자는 새로 불종자를 훈도하여 이루라는 뜻이다. 너희에게 부탁하노니 이것을 가지고 속리산에 들어가면 길상초가 있을 것이다. 그곳에 정사를 세우고 교법에 따라 인간과 하늘을 넓게 하고 후세까지 유포하라."

영심이 속리산으로 가서 길상초가 있는 곳에 길상사를 창건했다. 영심은 길상사에서 처음 점찰법회를 열었다. 아버지를 모시고 발연에 도착한 진표는 도업을 닦아 효도를 다한다. 진표가 천화할 때 절 동편 큰 바위에 올라 입적했다. 제자들이 그 진체에 공양하여 그 해골이 흩어져 떨어진 뒤에 흙으로 덮어 유궁을 삼았다.

그곳에서 푸른 소나무가 나와서 오랜 세월이 경과된 뒤에 다시 한 나무가 나왔다. 뒤에 다시 한 나무가 났으나 그 뿌리는 하나였다. 지금까지도 한 쌍의 소나무가 남아 있다. 여기에 공경을 이루고자 하는 사람이 소나무 아래에서 뼈를 찾아서 얻기도 하고 얻지 못하기도 한다. 내가 그 성골이 없어질까 두려워 정사 9월에 소나무 아래에 나아가 성골을 주어 통 속에 담았다. 세 홉이 되기에 큰 바위 위 한 쌍의 소나무 밑에 돌을 세우고 성골을 봉안했다.

쌍으로 자라는 소나무

　나무로 읽는 삼국유사

속리산 법주사

이 기록에 실린 진표의 사적은 〈발연석기〉와 같지 않다. 영잠의 기록을 취하여 나름대로 정리했으니 후현들은 이를 상고하기 바란다. 이 글은 일연 스님이 쓴 것이 아니다. 스님이 입적한 뒤에 제자 무극이 기록한 글이다. 이러한 《진표의 전간》과 《관동풍악발연수석기》에는 진표가 간자를 전한 일과 관련된 복사나무, 소나무가 등장한다. 소나무는 진표 입적과 연관되어 있다. 늘푸른 소나무의 변함없는 모습이 진표유사의 철저한 수행과 겹쳐지기 때문이다.

제5장
인각사, 일연 스님과 삼국유사의 산실

향나무

일연 스님과
삼국유사

진전사지 3층 석탑

상스러운 기린이 뿔을 걸은 인각사

  인각사(麟角寺)는 경북 군위군 고로면 화북리 화산 자락에 있다.
봄비가 내리던 5월 초순 인각사로 《삼국유사》와 생태인문학 기행을
떠났다. 인각사와 일연 스님의 인연은 학부시절 예술마당 솔에서 주
최하는 탐방에 참여하면서 시작되었다. 당시 인각사는 조그마한 절
집에 불과했을 뿐만 아니라 대중교통도 아주 불편했다. 그나마 일연
스님이 《삼국유사》를 편찬한 산실로 유명했지만 인각사 방문객은
거의 없었다.
  구름에 쌓인 화산과 각시산의 풍경은 인각사를 신비로운 공간으
로 만들어준다. 인각사는 선덕여왕 12년(643)에 원효 대사가 창건했

발굴이 진행되고 있는 인각사

다고 한다. 인각사는 화산의 모양이 기린을 닮았고 절집이 들어선 자리가 기린의 뿔에 해당하기 때문에 붙여진 이름이다. 더욱이 인각사를 품고 흐르는 위천의 학소대 바위벼랑에 기린이 뿔을 걸었다는 신비로운 이야기가 전해진다. 이 때문에 인각사는 '기린의 뿔'이라는 상스러운 뜻을 담고 있다.

《삼국유사》는 인각사에서 탄생했지만 일연 스님의 다양한 발걸음이 없었다면 완성하지 못했을 것이다. 일연 스님의 흔적과 《삼국유사》 현장을 생태인문학적 관점에서 답사하는 색다른 프로그램을 마무리하기 위해 다시 인각사를 찾아왔다. 화산 자락의 인각사는 《삼국유사》가 탄생한 생태인문학의 산실이기 때문이다. 인각사 일연학 연구소 마루에 걸터앉아 《삼국유사》와 생태인문학 기행을 회상해 보았다. 인각사를 가장 마지막으로 찾아온 이유는 《삼국유사》를 편찬하기 위한 스님의 노력을 확인하고 싶었기 때문이다.

일연 스님의 시선에 들어온 당시의 현장을 생태인문학적 관점으로 재확인하는 작업은 언제나 설렌다. 인각사 종무소 곁에는 개입갈나무, 감나무, 불두화가 살고 있다. 극락전 앞에는 불두화 두 그루가 몽글몽글 피어나고 극락전 뒤에는 키 작은 골담초가 꽃을 피우고 있다. 인각사에는 금낭화가 지천으로 피어 있다. 스님의 부도인 정조탑에도 금낭화가 물기를 머금고 피어난다. 지금은 초라하여 볼품없지만 일연 스님이 주석할 당시의 인각사는 거찰의 규모를 자랑했을 것이다. 폐허가 된 인각사에서 우리는 새로운 생태인문학적 대안서사를 어떻게 마련할지 생각해보는 뜻깊은 시간을 가졌다.

일연 스님과 인연이 닿았던 절집

  일연 스님은 1206년 7월 25일 경북 경산에서 출생했다. 본명은 김
견명(金見明)인데 나중에 일연으로 이름을 변경한다. 경산에는 스님
의 출생과 관련된 흔적이 거의 남아 있지 않다. 다만, 경산에는 원효,
설총, 일연 등을 '삼성현(三聖賢)'으로 추모하고 있다. 경산에서 태어
났지만 9세에 전라도 광주의 무량사로 공부하러 떠났다. 어린 시절
일연이 공부했던 무량사는 어디일까? 조선시대 편찬된 고지도에는
무량사가 표시되어 있지만 현재 무량사의 정확한 위치는 알 수 없
다. 광주 동구 지산동에 있는 오층 석탑을 무량사로 추정하고 있을

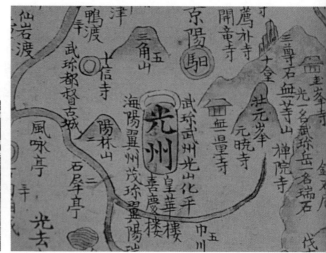

무량사로 추정되는 5층 석탑(좌), 고지도에 표시된 광주 무량사(우)

뿐이다.

무량사에서 어린 시절을 보낸 일연은 14세에 강원도 진전사로 가서 출가한다. 진전사에서 본격적인 불제자 공부를 시작했다. 광주 무량사에서 공부하던 일연이 강원도 양양의 진전사로 출가한 것은 가지산문과 인연이 닿았기 때문이다. 일연 스님은 구산선문 중에서도 가지산문과 인연이 깊다. 광주에서 멀고 먼 강원도 양양의 진전사에서 출가한 일연은 가지산문의 승려다.

전라도 장흥의 보림사(寶林寺)는 860년에 보조선사 체징이 초암을 확대하여 중건했다. 가지산이 병풍처럼 감싸고 있는 보림사는 우리나라 불교사에서 매우 중요한 곳이다. 보림사에는 가지산문을 열었던 보조선사 체징의 부도와 탑비가 남아 있기 때문이다. 체징(804~880)의 부도와 탑비는 절집 오른쪽 높은 곳에 자리하고 있다. 철불을 모시고 있는 보림사 대적광전 앞에는 870년 신라 경문왕이 선왕인 헌안왕의 명복을 빌기 위해 건립한 3층 석탑이 좌우에 있다.

이후로 일연 스님은 불제자로서 전국의 절집을 찾아서 수도하면서도 다양한 이야기를 채록하여 《삼국유사》 편찬 자료로 활용한 것으로 보인다. 진전사에서 공부하다가 22세 선불과 급제한 일연 스님은 비슬산 보당암에 주석했다. 청년기를 보내던 일연 스님은 비슬산의 무주암을 거쳐 묘문암에 오랫동안 주석한다. 인생의 완숙기에는 경남 남해 정림사에 주석하면서 대장경 간행에 참여하고 남해 길상암에서 《중편조동오위》를 지었다. 더욱이 강화도 선월사에서 보조국사의 법맥을 계승하면서 고려 불교의 핵심 인물이 되었다.

포항 운제산(雲梯山) 자락의 오어사(吾魚寺)에는 59세에 주석한다. 오어사는 당시에 항사사(恒沙寺)로 불렸다. 《삼국유사》에 의하면 원효와 혜공이 물고기를 잡아먹고 똥으로 배설한 물고기를 되살리기로 했다. 그 중에서도 한 마리가 살아서 헤엄치자 서로 자기 물고기라고 주장한다. 이러한 원효와 혜공의 일화에 의해 절집 이름을 오어사로 고쳐 부르게 되었다. 운제산 계곡에 살고 있는 물고기가 오어사의 살아 있는 증인인 셈이다.

오어사를 거쳐 비슬산 인홍사에 주석하던 일연 스님은《삼국유사》편찬에 필요한 역대연표를 작성한다. 인생의 노년기인 72세 청도 운문사에 주석할 때《삼국유사》편찬을 시작하여 78세 군위 인각사에서《삼국유사》편찬사업을 완성하게 된다. 이렇게 가지산문과 인연이 깊은 절집에 오랫동안 주석했던 일연 스님은《삼국유사》편

경북대학교에 전시된 인홍사지 3층 석탑

찬에 필요한 이야기를 다양하게 채록했을 것이다.

일연 스님, 신이의 세계관으로 《삼국유사》를 편찬하다

　인각사는 우리 민족의 영혼을 담은 《삼국유사》가 탄생한 성지이다. 인각사에서 생의 마지막 불꽃을 태운 일연이 《삼국유사》를 편찬했기 때문이다. 개경 광명사에 주석했던 일연이 화산 인각사를 중창했다. 스님이 78세에 인각사로 내려온 것은 홀로 계신 노모를 봉양하기 위해서다. 효심이 지극한 스님은 노모가 세상을 떠나자 인근에

가지산문의 본산인 장흥 보림사

묘를 만들고 자식의 도리와 정성을 다했다. 더욱이 인각사에 5년 주석하면서 구산문도회를 개최했을 뿐만 아니라 우리 민족의 자긍심을 일깨워준 《삼국유사》를 편찬했다. 이 때문에 인각사는 당시 고려불교의 중심 도량으로 발전한다.

일연 스님이 편찬한 《삼국유사》는 9편목 138조목으로 구성되어 있다. 〈왕력〉은 신라, 고구려, 백제, 가락국, 후고구려, 후백제, 고려 등의 왕조시대 연표를 보여준다. 〈기이〉는 단군에서 삼국통일 이전까지, 삼국통일부터 고려건국 이전까지의 신이한 내용을 시대 순서

인각사. 기린이 뿔을 걸었던 학소대 곁에 자리하다

로 기술하고 있다. 〈흥법〉과 〈탑상〉은 불교전래와 탑과 불상에 얽힌 이야기를 수록하고 있으며 〈의해〉, 〈신주〉, 〈감통〉, 〈피은〉 등은 고 승대덕의 불교 일화와 이승의 영험이나 이적을 기록한 것이다. 〈효 선〉은 효행에 대한 이야기를 수록하고 있다. 《삼국유사》는 신이한 이야기를 내포한 〈기이〉편과 불교적 성격을 내포한 나머지 편목으 로 구성되어 있다.

　《삼국유사》는 신이(神異)의 세계관으로 구성되어 있다. 유교적 합 리주의를 추구하고 있는 《삼국사기》와 달리 신이의 세계관으로 편 찬된 대안사서 내지 대안서사의 관점을 보여준다. 더욱이 몽골 침략 으로 풍전등화의 위기 속에서 국난을 극복할 수 있는 대안으로 신이 를 활용하고 있다. 일연 스님이 편찬한《삼국유사》에 등장하는 신이 의 세계관을 제시하면 다음과 같다.

　대개 옛날의 성인들은 그 예악으로 나라를 일으키고 인의로 가르 침을 베풀었지만 괴력난신에 대하여 말하지는 않았다. 그러나 제왕 이 장차 일어날 때에는 천명을 받고 도록을 받는 등 반드시 보통사람 과는 다른 점이 있었다. 그런 후에야 큰 변화를 타고 큰 권력을 잡아 서 대업을 이룩할 수 있었던 것이다.(大抵 古之聖人 方其禮樂 興邦 仁 義設敎 則 怪力亂神 在所不語 然而 帝王之將興也 膺符命 受圖籙 必有以 異於人者 然後 能乘大變 握大器 成大業也)

　봄날 찾아온 인각사는 발굴이 한창이다. 극락전 앞에는 삼층석탑 이 '극락(極樂)'을 기원하고 있다. 인각사에서《삼국유사》를 편찬하 다가 입적한 일연 스님의 비석과 부도는 가장 중요한 유적이다. 일연 행적을 기록한 비석은 당시의 역사를 그대로 전해주기 때문이다. 최근 인각사를 발굴하여 일연의 비석과 부도 곁에서 우물 두 곳이 확인되었다. 비석은 굴참나무와 향나무 사이에 있고 부도는 향나무와 리기다소나무 사이에 있다. 우물과 향나무는 궁합이 너무도 잘 맞는다. 우물가의 향나무는 물을 정화하는 능력이 있기 때문이다.

인각사에 대한 발굴이 거듭되고 있지만 본래 모습을 되찾기 위해서는 수많은 공덕이 필요하다. 학소대에서 바라본 인각사는 폐허와 다름이 없다. 그런데 인각사에서 바라본 학소대는 당시의 모습을 그대로 간직하고 있다. 어쩌면 위천을 따라 형성된 바위벼랑에 일연 스님의 눈길이 가장 많이 머물렀을 것이다. 학소대 바위를 무심히 바라보면서 일연 스님과 무언의 대화를 나누었다. 맑은 물에 비친 바위벼랑에서 일연 스님 행적과 인각사의 모습이 어른거리고 있다.

일연 스님, 인각사에서 입적하다

학소대에서 인각사로 걸어가면서 일연 스님의 생애를 떠올려보았다. 인각사는 통일신라 구산선문 중에서도 가지산문 종찰인 장흥 보림사와 인연이 깊다. 보림사에는 보조선사 체징의 비석과 부도가 남아 있는데, 체징은 인각사에서 수도한 것으로 추측된다. 일연 스님은 가지산문인 인각사, 운문사, 오어사, 인홍사, 용천사 등에 오랫동안 머물렀다. 가지산문 승려로서 《삼국유사》를 편찬한 일연 스님은 몽골 침략을 극복하기 위한 우리 민족의 기상을 일깨워주고 싶었던 것으로 생각된다.

일연 스님이 1289년 7월 8일 인각사에서 입적했을 때 충렬왕은 '보각'이라는 시호와 '정조'라는 탑명을 내려주었다. 스님이 입적한 1289년 '보각국사정조지탑'이 새겨진 부도가 만들어졌다. 이 부도는 원래 인각사 자리가 아닌 화북 3리 둥둥이마을 부도골에 세워졌다고 한다. 아마도 둥둥이마을 건너편에 조성된 모친의 무덤 앞에서 효심을 다하고 싶었기 때문이다. 스님이 만년에 인각사로 내려온 까닭도 노모를 모시기 위한 효심이 크게 작용했다는 점에서 짐작하고도 남는다.

보각국사비(보물 428호)는 스님이 입적한 지 6년 뒤에 세워졌다. 일연 스님의 비석은 사승 죽허가 왕희지의 글씨를 모아서 세웠다. 비문은 당시 문장가인 민지가 왕명으로 지은 명문이다. 비문의 마지막에는 "겁화가 모든 것을 살라 산하가 다 재가 되어도 홀로 남아, 이 글은 마멸되지 않으리"라고 적어놓았다. 그럼에도 보각국사비문 글씨는 왕희지의 행서체 글씨를 새겼기 때문에 여러 차례 훼손되는 수난을 겪었다. 중국과 일본에서는 보각국사비의 탁본을 요구하는 사례가 증가했기 때문이다. 더욱이 임진왜란 때는 왜병에 의해서 인각사와 비문은 처참하게 파괴되었다.

일연 스님 탄생 800주년 행사로 파괴된 보각국사비를 재현한 것은 그나마 다행이다. 인각사 동쪽 부도군 곁에 자리한 보각국사 재현비는 기존의 탁본을 총동원하여 완성된 비문을 새겨넣었다. 비로소 일연 스님의 업적과 행적이 자손만대로 전해질 수 있는 초석이 마련되었다. 이제 새로 조성된 보각국사비문을 찬찬히 읽어보면서 우리가 무엇을 해야 할지 생각해야 한다. 일연 스님의 《삼국유사》를 통해서 생태인문학적 상상력을 어떻게 활용할지에 대한 모색이 필요하다.

일연 스님의 정조탑(좌), 일연 스님의 보각국사비(우)

보감국사 혼구, 일연 스님의 추모 사업을 담당하다

　운문사 주지로 있던 김혼구(金混丘)는 일연 스님의 법통을 계승한
제자이다. 혼구가 세운 보각국사비는 일연이 입적한 지 6년 뒤인
1295년에 세워졌다. 고려시대 이제현의 보각국사비에는 보감국사
혼구가 일연 스님의 비석을 세웠다고 한다. 보감국사는 《삼국유사》
에 두 군데 기록을 보충했던 인물이다. 이러한 보감국사 혼구는 나
중에 청분으로 이름을 바꾸고 무극이란 자호를 사용했다고 한다.
　보감국사(寶鑑國師) 혼구의 비석과 부도는 밀양 영원사지(瑩源寺
址)에 있다. 대추나무 밭으로 변한 영원사지에서 혼구의 흔적을 찾

기 위해 여러 차례 방문했다. 일연 스님 추모 사업을 담당했던 김혼구(1250~1322)의 비석과 부도가 있기 때문이다. 영원사지에서는 골프장으로 향하는 자동차 소리만 쏴하게 들린다. 그 소리는 따스한 햇살 아래 침묵의 이야기만 속삭여준다. 어쩌면 이런 횅한 모습이 폐사지에 남아있는 보이지 않는 아름다움인지도 모르겠다. 대추 꽃이 은은하게 피는 계절에는 조금 덜 허망할지도 모른다.

영원사에 주석했던 혼구는 1322년 칠곡 송림사에서 열반에 들었다. 영원사지에는 혼구의 생애를 적은 비석은 사라지고 귀부와 이수가 대추나무 밭 속에 납작 엎드리고 있다. 스승과 제자의 아름다운 관계를 생각하면서 혼구의 귀부와 이수를 오랫동안 바라보았다. 무거운 비석을 등에 짊어졌던 거북의 머리는 낙타를 닮았다. 거북의 꼬리는 누가 끊어갔는지 흔적도 없다. 다만 귀부의 앞발은 세상을 향해 무엇인가 말하려는 힘이 느껴진다. 거북은 앞발로 땅을 힘차게 내딛으며 우리에게 무엇을 말하고 싶었을까?

우리 민족 최고의 고전인 《삼국유사》는 일연 스님 개인의 저작이 아니다. 일연 스님은 몽골의 침략기에도 굴하지 않는 민족적 자긍심을 일깨우기 위해 평생 동안 수도하면서 채록한 다양한 이야기를 《삼국유사》로 묶어내었다. 이 과정에서 제자 혼구를 비롯한 수많은 사람들의 공력이 더해졌기 때문에 간행될 수 있었다. 운문사 주지로 있었던 혼구는 일연 스님의 《삼국유사》 편찬에 적극 참여했다. 《삼국유사》에 수록된 이야기에 자신의 이름이 적혀 있기 때문이다.

대추밭으로 변한 밀양 영원사지에서 장석주 시인의 〈대추 한 알〉이 생각난다. 《삼국유사》 편찬도 수많은 사람들의 협력뿐만 아니라 천지와 자연과 만물의 도움이 절실히 필요했기 때문이다. 그 중에서도 나무의 상징과 생태문화적 상상력이 《삼국유사》를 편찬하는 데 매우 중요한 역할을 수행하고 있다. 어쩌면 스승의 유지를 받들어 《삼국유사》 편찬을 위해 동분서주한 보감국사 혼구의 활약이 장석주의 〈대추 한 알〉과 절묘하게 어울리는지도 모른다.

저게 저절로 붉어질 리는 없다
저 안에 태풍 몇 개
저 안에 천둥 몇 개
저 안에 벼락 몇 개

저게 혼자 둥글어질 리는 없다
저 안에 무서리 내리는 몇 밤
저 안에 땡볕 두어 달
저 안에 초승달 몇 날

대추야
너는 세상과 통하였구나!

참고문헌

강판권, 《나무 열전》, 글항아리, 2007.

강판권, 《중국을 낳은 뽕나무》, 글항아리, 2009.

강판권, 《선비가 사랑한 나무》, 한겨레출판, 2014.

강판권, 《세상을 바꾼 나무》, 다른, 2011.

강판권, 《역사와 문화로 읽는 나무사전》, 글항아리, 2010.

고규홍, 《이 땅의 큰 나무》, 눌와, 2003.

고규홍, 《절집나무》, 들녘, 2004.

고운기, 《삼국유사 길 위에서 만나다》, 현암사, 2011.

김동욱, 《한국의 녹색 문화》, 문예출판사, 2000.

김원룡, 《사기열전》, 민음사, 2015.

김재웅, 《김시습과 떠나는 조선시대 국토기행》, 역락, 2012.

김재웅, 〈삼국유사와 생태문학적 상상력〉, 《국학연구론총》, 18집, 택민국학연구원, 2016.

노중국, 《삼국유사》, 계명대출판부, 2002.

박노준, 《박노준의 옛사람 옛노래 향가와 속요》, 태학사, 2003.

박상진, 《궁궐의 우리 나무》, 눌와, 2002.

박상진, 《역사가 새겨진 나무 이야기》, 김영사, 2004.

박중환, 《식물의 인문학》, 한길사, 2014.

서대석, 《한국의 신화》, 집문당, 2001.

서윤희 · 이경록, 《양화소록》, 눌와, 1999.

신재홍, 《향가 서정 여행》, 월인, 2016.

신종원, 《삼국유사 새로 읽기 2》, 일지사, 2011.

신종원, 《삼국유사 새로 읽기 1》, 일지사, 2004.

윤주복, 《나무 쉽게 찾기》, 진선출판사, 2009.

이가원, 《삼국유사 신역》, 태학사, 1991.

이근직, 《신라 왕릉 연구》, 학연문화사, 2012.

이도흠, 《신라인의 마음으로 삼국유사를 읽는다》, 푸른역사, 2001.

이상호, 《사진과 함께 읽는 삼국유사》, 까치, 2007.

이유미, 《우리가 정말 알아야 할 우리 나무 백 가지》, 현암사, 2004.

이재호, 《삼국유사를 걷는 즐거움》, 한겨레출판, 2009.

이재호, 《천년 고도를 걷는 즐거움》, 한겨레신문사, 2005.

이종문, 《인각사 삼국유사의 탄생》, 글항아리, 2010.

이지누, 《절터, 그 아름다운 만행》, 호미, 2006.

이지용, 《우리 곁의 노거수》, 아이컴, 2011.

이하석, 《삼국유사의 현장기행》, 문예산책, 1995.

자크 브로스 · 주향은, 《나무의 신화》, 이학사, 2002.

전영우, 《숲과 문화》, 북스힐, 2013.

정우락, 《삼국유사 원시와 문명 사이》, 역락, 2012.

조동일, 《삼국시대 설화의 뜻풀이》, 집문당, 1991.

지허 스님, 《아무도 말하지 않은 한국 전통차의 참모습》, 김영사, 2003.

채상식, 《일연 그의 생애와 사상》, 혜안, 2017.

나무로 읽는 삼국유사

지은이 | 김재웅

펴낸곳 | 마인드큐브
펴낸이 | 이상용
책임편집 | 김인수
디자인 | 서경아, 남선미, 서보성

출판등록 | 제2018-000063호
이메일 | viewpoint300@naver.com
전화 | 031-945-8046   팩스 | 031-945-8047

초판 1쇄 발행 | 2019년 12월 15일
초판 2쇄 | 2021년 4월 19일
초판 3쇄 | 2022년 4월 19일

ISBN | 979-11-88434-23-7 (03800)

※ 이 도서는 2019 새로운 경기, 우수출판콘텐츠 선정작입니다.